宫阙锦绵

下

灯火阑珊/著

金城出版社
GOLD WALL PRESS

第二章

峰回路转

昏昏沉沉之间，叶薰感觉全身都在发冷，像是一直浸泡在寒冷的河水里，体力一点一滴地流逝。直到恍惚中有苦涩的药汁顺着喉咙滑下，热意才慢慢在体内发散开来。伴着药力，神志略微清醒了些，耳中隐约传入对话声，

“病情……不能死……这是主上交代要生擒的人……送入京城……千万不能出事……”

大脑已经完全无法思考了，短暂的词语只是机械式地刻印在脑海里。他们在说什么？主上？对了，自己是被人抓住了……叶薰昏昏沉沉地想着，这个认知只是让她清醒了瞬间，随即又昏睡了过去。

这样的状态不知持续了多久，随着时间的流逝，体力在昏睡中慢慢恢复，神志也越来越清醒。

双眼像是被黏住了，叶薰费了好大的劲儿，才终于将眼睛睁开。刺眼的光线瞬间占据了视线的全部，双眼一阵刺痛。她连忙眯起，片刻之后才适应了这道光线。

视线所及是一处窗户，没有关严实的缝隙透进来一道金灿灿的阳光，正

好照射在自己脸上。

这里是哪里？叶薰想转过头看看，可就是这样一个再轻微不过的动作，竟然拼尽了全部的力气也无法完成。

从视线所及的景物叶薰判断出，此时她应该正躺在一辆马车里，耳中传来车轱辘滚过地面的声音。略微试了试手脚，并没有被绳子捆绑，可手脚却完全不听使唤。这种僵硬不可能是单纯的生病造成的，应该是什么药力或者传说中点穴的作用才对，叶薰暗暗思量着。全身上下她现在能够自由活动的竟然只剩下眼皮了。

这时，外面传来一阵细碎的声音，是有人接近，她赶紧闭上眼睛，放慢了呼吸。

车门“吱呀”一声开了，叶薰感觉到有一只手轻放在自己额头上，过了片刻，一个苍老的声音道，“病情应该无碍了。”

“那就好，万一人死了，主上那里定要怪罪我等办事不力了。”另一个沙哑的声音道，“只是万一人清醒过来怎么办？”

“放心吧，我失魂散的功效至少还有半天呢，而且就算人清醒了，短时间内也是身不能动，口不能言，与昏迷无异。断不会打扰我们行事的。”那苍老的声音道，口气里带着些许得意，似乎对自己什么失魂散的功效极为自信。

“马上就要进城了，可千万不要出什么岔子啊，还是再添些药量吧。”另一人放不下心，建议道。

“也好。”苍老的声音迟疑了一下，答应道。

叶薰感觉有什么东西放到了自己鼻子前，随即一阵异香扑鼻而来，想必就是那什么失魂散了。她赶紧闭住呼吸，可香气凝聚不散，还是吸入了不少，立刻一阵头晕眼花。

片刻之后，感觉剂量差不多了，两人收起迷香。有一人在车壁内侧按了按，也不知道是触动了什么机关，叶薰只听见一阵“咯吱咯吱”的轻响，就感觉到自己的身体在下沉。

紧接着头上一声"咔嚓"，像是挡板一类的物件合了起来。又一阵窸窸窣窣的声音传来，是有人往车内放了什么东西。

之后两人一边谈论着入城时候的细节，一边关上车门远去了。

被困在车内的叶薰忍不住暗暗叫苦，她睁开眼睛，四面一片漆黑，什么也看不见了，只有鼻端缭绕着低迷的香气，困意一重重涌上来，带着极甜美的诱惑，让人忍不住要闭上眼睛。

自己应该是被关进马车底下的暗格里了吧。马车的暗格不可能有多大，既然隐藏了她，四面空气又并不流通，应该不会关多久，否则，自己这个重要的人质岂不是要被活活憋死了。叶薰竭力开动脑筋思索着，阻止自己睡过去，刚才那个人说马上就要进城了？是进什么城？难道是京城？

京城的门禁排查最为森严，如果能够发出声音求救……

可是自己全身都不能动弹，怎么发出声音来？

叶薰竭力让自己保持着清醒的思考，可瞌睡虫还是越来越强烈，就在她挣扎不住要睡过去的时候，马车忽然一顿，外面传来一声官腔呼喝道："干什么的？有文书吗？"

"小人是沧州文善堂的二掌柜，过来运送药材的，这几车药材都是军中前锋营定下的货，文书凭证在此，请几位军爷检视。"车外一个声音响起，就是刚刚入车探视自己的那个沙哑的声音。

车外掌柜一边恭敬地回禀着，一边递上了文书，文书底下当然没有忘记塞上一小包银子。

文善堂是大周南方专营药材的皇商之一，从皇宫御医馆到军中各营所用的药材不少都是由他们采买提供。

听说是军用药材，守城士兵也不敢轻视，接过文书翻看了几页，各种证明一应俱全。几个士兵又凑近马车看了看，都是川乌三七之类的军中常用伤药，几大车装得满满的。

眼见并无可疑之处，将银子揣进怀里，守城士兵客气地挥了挥手，放行道："走吧。"

这一关算是平安通过了。赶车的正要挥鞭驱动马车入城，却见到前方的人群一阵骚动，似乎有什么车驾队伍正向城门接近。

路上的行人纷纷避让，伴着急促的马蹄声，来人很快进入视线，是一队百十人左右的骑兵。京城的大街本就商铺林立，行人接踵，一下子被这队骑兵占据了大半的空间，街道便难以通行了。

文善堂的人眼见这队骑兵是冲着城门这边来的，连忙驱赶着车辆，躲避到路边。

骑兵瞬息即至，当先领兵的是一个年轻人，一身轻便的银色软甲，举手投足皆是清爽利落，快马疾行之间，如一道银色的光箭，光彩闪耀，直刺地人睁不开眼去。走得近了，众人才看清楚他的相貌，生得出奇的俊美，他身后太阳正偏西，流溢幻彩的霞光铺满天际，一眼望过去，宛如光照中平添了一抹亮丽的银色，让人不敢逼视。

那队骑兵走到了城门处，众人纷纷勒住马，传令士兵上前出示令牌。

骑兵等待的时间里，领队的年轻将领随意转过头，视线落到旁边的车队上，顺口问道："这是……"

城门处的守军连忙回道，"是文善堂的皇商，前来运送前锋营药材的。"

"前锋营的药材？"年轻将军皱起了弧线优美的眉头，"各营的药材不是上个月就已经运送完毕了吗？"清朗的声音中隐含着一丝难以抗拒的威严。

这个声音！！！

马车的隔音效果并不强，这一句疑问清晰地传入了车内暗格里，躺在里面的叶薰只觉得如闻雷霆霹雳，原本昏昏欲睡的神志刹那间清醒过来。

如果不是因为全身都无法动弹，她几乎要尖叫起来了，这个声音实在是太过于熟悉，太过于亲切了。

难道是自己太思念所以出现幻觉了吗？叶薰满心颤抖地想着。还是那个该死的失魂散的功效？可是这个声音，听起来实在是太像那个她日夜思念期盼的人了。

"这……"听到来人的询问，守城的士兵顿时哑然了，这些军务细节他们自然不可能知晓，当下将视线转到文善堂的众人身上。

那掌柜神色不变，却暗暗心惊，以他的眼力自然已经看出刚刚传令士兵出示的是皇城禁军的令牌，再联想到眼前少年俊美精致的面容，精明如他岂会猜不出来人的身份。

只是怎么偏偏在这里遇见了他呢？掌柜心中叫苦，脸上却不露丝毫破绽，快步上前笑着回禀道："是上个月就送齐了，只是不巧前锋营有几车药材被雨淋湿了，这不命令小的们赶紧补齐了送来吗。"

"那也应该运送到北方去，难道你们不知道前锋营已经跟随沈将军出征了吗？"年轻将军漫不经心地问道。

是小宸！真的是他！

聚集起全部精神，叶薰敏锐地捕捉着每一个熟悉的音节。绝对不可能错误，纵然他的声音变了很多，褪去了童稚的音调，变得更加响亮清朗，可那熟悉的抑扬顿挫再经历怎样的沧桑都不可能忘记。

叶薰全部的心灵都在尖叫颤抖，激烈的情绪叫嚣着撞击胸膛，可是身体却完全僵硬地无法动弹，这种诡异的两极感觉让她几乎发疯。明明近在咫尺了，可这狭隘的暗格却像是一张棺材，将他和她生生隔入两个世界。

"这个……文函上是命我等送来京城的，并未提及送入军中啊。"掌柜的小声说道。

几车药材并非什么大事，出现点儿纰漏也是常有的事情，萧若宸并未起疑，只是因为前锋营是沈涯在京城的嫡系人马，他才多问了两句。眼见前面的道路已经让开，他点点头，扬鞭策马准备出城。

那掌柜的暗暗擦了一把冷汗，不敢久留，连忙一挥手，道，"大家起行，到了府里再歇息。"

几辆马车开始行动起来。叶薰在车内心急如焚，她拼命地想要动一动手脚，可身体完全不听使唤。正急得冒火的时候，马车却意外一个剧烈的颤抖，失去控制的身体一下子撞到了挡板上。虽然无法动弹，但感觉依然敏锐，受到撞击的膝盖一阵剧痛，叶薰眼泪差一点儿掉下来。

是马车恰好停在了一处小坑洼里，向前走了没两步又因为惯性退了回去。剧烈的起伏让叶薰身体摔到一边。

听到车厢底部传来的一声撞击闷响，守候在旁边的掌柜一阵心惊肉跳，怎么越是紧张的时刻越要出这种纰漏呢？

眼看身边的萧若宸转过头来，似乎听到了这意外的声响。他连忙将手按在车厢上，随意地拍打着，仿佛刚才的声音是他发出的。

萧若宸并未起疑，正要策马向前，他的视线不经意间扫过地上几辆马车留下的轨迹，眼中禁不住闪过一丝疑惑。他连忙勒住马，挥手止住准备出城的队伍，对文善堂的马车高声道，“等一下。”

掌柜心里暗叫一声不好，却也只好听令停车，然后转身毕恭毕敬地问道：“将军可有什么吩咐？”

“这辆车里面装的是什么？”萧若宸用鞭子指了指当先的那辆马车，语气平淡地问道。

“是一些三七之类的药草。”掌柜回答道，念头一转又补充道，“还有一些杂物堆积在下面，是小人们随身带着的。”

“嗯，是什么杂物，这么沉重？”萧若宸嘴角扬起一抹轻笑，手里的马鞭随意地指了指地面。

掌柜一愣，视线随着萧若宸的马鞭落到地面上，心里顿时一颤。

他们此行所带的几辆马车从外表上看起来都是一般的普通木制马车，但是隐藏叶薰的那一辆却是精钢打造，四壁坚硬精悍，更内含巧妙的机关，只在外面装了一层薄薄的木壳。看起来与其他马车无异，重量却是普通马车的数倍。

京城前几天刚刚下过一场大雨，地面松软湿润，马车经过的印痕清晰可辨，当先那辆马车的印痕竟比其余深了数倍还不止。

“这个……”掌柜心念电转，眨眼间想到了数个理由。

可萧若宸却连他的辩解也懒得听，直接用下巴点了点那辆马车，吩咐左右道，“去搜一搜。”

他身边的两名骑兵立刻越众而出，就要走到马车前搜索。

“等等，”掌柜伸手拦住两人去路，一声断喝，“我等是带着沈大将军亲笔通关批文的。按照兵部通令，药材等军机物资若无兵部公文不可擅动，将军可有搜查公文？”

眼看软的不行，掌柜一咬牙，干脆直接搬出了后台。眼前的年轻将军纵然再春风得意，少年猖狂，也不敢在大庭广众之下不顾军令，直接驳自家主公的面子吧？

上前搜索的两名士兵忍不住一愣，掌柜的这些话确实有些道理。若真是前锋营所准备的物资药材，没有带正式的文书，禁军也不能说搜就搜。

萧若宸冷哼了一声，低声笑道，“就算是沈大将军又如何？军中事务，难道是沈将军一人独擅不成？”那语气淡到了极处，像是一阵轻烟，却也冷到了极处。

掌柜忍不住一愣，此时的沈涯权倾朝野，无人不忌惮三分，他虽然知道眼前这个叶宸对自家主公似敌非友，但也料不到他竟然会当众不给面子，语气之中还满是挑衅鄙薄。

“少主……”萧若宸身边的贺骏万忍不住低声说了一句。纵然沈涯如今远在北方战场，无须顾忌，但兵部的规矩却是要考虑的，不能在这些细微小事上留给人行事骄横无度，目无军法的把柄。

萧若宸也明白这个道理，当即轻笑一声，挑了挑眉，问道：“沈将军的公文？在哪儿？”

掌柜无奈，只好将公文取出呈上。

萧若宸接过公文，只扫了两眼，脸色便瞬间冷下来，森然道，“这哪里是沈大将军的公文？你等假公济私，被发觉之后竟然还胆敢污蔑沈将军的名声，简直罪大恶极。”说着信手一扯，公文便被撕成了数片，抛在地上。

“你……你竟敢……”掌柜看着飘飞的纸片，好一会儿才如梦初醒，指着萧若宸又惊又怒，“你当年也不过是沈将军家的奴……”

一句话没有说完，萧若宸冷冷地瞥了他一眼，那眼神清淡到极处，好像

无色的流水，视线相接的瞬间却让人觉出森冷的寒意来，仿佛水上覆了一层冰，

掌柜心里一凉，生生打了个寒战，后面的话语竟然怎么也说不出口了。

就在他愣神的时间里，两名骑兵已经走到车前，长枪毫不客气地挑入了车内。

穿过重重堆积的草药，枪尖戳到了四面壁上。钢铁交击的脆响传来，两名骑兵都忍不住一愣，听这声音，车内壁竟然是厚厚的精钢打造。

两人顿时警惕起来，仔细地四面搜查了一遍，立刻回头惊喜地喊道，“下面有暗格。”

掌柜心一沉，暗暗瞥了一眼城门，挪了挪脚。但只是这样细微的动作，不等萧若宸吩咐，几个士兵已经迅速围上来，阻断了他所有可能的退路。

果然有鬼，萧若宸冷笑一声，冲两名士兵吩咐道，“打开看看。”一边说着，跳下马走上前去。

士兵在车内摸索的片刻，终于寻到机关按下去，车内的暗格缓缓开启。

萧若宸本以为其中暗藏的多半是什么私密禁品，至于是不是与沈涯有关还难说，而且数量只有一车，就算私藏的是违禁的兵器，以沈涯的权势也不是什么大罪名。

原本也并未抱多大的希望，却不料在车内情形映入眼帘的一瞬间，他整个人就彻底愣住了。

这些年里他经受了无数的生死考验，周旋在各方势力间挣扎求存，心智坚毅远非常人所能及。

经历了那么多，他原本以为这个世上，再也没有什么是他不能承受的了。

却没有料到，只是一个简单的背影，便可以让他的全部冷静，全部理智统统崩溃掉。只是一个背影，他引以为傲的坚定信念和意志就像是太阳底下的冰雪，瞬间消融溃散了。

他也曾经幻想过无数次那个他日夜牵挂的人，幻想着两人重逢的情形，可每次只想了一个开头便不敢再继续思念下去。他害怕，害怕想得太多了，

他会无法承受这种思念和孤独。

可是没有料到，幻想了无数次的重逢竟然在这样意外的时刻变成了现实，如此的突如其来。

他伸出手去想要扳过她的身体看清楚，可那只手伸到一半就颤抖地难以自制。他的脑海中瞬间闪烁起一个念头，如果不是她，只是背影相似……这个“如果”是如此的恐怖，恐怖到他根本不敢去承受，如果这个希望落空……

恐惧和希冀的情绪交叠着翻涌上来，冲击着心神，萧若宸不自知地咬着下唇，伸了半截的手像是被无形的力量凝固住了，任凭他耗尽全力都无法再前进一分。

旁边贺骏万走到近前探过头，一眼望去，是个女孩子。忍不住大失所望，难不成是这几个不成材的手下在背着沈涯偷卖奴婢，走私人口吗?

全然没有注意到身边年轻主公不堪重负的表情和僵硬挣扎的动作。这样想着，他伸手扣住叶薰的肩膀，稍一用力，将侧躺的人翻了过来。

那一刹那，萧若宸心脏几乎跃出胸口，他瞬间闭上眼睛，然后睁开，然后就对上了那双隐含着泪光的视线。

第三章

两处闲愁

贺骏万并不认识叶薰，见眼前女子眸光闪耀，显然是清醒的，便直接开口问道：“你是何人？为何会在车里？”

可惜这些问题叶薰不可能有机会回答了，萧若宸已经一个箭步冲上去，一把抱住了她。力气之大叶薰都感觉双臂有些疼痛了。

“这是……”包括贺骏万在内，周围一干人等尽皆目瞪口呆。自家主公是何等人物，年纪虽轻，但日常杀伐决断冷酷缜密，严整明肃，为人处世儒雅谦冲中又带着一份轻疏淡远，越是相处得久了，只会越发让人感觉敬畏佩服。若不是亲眼所见，实在无法想象从来都是冷静清淡的他也会有如此失态的时候。

叶薰越过他的肩头，对上他身后一干惊诧莫名的脸孔，心里一阵好笑，却又有些尴尬。萧若宸正将她抱在怀里，一手抚在她的脸上，这样的动作似乎过于激动了些。

萧若宸哪里还有心情顾忌别人的想法，指间传来的温暖触感无比真实地提醒着他，眼前是活生生的本人，而不是睡梦中的臆想。他想要说什么，双唇却颤抖难以自制。

四目相对，叶薰视线落到这张久别的面容上。他真的长大了，尤其在经历了多年的军中生涯后，温润的气质中多了光华内敛的沉稳，如一柄久经磨砺的神兵，锋芒毕敛，若蕴深意。

叶薰想要说什么，可现在的状态她连嘴唇都动不了。小宸，你先注意一下你老姐的状态好不好？好歹给我弄点儿解药什么的啊。叶薰内心小小地哀怨了一声。

也不知是不是听到了叶薰的心声，萧若宸抚在叶薰脸上的手一颤，初时的激动慢慢冷静下来，他立刻察觉到叶薰的情况不对劲儿。查看之下，发现叶薰身体竟然完全无法动弹，他立时震惊愤怒，转头对掌柜的厉声喝问道："你们对她干了什么？"气势张扬如择人欲噬的猛兽。

文善堂的车队全数被扣押了下来，解药很快被搜查出。确认无误之后，萧若宸扶住叶薰，向城门守卫要来一碗清水，将解药喂她吃下去。

辛辣的味道在舌苔上化开，对自己身体的支配权慢慢恢复了。总算能够开口说话，叶薰忙不迭地问道："你怎么会在这里？"久别重逢，她有满肚子的疑惑要问他呢。

"原本准备出城去巡视一处新建的演武场，想不到会在这里遇见你。"萧若宸一手扶着叶薰，一手端着药碗，温声解释道，他的神情中带着难以抑制的喜悦，"你先休息，我马上带你回家。"

回家？叶薰略一愣神，立刻醒悟过来，是回他现在的府邸吧。只是……叶薰疑惑地看着萧若宸，他不是要去巡视什么演武场吗？

知道叶薰在担心什么，萧若宸笑道，"不是什么重要的事情，我不去也无妨。"当即叫过几名手下吩咐了几句，将任务交代下去。带出的骑兵分为两队，人多的一队跟着副将前去城外巡视，另一队由贺骏万亲自带领，将文善堂的这些人押送入大牢。

安排好这些琐碎事宜，萧若宸扶着叶薰站了起来。虽然喝下了解药，但药效发挥却很缓慢，叶薰依然手脚酸软，全身乏力。只好由萧若宸打横抱起，抱上了马去。

坐在马背上，叶薰觉得头上一暗，是萧若宸的披风盖了上来。

细心地替她掖好边角，萧若宸也飞身上马，从后面揽住叶薰的腰，让她依靠在他的肩上，然后手中的鞭子一挥，策马沿着来时的道路向回奔去。

风声呼啸，带着冽冽的凉意迎面吹来，萧若宸骑术精悍，马跑得四平八稳。叶薰依在他怀里，抬头望着精致的下颌线条有些入神。

到了内城，马匹不能急行，萧若宸放慢了速度。叶薰的视线落到四面的街道上。

离开京城已经五年了，仔细回想起来，其实她对京城还真没有什么格外的印象，在这个城市居住的日子不过短暂的几个月，而且是几乎足不出户的几个月。仅有的几次出门，也都是坐在马车里。

眼前热闹繁华的街市场面对她来说既熟悉又陌生，让她禁不住想起居住长久的凉川城。想到了凉川，马上就想到了沈归曦，叶薰心里一紧，已经过去这么多天了。他现在怎么样了？不会还在河面上寻找自己吧？他身边带着很多经验丰富的船工，应该不会出事才对。叶薰强按下心里的担忧，将视线投向四周。

走了片刻，她发现一件奇怪的事情，一路行来，两人的回头率似乎高地惊人。在经过街市的时候，行人纷纷将目光投注在他们身上，甚至有大胆的还偷偷对着两人指指点点。

是自家老弟的相貌太出众，太具有明星潜质？还是京城的礼法森严，如今两人的姿势太过于暧昧了呢？

“姐？你感觉怎么样？有没有什么不舒服？”随时注意着叶薰的神情，察觉到她的眉头微微蹙起，萧若宸连忙问道。

“我没什么。”叶薰安慰地一笑。

感觉力气已经恢复了大半，她不着痕迹地直起身体，让两人的姿势不再那么暧昧。

“小心摔下去了。”可惜她稍有轻动，萧若宸便阻止了她，隔着斗篷的手臂抱得更紧了。

叶薰身体一僵，但抬头看到萧若宸眼中满满的关切，顿时心下一软，暗笑自己想得太多了。

叶薰啊叶薰，好歹你也是一个受过现代教育的人，怎么反而计较起古人所谓的礼法目光了呢？难道来到古代这些年，连思想也跟着封建起来了？这么想着，叶薰索性鸵鸟一样把头埋进萧若宸怀里，放松心神，安心享受自家老弟的体贴周到。

没想到这一安心，疲倦就如深海的波涛一重重袭来，再加上迷香残留的药力，叶薰逐渐抵受不住瞌睡虫的诱惑，昏昏沉沉地睡了过去。

睡梦中叶薰感觉自己的身体似乎漂浮起来，被无形的力量牵引着进了一座看着格外眼熟的房子，穿过雕饰精美的回廊，最后进了一处熟悉的阁楼。

房间里的所有摆设都格外亲切，但究竟是哪里熟悉却又说不清楚。不过，当她看到那张舒适柔软的床铺时，一切都不重要了。

躺在软软的被褥中，全身的疲惫像是浮动的潮水，涌上来又褪下去。身体舒展开来，世上最美好的事情莫过于疲惫了一天后睡个舒服的懒觉了。

叶薰就这样安心进入梦乡，也不知道睡了多久，直到一声呼唤将她从梦里惊醒。

是谁？是谁在叫她？

叶薰伸了个懒腰，不情不愿地睁开了眼睛。

一张让她朝思暮念的俊脸立刻映入眼帘，叶薰定神一看，眼前的人竟然是沈归曦！

“你？”叶薰又惊又喜，“你回来了？”虽然竭力安慰自己沈归曦不会出什么事故，但内心深处的担忧还是无法开解。此时见到他平安归来，心里牵挂的大石头终于落了地，惊喜之情难以言喻。

如果说世上最美好的事情莫过于疲惫了一天之后舒舒服服睡一觉，那么比这个更加美好，更加幸福的事情，莫过于当你从睡梦中醒来的那一瞬间，第一眼就看到你心爱的人在你身边了。

“你在这里，我怎么能不回来呢？”面对她的惊喜，沈归曦体贴地笑道，握住她的手。

“平安就好，我担心死了。”叶薰开心地说道，又问道，“你什么时候回来的？”

“刚刚回来，所以来到这里了。我上次不就说了要来你们家提亲吗？”

什么？提亲？叶薰愣了愣，向谁提亲？

她抬头疑惑地看着他，可疑问还没有说出口，沈归曦却顺势低头吻住她的唇，将她来不及出口的疑惑通通封在了肚子里。

极深刻极缠绵的一吻，像是要把这短暂别离的思念和忧心统统借助这一吻表达出来，沈归曦温热的指腹摩擦过叶薰的脸颊，穿过乌黑的头发抱住她。

随着这动情的一吻，原本浮动在心中的疑惑逐渐烟消云散了。叶薰感觉身体深处慢慢涌现出一丝燥热，仿佛盛夏的阳光正透过窗格子照射进来，灼灼地投在她身上、心上。

战栗的感觉透过两人交叠的唇传遍全身，心神逐渐沉醉沦陷，脑海中除了彼此重叠的思念和缠绵交错的手指之外什么也没有了。

心醉神迷之间，她低低地呼唤着他的名字，紧握住他的手。

可伴着她的呼唤，沈归曦却意外地一颤。两人交叠的双手不自觉地握紧了，气氛仿佛有一瞬间的冰冷。

意外的氛围让叶薰开始清醒，她终于意识到不对劲儿。

等一等？他怎么会忽然出现在自己床前呢？他平安脱险之后应该回到京城，回自己家里才对吧？

而且他刚才说，要过来提亲，向谁提亲呢？

现在自己的亲人好像只剩下……萧若宸……

向小宸提亲！

头脑里反映出这条信息，叶薰瞬间打了个激灵，神志顿时清醒过来。

猛地睁开眼睛，耀目的光线一拥而入，刺地眼睛生疼，叶薰连忙闭上眼睛，过了好一会儿才适应屋内的明亮。

“姐，你可算醒了。”欢快熟悉的声音近在耳畔。

叶薰转过头，是萧若宸，他正站在自己床头，满是喜悦地低头看着自己。

视线一转，落在头顶低垂的鹅黄色轻纱幔帐上。原来自己一直躺在床上，刚才是在做梦啊。

真是一场诡异的梦！感觉简直……出奇地真实。甚至至今那温热的感觉还清晰地残留在唇上，叶薰情不自禁地抚摸着自己双唇，心神一阵恍惚。

缠绵悱恻的唇齿交集，深刻入骨的抚摸拥抱，真实地完全不像是一场梦。可是屋里刚才只有萧若宸一个人吧？叶薰的目光禁不住落到他身上。

萧若宸却并未察觉叶薰的异样，坦然自若地继续笑道：“要不是大夫向我再三保证你只是劳累受惊过度而沉睡，我都以为你是昏迷不醒了呢。”

直到一番话说完，才发现叶薰的反应有些呆呆的。他蹙了蹙眉头，神色有些紧张起来，坐到床边，伸手按向叶薰的额头。

叶薰一惊，“啪”的一声，条件反射地打掉了他的手。

“姐，你是不是还有些不舒服？我去叫大夫过来吧。”萧若宸愣了愣，缩回手之后，满脸担忧之色地问道。

“呃，没事，”叶薰清醒过来，禁不住暗暗好笑，在想什么呢？自己刚才是睡糊涂了。抬头见萧若宸真的要去找医生，她连忙拉住他道，“不用找大夫了，我没事，就是被太阳照得有些头晕。”

萧若宸的视线落到旁边的窗户上，埋怨道，“是我太粗心了，竟然忘记把窗户关上。”说着起身向窗户走去。

阳光沿着敞开的窗口投入房内，看样子已经是黄昏时分了，自己一觉竟然睡了这么久？叶薰放松下来，依靠回身后的软垫，暗暗想着，刚才的梦……算是日有所思，夜有所梦吗？自己实在是太牵挂他了，也难怪会做这样的梦。

“小宸，刚才……我没有说什么梦话吧？”叶薰咬了咬下唇，望着他的背影试探着问道。

"什么梦话？我刚刚进来呢。"萧若宸一边关上门窗，一边笑着问道，"姐，你刚才做噩梦了吗？"

"嗯，没什么。"叶薰不在意地笑道，也许真是自己多心了。相背而坐的她自然没有看见，萧若宸眼眸中瞬间闪烁起的寒光，反射着淡金色的夕阳余晖，宛如一层千年不化的冰霜。

随着"咯吱"一声，紧闭的门窗掩去了温暖的阳光，也掩去了双眸中深不见底的清冷。

屋内的光线黯淡了下来，萧若宸转过身，神色已经清淡和煦如常。他笑道，"你肚子饿了吧？我交代厨房准备了一些吃的，现在就给你端过来。"

"好啊。"叶薰正感觉肚子饿。

萧若宸出去端饭菜，房间里只剩下叶薰一个人，空闲无聊的她终于开始打量起四周的陈设。

这是一间陈设精美的闺房，几乎一看便知道是贵族小姐的居所。只是这些器皿陈设和房间布局……视线扫了一圈，叶薰越来越吃惊，她忍不住跳下床，推开窗户，探头向外望去。

当外面的景色映入眼帘的时候，叶薰忍不住吃惊地睁大了眼睛。

虽然景致变化了不少，但是她依然能够分辨出来。这里竟然是萧国丈的府邸，而这间屋子，就是自己当年第一次醒过来看见的房间。

"姐，你小心摔出去了。"推门进来的萧若宸一眼看到趴在窗户上的叶薰，禁不住惊叫一声。

叶薰关上窗户，转过身。

看到叶薰脸上毫不掩饰的惊奇，萧若宸立刻明白她在惊奇什么，将食盒里的杯盘碗碟在桌上摆开，一边解释起来。

原来，当年萧国丈一派失势倒台之后，不少官员被抄家灭族，他们的府邸自然也都成了皇家的财产。这几年里，这些府邸大多数都被赏赐给有功的臣子或者新晋官员了。只余下几座最富丽的宅院一直封存着。萧若宸这次立下了救驾的大功，一跃成为朝中新贵，帝王亲信。皇帝想到心腹重臣在京城并无府邸，干脆就把这座府邸赏赐给了他。

他倒是够大方，叶薰咂舌道，只是全京城的人恐怕都做梦也想不到，这座府邸与这位朝中新贵的真正联系吧。

萧若宸将两副碗筷放好，笑道，“姐，别出神了，饭菜再不吃就要凉了。”

叶薰低头看着桌子上的饭菜，都是自己喜欢吃的，而且考虑到她的身体状况，口味也清淡。熟悉的菜色搭配和香气让她一眼就认出，这一桌饭菜都是萧若宸亲手做的。她心里莫名地涌起一阵纠结的思绪，记忆自然而然地回想起居住在兰蔷园的那些日子。

那些平淡却幸福的日子里，每到夜晚，两人时常一起下厨，一起吃饭，就这么对坐着，属于两个人的空间里，时光如流水般静谧舒缓地流过身边。

那时候，叶薰总以为那段日子是纯粹的安宁和平静。

可是后来……脑中映入鲜血和火焰的色泽，凄厉嘶哑的呼唤，还有那张秀丽濒死的容颜。

叶薰心里一紧，也许，那些所谓的平淡幸福，只是属于她一个人的平淡幸福……

她咬了咬唇，沉声说道，“小宸，有些事情我想和你说。”

“好啊，”萧若宸爽朗地答应道，一边递上筷子，笑道：“等吃完了饭，我也有一件事要告诉你。”

心事重重，可口的食物吃到嘴里也尝不出味道来了。萧若宸不停地替叶薰夹菜填粥，一边随意地说起一些军中趣事。叶薰心怀慢慢敞开，吃到半饱，便放下筷子。

唤过仆役进来收拾碗筷，萧若宸和叶薰起身出了房间。

阁楼外面就是花园，盛夏的时节，园中花木正盛，参天大树遮蔽住头顶的天空，屈曲盘旋的虬枝上缀满了青葱翠绿的叶子。月光透过树叶缝隙朦胧流泻而下，摇曳满地盈盈的光影。浓淡相宜的各色鲜花在月光中静静绽放，清雅的香气溢满了四周。

“姐，你不是有话要和我说吗？”并肩走了一会儿，萧若宸先开了口。

“嗯，”叶薰心中犹豫着，开口问道：“文善堂的那些人可有审理？有消息了吗？”

“没有。”萧若宸苦笑了一声，他已经令贺骏万严加审问，但大多数仆役根本一无所知，甚至至今想不通车底下怎么会凭空出现一个大活人，而少数知情的几个口风都硬地很。

“只是……他们所带的文书证明皆是真实无误。”萧若宸沉吟着缓缓说道，说完抬头看着叶薰。

果然，叶薰心下一沉，在河里翻船的时候，她就发觉那个奇怪的黑衣人意在擒而不在杀。只要稍微动动脑筋就能明白，有实力、也有理由用这种手段对付自己的，必定是沈涯无疑了。

往前推敲起来，安排的船只为什么会突然触礁？虽然那天晚上的暴风雨很大，但船上掌舵的都是经验丰富的老船工了……而且触礁的部位无巧不成书地正是自己的舱室，再加上那紧锁的舱门……

这么说来，沈涯在清晨见面的时候就已经认出自己来了？他却不露丝毫破绽，简直……叶薰暗叹了一声，与这样城府深沉、老奸巨猾的人物比起来，自己实在是太嫩了啊。

看到萧若宸疑惑的视线，叶薰将自己一路南逃的经历缓缓说明。

萧若宸神色郑重地听着。当听到叶薰和沈涯在驿站意外碰面时，纵然早有预料，他脸色还是有一瞬间的苍白。

叶薰心下更觉惭愧，他们姐弟二人能够完好至今的最大保障就是两人的身世完全不为外人所知。萧家可是满门抄斩的罪名啊！而且这个处罚至今还明文记载在刑部卷册上。一旦暴露身世，单是两人罪臣后裔的身份，就足以让皇帝直接将他们下令处死了。

“都是我不好。”对自己的大意叶薰也是后悔莫及，自己怎么就那么倒霉地遇见了沈涯呢。

见叶薰神色忧虑，萧若宸连忙安慰道，“姐，你不用担心，这件事情被沈涯知道也无妨，他根本没有任何证据。再说，以沈涯的精明，发现我们的身世也只是迟早的事情。”

虽然萧若宸这样安慰，叶薰依然耿耿于怀。萧若宸见状，索性岔开话题问道：“你怎么会去了驿站那里？”

走过一丛花树，眼前是一片豁然开朗的草地，草地中央有一张石桌，四面随意地摆放着几只石凳。两人心有灵犀地朝那边走过去。

“我是前往……”一边走着，叶薰将这几年的经历从头到尾简单地交代了一遍。

说到自己在悬崖底下救了沈归曦，然后两人一路相伴的时候，叶薰抬头偷偷看了萧若宸一眼。

萧若宸满脸平静淡然，仿佛沈归曦这个名字对他无丝毫的意义。

叶薰心下也不知道应该欢喜还是忧愁，这样的反应让她完全摸不着头脑，却隐约感觉有种说不出的别扭。心里虽存着疑惑，口上却并未停止。她这几年的经历曲折离奇，纵然只是简单讲述，也说了小半个时辰。

萧若宸自始至终都安静地听着，神色冷静自制，唯有在叶薰说起两人去了弩扬族的时候，眸中难以抑制地爆起异色，却也只是一闪即逝。

月上中天，夏日的月光温暖中带着清冷的凉意，如明澈的流水沁人心脾。叶薰的声音停止了，四周万籁俱寂，只余树影扶疏，清风微袭。

一片静谧的天地间，萧若宸忽然伸手覆住叶薰的手，低声道，“姐，你怪我吗？”他神色有些仓皇，“都是我不好，是因为我……这几年害得你九死一生，受尽了苦……”

温暖的感觉从两人交叠的双手传递入心底，他黑白分明的双眸在月色下格外清亮，像是小动物一样，满含期待地看着叶薰，却又有些游移不定，像是在害怕她的责怪。

看到他自责的神情，叶薰微微有些奇怪，这几年的经历要追根究底，完全是战乱的无奈，与萧若宸根本没有丝毫关系。而且当时他远在边关，也压根儿没有能力救助自己啊。

“小宸，又不是你的错，”叶薰语重心长地说道，“其实我大多数日子都是在芳月阁，有沈……有金菱他们照顾，日子过得还不错。”现在回忆起那段日子，其实是难得的平静悠闲，就算有些波折意外，也是甜美多于苦涩。比如在太子行宫的那晚意外……

看着叶薰脸颊上渐渐浮现出怀念的笑容和红晕，萧若宸愣了愣，有些失神，随即又展颜笑道，“看来是我多虑了。日后若有机会，我一定好好答谢帮助你的那些人。”

他一边说着，一边看着叶薰的神情，睫毛低垂，低声道，“只是……姐，现在我已经长大了，以后我一定好好保护你，别离开我好吗？”说道后来，他的语气郑重起来，带着一种若隐若现的执著，执著中却又隐含着一丝担忧。

“小宸，你不必老是记挂我。”听得出萧若宸语气中的紧张，叶薰笑道。她又不是事事需要人照顾的娇小姐。

“姐……”萧若宸握紧了覆在叶薰手上的手，轻声呼道。

低头看去，眼前明明早已经长大的少年却带着一种孤单落寞的感觉，叶薰有一瞬间的失神，似乎又看到了两人携手逃亡的那个夜晚，看到了那个一夜失去所有一切的孤单绝望的少年……那感觉稍纵即逝却又清晰无比。

“好。”受不了被这样的视线所注视，叶薰只好乖乖地点头答应道。

萧若宸神色轻松起来。

看着他欢喜的神情，叶薰心里一热，脱口而出道：“小宸，我还有一件事情要告诉你。”

“什么？”萧若宸转头问道，清朗的月色之下，眼神越发浩然如明月。

“是……”叶薰嘴唇张了张，话语却不由自主地一滞，卡壳了半晌方沉声说道：“是……关于卉儿的事情。”

听到这个名字，萧若宸神色一动。

“是你安排卉儿在柳拂虹的身边吧？”叶薰继续沉声问道，“还有当初……因为染尘的事情……”

随着叶薰的询问，萧若宸眸中流光闪过，微微低下头，低声道，“陈卉儿的事情确实是我安排的，当初柳拂虹找到我的时候，我也大吃一惊……”

讲述起这件事情的缘由因果，萧若宸的神情也有一丝黯淡。柳拂虹捡到了染尘之后，以她的见识，自然不难推敲出两人的真实身份，正好借以钳制利用他。他孤身一人，身单力薄，根本没有选择的余地。

难怪他会忽然入了军队，叶薰叹息一声，转念又想到，这件事情追根究底还是因为自己把染尘丢在了那座院子里，罪魁祸首其实是自己，而带来的后果却是萧若宸一个人在承受……叶薰心下更加愧疚。

“那时候我别无选择，只好拜托她动手了。”提到卉儿的名字，萧若宸语音也有一丝苦涩，“其实她贴身服侍柳拂虹，日子久了，也发觉了一些不对劲儿的地方，甚至……也偷偷向我说起过。若不动手，她迟早也要死在柳拂虹手里。”

叶薰神色一动，立刻想到，往昔服侍沈家老夫人的侍女总是隔一段时间就莫名其妙死掉，沈家一直说是什么是鬼怪作祟，还传出什么鬼屋之类的闲话，只怕都是柳拂虹暗下的毒手。她假装痴呆，就算再谨慎，日子久了，贴身的侍女只怕也要发现一些端倪了，自然要清理掉。

萧若宸将事情的经过缓缓道来，一时间叶薰心中涌起千万般滋味，回想起兰蔷园的那段无忧无虑的日子，那时的她怎么可能想到，在一片安静祥和的背后，竟然隐藏着这样深不见底的杀机！

或者说安静祥和的自始至终只有反应迟钝的她，而萧若宸，叶薰的视线落在他高挑静默的身影上，他所承受的，远远比她所想象的更多更沉重……

叶薰的心情也莫名沉重起来，就在出神的时候，头顶上忽然飘过一团阴影，隔绝了清丽的月光。叶薰抬起头，是萧若宸离桌起身，走到自己身边，近在咫尺地凝视着她。

叶薰一愣，他的个子竟然比自己还高了。回想起回来路上他轻易抱起自己的动作，原来他早已经不再是那个遇到困难就伏在她肩头默默流泪的少年了。

“姐，你是在怪我当初没有告诉你实情吗？”萧若宸略一犹豫，低声问道。

“没有，”叶薰摇了摇头，“我知道你是不想让我担心。”对于这些隐瞒，与其说是介意，叶薰心中更多的是愧疚和自责，自己竟然一直没有察觉到萧若宸所陷入的困境，更对他没有丝毫帮助。

还有那个无辜的女孩……想到卉儿临死前的那一幕，叶薰心脏又是一阵抽紧。

“只是卉儿她……”叶薰犹豫着应该如何将卉儿临终前的话语告诉萧若宸。仅仅从那只言片语，叶薰就明白陈卉儿是恋慕着自家弟弟的。只是萧若宸的心意呢？

“姐，你放心吧，卉儿的家人我已经安排妥当，”萧若宸打断了叶薰的话，安慰地笑道，“陈家本也是前几年被流放南疆的，我已经委托刑部将其罪责重新审理，前些日子朝廷为庆陛下归来而大赦天下，如今他们已经平安返回故乡了，后续事宜我也都安排妥当，不必担心。”

听着萧若宸的话，叶薰无声地点点头，她的家人能够平安赦免，自然是一件好事。只是……卉儿所渴望的是这些吗？回想起那个月夜无意中撞见两人在树丛中相处的情形，那些举动怎么看都像是……难道仅仅是在讨论对付柳拂虹的计划？

心里还隐约浮动着一缕阴影，但萧若宸却完全不想再继续这个话题了，径自问道：“姐，你要告诉我的就是这个吗？”

叶薰犹豫了一下，笑道，“就是这些，没什么了。”

她其实是想向萧若宸摊牌沈归曦的事情，可是不知道为什么，一对上那双眼睛，心里的话像是撞上了一堵无形的墙壁，到了嘴边竟然莫名其妙地变成了卉儿的事情。

算了，以后再说吧，还有的是机会。而且卉儿的事情也是她心里的一块大石头，如今总算落了地。

萧若宸拉住她的手，笑道，“我也有事情要告诉你呢，你跟我来。”说着拉着叶薰向屋里走去。

月亮不知不觉攀上夜空，叶薰随着他回了屋里。收拾房间的仆役早已离开，只余下一个丫环正背对着门整理床铺，背影窈窕纤细。

听到门开的声音，那个丫环转过头来，见到萧若宸，连忙恭恭敬敬地行了个礼。起身时候视线落到叶薰身上，禁不住愣了愣。

叶薰也在仔细打量着她，初进门的时候她便觉得这个丫环有几分眼熟，此时看了容貌这种感觉更加明显了，却总是想不起在哪里见过。

那丫环仔细端详了叶薰好一会儿，眼神越来越震惊。直到视线落在萧若宸脸上，仿佛从他那里得到了肯定，才难以置信地开口问道，“小……小姐，是若岚小姐吗？！”

若岚小姐？！叶薰被这个称呼吓了一大跳。

京城里面谁会用这个名字来唤自己呢？她脑中灵光一闪，惊声问道：“你是湘绣？”

眼前女孩与自己差不多大小，秀气的五官还带着多年前的影子，正是当初萧若岚贴身服侍的丫环湘绣。

“真的是小姐？”湘绣惊喜之下连礼节也顾不上了，直接冲上来一把拉住叶薰的衣袖。

叶薰有些尴尬，却有更多的喜悦。她知道湘绣是从小服侍萧若岚的贴身丫环，两人一同长大，几乎称得上情同姐妹。

自己虽然不是萧若岚，但是刚刚来到这个世界的那些日子里，也一直是湘绣在照顾她。居住在国丈府的那段时间，眼前这个女孩就是与她最贴近的人了。

当年萧家近身的下人几乎都跟去了猎场，自然也随同他们的主人被埋在了地下。反而是湘绣这个小丫头因为正好病着，逃过了一劫。

一路逃亡的间隙，偶尔想起她逃脱大难，叶薰心中也颇为庆幸，只是没有想到两人还有再见面的一天。

看着眼前湘绣不停抹眼泪的模样，叶薰心下悲喜交集，却又有些疑惑，她是怎么回到这里的呢？

旁边萧若宸看到她的表情，便明白她在想什么，笑道："我也是偶尔遇见了湘绣。"

原来萧家当初抄家灭族，这些服侍的下人都被发卖了。湘绣当时本来就病着，遇到了抄家的噩运自然更加雪上加霜，没几天就病得要死了。负责发卖他们的人见她已经出气多进气少了，觉得晦气，又担心她的病会传染。因此趁着她还没有断气，干脆用草席子一裹，扔到无人的街角去了。

湘绣在那里遇到了一个捡垃圾为生的老婆子，给了她几口热水，凭着体质好，竟然硬撑着退了烧，活了过来。之后便留在附近靠做些刺绣织补之类的活计儿谋生，好在她绣工精湛，养活自己吃住之外还能够不时接济一下那个救了她的老婆子。

直到前不久偶尔遇见了萧若宸，才被萧若宸带入府里。

之后日子自然是由湘绣贴身服侍叶薰了。虽然叶薰早已经习惯了自力更生的生活，并不需要人服侍，但想到身边如果有不知道底细的丫环在，对自己和萧若宸来说都不方便，也只好接受了。

不知道是因为白天睡得太多，还是因为心里的牵挂迟迟无法放下，整个夜晚，叶薰翻来覆去总也睡不着觉。

第二天醒过来，坐在梳妆台前，叶薰看着自己那只黑黑的眼圈，很是无语。

湘绣推门进门来，看到叶薰贴近了铜镜端详自己的架势，也忍不住掩嘴一笑，"小姐在看什么？"

"当然是再看自己的脸了。"叶薰苦笑道，坐直了身子。

湘绣将捧进来的大盒子放到梳妆台上，随手拉开一层。叶薰探头一看，明晃晃一片，尽是样式精美、宝光闪耀的金钗珠花，想必下面也是耳环项链之类的首饰。这些东西叶薰看了就头疼，问道："哪里来的？"

"当然是宸少爷……不，是大人命令京中的工匠打造的。"湘绣笑道。

叶薰和萧若宸的身份还是秘密，自然不能再叫旧时的称呼了。

一边说着，湘绣转过身来。这时她才看到叶薰顶着两个大大的黑眼圈，吓了一跳，“小姐……”

“没什么，就是没有睡好而已。”叶薰不在意地挥挥手。

湘绣捂嘴笑道，“这样明显，待会儿奴婢拿点儿清火去毒的蜜露擦擦吧，不然真认不出小姐来了。”

叶薰不置可否地点点头，可这样毫无意义的对话却忽然拨动了她心弦一角。对着镜子仔细端详了几眼，她开口问道：“湘绣，你说几年不见，我的容貌变化大不大？”

“小姐容貌变化了很多呢。”湘绣走到叶薰身后，如旧时那般帮她梳理头发，笑道：“若不是见到小姐与少爷那般亲密，又得了少爷的提示，以奴婢的眼力是绝对认不出来了。其实就算是少爷，奴婢也没有认出来，当初还是少爷听了外人喊奴婢的名字，先认出奴婢来的呢。”

叶薰心里一颤，果然，经历了这些年，他们的容貌早就有了很大变化。湘绣和萧若岚是从小一起长大的，可以说是这世上对她容貌身形是最熟悉不过的人了。连她一开始都无法认出自己来，沈涯凭什么能够只见了一面就认出她来呢？！

叶薰越想越觉得事情不对劲儿。她回忆起自己和沈涯在京城的几次见面，可实在是太久远之前的事情了，早已模糊不清。叶薰想了半天也摸不着头脑，忍不住小声嘀咕了一句，“难道真有传说中过目不忘的人？沈涯那家伙……”

沈涯这个名字一入耳，正替叶薰插簪子的湘绣忍不住手一抖，“啪”的一声脆响，金簪掉到地上。

“怎么了？”叶薰转头看了一眼。

湘绣连忙弯腰捡起金簪，勉强笑道，“没什么，刚刚手不稳，只是幸好没有跌坏。”说完继续帮叶薰挽头发，人却有些恍惚，一根簪子插了几次才戴上。

叶薰透过铜镜扫了一眼那只金簪，又看了看湘绣有些发白的脸色，随口问道："湘绣你脸色不太好，可是有心事？"

"没事。"湘绣连忙说道，顿了顿又改口道，"只是有些疲倦，可能因太欢喜，昨晚没有睡着觉的缘故。"

这个理由倒也合情合理，叶薰暂时打消了疑惑。

第四章

故人相逢

转眼间，叶薰在府里已经住了五六天了。阖府上下都知道她是将军大人的亲姐姐，自然恭谨服侍，每日里锦衣玉食，日子过的和刚刚来到这个世界的时候差不多。连无聊程度也可以相提并论了。当然，还有焦虑程度，只是那一段日子是焦虑自己的婚姻大事，而这一次……这一次好像还是在焦虑自己的婚姻大事。

可上次只有一个烦恼，只需处心积虑地想着怎么逃出那个牢笼，而这一次却是烦恼更多，如何才能得到外界的消息？如何才能开口向萧若宸提起自己和沈归曦的关系呢？而且沈归暮和雁秋也在了京城吧，叶薰真想见见久别的朋友。

这五六天里，叶薰数次想同萧若宸开口，可话到了嘴边却总是不知道怎样说，而且两人见面的时间也不多。他每天清晨上早朝的时候，喜欢赖床的叶薰还躲在被窝里呼呼大睡；而晚上，因为边关战事正紧，朝中事务特别繁忙，他经常三更半夜才能回家。

这样的日子又持续了两天，叶薰真的忍受不住了，这种大家闺秀的日子简直就是在养小猪。

奇怪啊，记得以前自己的心愿不就是当一只米虫吗？现在反倒不能忍受这样好吃好喝，无所事事的生活了。因为心里有了牵挂吗？叶薰微带怅惘地想着。

不管了，反正明天一定要出去打探消息。这天一大清早，叶薰就起了床，翻出出门的衣服来。

“小姐想出门去吗？”湘绣见了便问道。

“是啊，想出去逛逛。”叶薰摆弄着那一堆衣服，想挑出一套样式简单的来。

“小姐是该出门一趟了。”湘绣想了想，说道。

“怎么？”叶薰一愣，她本以为向来胆小怕事的湘绣肯定会阻止她呢。

“小姐难得能够平安归来，总要去看看夫人的。”湘绣正色道。

夫人……萧夫人？不对，她说的是萧若岚的生母！叶薰立刻想起来，萧若岚的生母在生下她不久就过世了，因为她是个妾，又是穷苦人家出身，而且生下的也只是个不受重视的女儿，所以萧家当时并不看重，连祖坟都没有让她入，只在城东择地葬了，灵牌也是供在城东的一座庙里。

萧家倒台，祖坟祠堂都被官家没收，反而是这个死了十几年的妾的灵牌坟墓无人注意，逃过一劫，也可谓世事无常了。

以前萧若岚极为尽孝，每个月都要去寺庙里祭拜生母，可以说是内向文静的她的最大活动范围了。自己顶着人家的身体，总也要为她尽点儿心，叶薰想着，而且正可以名正言顺地出门去，一举两得。

既然这样，就干脆耐着性子又等了一天，让人准备了香烛纸钱，又告诉了萧若宸。

第二天一大早，叶薰就带着湘绣，坐上马车，出门往城西去了。

一路上，叶薰挑高了车帘子左顾右盼。京城的街市繁华昌荣，行人摩肩接踵，相比于商贾云集的凉川别有一番不同的风味。只是风气比凉川封闭很多，叶薰这样掀着帘子四处看，已经有不少人偷偷向这边看过来了，更有几个好事之徒暗中指指点点。

好在叶薰所挑选的马车虽然精美繁华，却无任何标记，无人识得这是哪家的小姐。

一路走下来，叶薰暗暗庆幸，幸亏自己以不想暴露身份为由，坚决不让萧若宸派兵甲保护，行动还能够自由一些。

到了城西近郊处，果然有一座精巧的寺庙，虽然及不上京中另外几座大庙气势恢宏，但雕琢气象也是不同凡响。走得近了，叶薰才看到匾额上“普光寺”三个宝相庄严的大字。

这个名字叶薰以前也听说过，算是京城东部有数的几家名寺之一了。放眼望去，人来人往，香客还不少。

下了马车，叶薰几人进了寺庙。

见叶薰和身边随从的气派，寺中诸人便知道是官员内眷到了，招呼恭谨有礼，知客僧殷勤地引着众人入寺内喝茶。

叶薰在客房坐了片刻，便留下众人在偏殿守候，只带着湘绣一人入了正殿。

一通烧香拜佛的礼节下来，捐了香油钱之后，叶薰以观光为借口，请引路人带着她们进后山走走。

后山种了不少花木，如今开得正盛，也算是一处不错的景致了。山北侧有一片坟地，寄放在庙中的灵牌的主人多半都是埋葬在这里。

到了坟地，湘绣拿出一锭重重的银子，寻了个理由，将引路人远远打发了。

因寺庙里面也常有一些夫人小姐前来偷偷祭拜死去的私密情郎等，引路人也并未起疑，乐得收了银子偷懒去了。

见四周无人，湘绣寻到自家夫人的坟墓。展开随身包袱，两人取出纸钱烛火，按礼祭拜了一番。

公事完毕，叶薰打量起眼前这座坟墓，墓碑及四周都很整洁，像是刚刚有人整理过了。她以为是湘绣所为，也并未细问。

整个祭拜过程没有引来任何人注意。祭拜完毕之后，湘绣又开始烦恼着如何才能够找个理由，不引人怀疑地去自家夫人的灵牌前磕个头。而叶薰也在烦恼，她却是在烦恼应该如何下手打听消息。

打听消息之前，总要把湘绣先支开为好。叶薰正愁着用什么理由好，却是湘绣先开了口："小姐，您先自己回大殿去吧，奴婢去侧殿灵堂那里打听一下消息，看夫人的灵牌是不是还在原来的位置。"

叶薰巴不得如此，连忙点头答应。看湘绣的身影走远了，她也起身向寺内走去。

路上经过一排平房，冷不防旁边的月洞门里蹿出一个人影，一把拽住了叶薰的衣袖，激动地喊道："芸妹妹，你可算来找我了。"

想不到平静的寺庙里面还会有这么一出戏。叶薰吓了一大跳，连忙挣脱起来。不料那人拉扯地很紧，竟然挣脱不开。

情急之下，叶薰直接一脚狠狠踹了过去。

那人"哎呀"一声痛叫，叶薰一脚正踢在他膝盖处，将他踹倒在地上。

挣脱束缚，叶薰赶紧后退了两步，这才看清楚，眼前是一个身形消瘦的中年僧人，五官乍一看倒颇为秀雅，气质也像个读书人，可细看了就发现神色间很是憔悴，像是个长年累月饱含着愁苦的人。

都已经被叶薰一脚踹到地上了，他的眼神却依然死死盯在叶薰脸上，一副看得出神的模样。

被这种眼神看得遍体生寒，她脸色沉下来，提高了声音喝问道："一个出家人竟然光天化日之下扑出来拉扯庙里的女客，天底下哪家寺庙有这样的规矩？！"

听到叶薰的声音，那僧人才如梦初醒，又仔细看了叶薰数遍，神色恍惚失望起来，"原来你不是芸妹妹……是了，芸妹妹已经死了十八年了，已经十八年了啊……"一边说着，他的神情越发憔悴失落。

什么云妹妹，雨妹妹的……叶薰一阵无语，眼前僧人应该是将自己误认为别的什么人了吧。只是听他的称呼，还有这恍恍惚惚、念念叨叨的语气，

怎么听都像是在思念自己的情人。他好歹是个出家人好不好，叶薰打量着他的僧袍暗暗摇了摇头

那僧人一边念叨着，一边从地上爬起来。一身灰扑扑的僧袍肥大无比，更衬得他瘦弱地像一只竹竿，风一吹就倒的那种。看着他满面愁容的样子，叶薰心下一软，问道："你没有摔着吧？"

"没有，"僧人摇了摇头，他的神情已经平静下来，站直了躬身一礼："小僧方才鲁莽，惊扰了小姐，还请赎罪。"

他举止文雅，像个读书人更多过像个僧人。听他刚才的语气，应该是他所爱的人十多年前就去世了吧。人生不如意之事十之八九，这世上伤心人何其之多。叶薰暗叹一声，别人的悲喜生活与她无关，她还急着去寺里打听消息，便和气地道："无妨，小事而已，请大师让路吧。"

那僧人避让到一旁，叶薰抬脚踏过月洞门。

谁知刚走了两步，却不防备后面的僧人又猛地伸手拉住她，

"你……"毫无防备的叶薰被他拉扯地一个趔趄，险些跌倒，心里禁不住火大，转头怒视着他，喝道："你干什么？快放手！"

僧人却对她气愤的呵斥恍如未闻，视线惊恐地盯着叶薰，嘴唇颤抖着问道："若岚，难道说……你是若岚？！你没有死……"

若岚？

这两个字入了耳中，如当头一个霹雳，叶薰险些变了脸色。

他是谁？难道他认识萧若岚不成？

"你真的是若岚……"他仔细查看着叶薰的脸色，神色间又是震惊，又是狂喜，"你竟然没死，必是你娘在天之灵保佑……"

他在说什么？！叶薰听得心惊胆战，她看了看四周，幸好附近一个人也没有。她连忙喝止道，"什么若蓝若绿，本姑娘名叫叶薰，大师认错人了吧。若是再不放开，小心我喊人了。"

"不对，我认得出……"僧人摇了摇头。

就在这时，前方传来一阵脚步声，两人齐齐一惊。叶薰趁机甩开了他的

拉扯，快步向前跑去。

那僧人在后面追了两步，眼见追不上了，禁不住在后面喊道，“若岚，若岚，你先别走……”

叶薰哪里会听他的，飞快地闪入走廊，跑进了前殿。看到眼前人来人往，香火鼎盛的气象，她才松了一口气。

一阵急促的奔跑，叶薰累得气喘吁吁，她寻了一个不引人注目的角落，依靠在廊柱上歇息，一边禁不住疑惑，那人究竟是谁？还有他口口声声说的什么云妹妹……

诸多问题在叶薰脑海中盘旋不去，正想地入神，忽然前方一阵骚动。

抬眼看去，似乎是什么人进了大殿。距离门口还隔着不少香客，叶薰看不清楚来人，却见到身边的香客们，尤其是女香客，纷纷将目光投向门口。

待来人进了视线范围，叶薰也禁不住一愣。

是一个极年轻极俊美的公子，乌黑的头发随意地梳拢着，未加冠带。外面随便披了件淡紫底色金线绣成的外袍，敞开的衣襟里露出洁白的缎子中衣。这样华丽的装束落在别人身上只觉得暴发户般俗气，但是他穿着却像珠玉天成般契合自然。

更有一把精致的描金扇子摇在手里，折扇轻摇之间，风姿修长佚丽，纤雅别致。

也难怪满殿进香的女客都看得移不开眼去，叶薰瞅了瞅四周，好像不仅是女客，还有一些男子对着那张精致的脸，也忍不住狠狠瞧上两眼，暗咽几口唾沫。

除了自家祸水级别的老弟，还真没有见过另一个五官这么细致的人呢，叶薰暗暗感叹，只是这张脸美则美矣，可眉目之间总有一种说不出的韵味，让叶薰看着很不舒服。

这公子也不知是什么来头，排场极大，身边十几个衣衫精美的长随紧跟着。这么多人一拥而入，殿中立时拥挤起来。

他步伐潇洒地入了殿中央，黑曜石般流光溢彩的明眸在殿内扫了一圈，尤其在殿中女客们的身上徘徊了一遍。当扫过叶薰所在角落的时候，他的视线一顿。

他这是……看着那少年公子不断向这里接近的身影，叶薰有些发愣。

他不会是向着个方向过来吧？这个角落有什么引他注意的东西？叶薰左右一看，除了自己和身后的柱子根本空无一物。应该不是冲着我来的吧？

还在犹疑不定的时候，少年公子却已经走到了她面前。

叶薰莫名其妙看着在自己面前一步之遥停下的身影，他要干什么？

和陌生男子相隔这样近的距离，纵然对方是个美男子，叶薰也觉得有些难受，她想要后退一步，可身后就是柱子，根本退无可退，无奈之下，她索性直接问道："请问公子有何贵干？"语气客气有礼。

少年公子没有开口回答叶薰的问题，他直接用行动回答了。

秀气的眉梢一扬，他伸出一只手，挑起了叶薰的下巴。

这个场景好像很眼熟哎……

对方轻佻的动作让叶薰的大脑瞬间短路，在死机长达数秒钟之后，她才终于反应过来这无比眼熟的场景代表着什么。

她竟然被、调、戏、了！！！！！

这这这……这是什么情况啊！意识到这一点，叶薰的第一反应并不是平常女子的羞愤气恼，而是目瞪口呆。

也许是感觉叶薰的反应很有趣，少年公子嘴角扬起了得意的弧度，"小美人，这么欢喜。以后就跟着本大爷吧？"

实际上，叶薰太过于震惊了，震惊到不知道应该怎么反映了。

苍天啊，大地啊，这种狗血到万众唾弃人神共愤天理难容的白垩纪桥段竟然被她"好运"地遇见了！

不过，不太对劲儿啊。

传说中调戏良家妇女的地痞不都应该生得獐头鼠目、贼眉鼠眼，让人一看就恨不得踹上两脚的那种。

可是眼前调戏自己的这只，长得简直……叶薰上下打量着对方。简直天理难容啊，这种长相的人，不被调戏已经是不合逻辑了，竟然胆敢跑出来调戏别人。

转头看看周围死盯着这边的大姑娘小媳妇们，似乎都是一副于我心有戚戚焉的表情。更有甚者，还有几个正狠狠瞪着叶薰，好像恨不得冲上来将她一把推开，换成自己代替叶薰被美男调戏呢。

“小美人，是欢喜地傻了不成？”看叶薰有些心不在焉，年轻公子皱了皱眉头，顺手捏了捏叶薰的下巴，提醒意味十足。

叶薰瞬间清醒过来。

这臭小子实在是太欠揍了。你才多大的年纪啊，还本大爷？

自己是直接一脚踹过去然后离开呢？还是好汉不吃眼前亏，等到半路再埋伏他，狠狠扁他一顿呢？

护送她来进香的随从人数虽少，却是萧若宸精心安排的，武功都不错。因此就算眼前这个花花公子带着十几个人，叶薰也丝毫没有担心。

可抬头对上那张精致秀美的面容，叶薰脑中瞬间闪过一个念头，也不用再纠结什么时候动手了，她摆出大灰狼遇见小白兔的经典表情，直接笑道：“这样的美人投怀送抱。本大……本大……”叶薰本来想说本大娘，但想了想这个称呼实在是有点……咳嗽了一声改口道：“本大小姐能不欢喜吗？”

一边说着，她伸手紧握住花花公子放在自己下颌的手，另一只手就直接往他脸上摸去。

一个简单的动作，叶薰自诩融合参考了无数狗血电视剧里的经典桥段，可谓流畅自然而富有挑逗性，绝对比这位花花公子刚才的动作专业多了。

手感还真不错，皮肤怎么保养的？摸了两下，叶薰忍不住暗暗感叹道。好玩心起，又捏了捏他的脸颊。水嫩嫩的感觉几乎和以前的小宸差不多，可惜自家那只已经长大了，不好意思直接捏他了。

幸好今天还有送上门来的便宜豆腐可吃，算作补偿。叶薰又恋恋不舍地捏了两把才放下了手。

所有一切不过是片刻的工夫，等众人醒悟过来刚才发生了什么，最精彩的已经结束了，当然也不可能来得及阻止了。

而当事人本人正以难以置信的表情瞪着对方，震惊程度和刚才的叶薰如出一辙。

包括众狗腿在内的周围众人的表情也好不到哪里去，呆呆地看着眼前这一对儿。

光天化日之下调戏良家女子已经是骇人听闻的事情了，而被调戏的人竟然又反过来调戏了那个调戏她的……而且调戏和被调戏的这两位都是俊美灵秀，水葱般的人物……

尤其事情发生的地点不仅是在大庭广众之下，还是在一座宝相庄重的寺庙里，京城的风气什么时候变得这么开放了？若不是亲眼所见，众人根本无法相信。

周围浮动起隐约的笑声，这一局，实在是新奇又别致，让人不得不笑。

直到这些笑声传入了耳中，被调戏的少年才终于清醒过来，神情由惊异转为愤怒，愤怒中又夹杂着羞耻，毒蛇般恶狠狠盯着叶薰。

看着对方脸色由红变白，又因为气愤变得更红，叶薰却只觉得心情大好。直到现在，她依然没有把眼前的少年放在眼里，以为他只是个恶劣好色的平常富家子弟。

“你……”少年公子终于恼羞成怒，猛地伸手掐住叶薰喉咙，将她向后一推。

叶薰不防备之下，后背重重地撞到了柱子上，一阵疼痛沿着脊梁蹿上来。喉咙也被他掐地生疼，忍不住弯腰咳嗽。

那少年却还不肯罢休，跟进一步，抬手就要甩叶薰耳光。叶薰连忙闪身向柱子后面躲过去，同时张口喊人。

“来……”可她刚开了口，少年就发现了她的企图，连忙一手拉扯住她，同时另一只手飞快地捂住叶薰的嘴，一边狠狠地道：“有本事你喊啊！就算是喊来人我也不怕。”

Kao，你不怕那你还捂我嘴干什么？！

少年看着年纪不大，力气却不小，叶薰竟然挣不开他的拉扯，索性一不做二不休，张口对着送上门来的两根白嫩嫩的香肠咬下去。

“啊……”少年尖叫了一声，触电一样抽回了手，却依然慢了一步，被叶薰实实在在地咬了个正着。

看着自己手指头上那两排隐约透出血痕的牙印子，少年气得直打哆嗦。

叶薰趁机后退一步，摆脱了他的束缚。

抬眼看到少年暴怒的表情，她却不自觉地一愣，觉得这一幕自己好像在哪里见过一样，竟然有种莫名的熟悉感。

就是这一愣神的瞬间，让她错失了叫外援的大好时机。

听到自家少爷的痛叫，围在两人身边的随从们如梦初醒，终于意识到自己身为狗腿的责任，纷纷扑上来行使花花大少调戏良家女子时身边狗腿必尽的义务。

单挑都打不过，群殴更加无望了。眼见势头不好，叶薰撒腿就向柱子后面的侧门跑去。可身影刚刚晃了晃，就觉得全身一僵，双腿竟然不听使唤了。

不仅双腿，现在的叶薰想挪动一下手指头都无法办到。

自己是被点了穴道了！

不是吧？！叶薰难以置信地抬眼看着距离自己最近的那位狗腿兄，这……动作也太快了吧。

没吃过猪肉也见过猪跑路，叶薰虽然不会武功，但是长久和萧若宸、沈归曦这些武学奇才相处，又见识过柳拂虹这种惊世骇俗的高手，对武学也有一定的眼光积累了。

刚才她只迈了一步，这位狗腿兄就凭空落到了她面前，可谓轻功高绝，而他施展的点穴手法更是快地肉眼几乎无法捕捉。这样的武功就算不能与柳拂虹相提并论，也绝对是一等一的高手了。

而真正让她吐血的是，这样的高手竟然跑来对付她这样一个惨遭花花大少调戏的，手无缚鸡之力的，无辜柔弱的良家女子！！！此时叶薰完全忘记自己刚才调戏别人的戏份了。

喂，高手当到这种没品的地步，不觉得掉价吗？她很无语地瞪着对方。

接触到她的目光，对面那位狗腿兄禁不住一愣。

打了个照面，叶薰眨眨眼睛，其实这位狗腿兄长得还挺不错的，五官端正，身材挺拔。只是不巧站在了那位电灯泡般金灿灿闪亮亮的主人身边，难免被自动划归为路人甲了。

当狗腿还真是浪费人才了……叶薰刚刚升起这个念头，马上唾弃了自己，呸呸呸，就算你长得再俊，也不能否认你是只狗腿，而我是受害人的事实。一边想着，她愤愤然地瞪着对方。

在叶薰义正词严、义愤填膺、义无反顾的正义视线之下，狗腿兄的脸上竟然有点发红，好像也感觉自己的行为不太光彩，不自觉地躲避开叶薰的目光。

不错，还知道羞耻，孺子可教也。

呃……不过现在自己头疼的应该是另一个问题才对吧。

"闪开！"随着一声断喝，那少年一把将挡在面前的随从推开，大步逼近叶薰。

近距离看，那张脸更加秀美精致，配着腮上几道清晰的红印子还透着几分可爱，可眼神中隐约闪烁的阴鸷暴虐之气却大大冲淡了这种印象。

想起他刚才的行为，这样的人，无论生的多么俊美，叶薰也只觉得从心底里厌恶，与自己家里那两只品学兼优的相比更是不值一提，自己是傻了竟然去"调戏"这种劣质品。

他要干什么？眼看着笼罩在少年脸上的阴云越来越重，叶薰心里有点打鼓。

按照通常的狗血桥段，这个时候应该有人来英雄救美才对啊！怎么就没有人来救她呢？

外援还在遥远的偏殿里，距离正殿相隔着好几排房子。等他们发现自己的困境……不知道都过去多少时辰了。

不过就算他们进来了，叶薰的眼神扫过围在两人身边的十几个随从，心里一沉，想到刚才那只狗腿兄的武功，如果这个十几个长随都是这种等级的高手的话，他们来了也没用。

这个少年究竟是什么来头？竟有这样的高手替他保驾护航。

“你好像悠闲地很啊，竟然还在出神。”少年不怀好意的笑道，一边说着，猛地伸手拽住叶薰的头发。

叶薰只觉得头皮一疼，身体被一股大力牵引，不受控制地向旁边撞去。紧接着头上一阵发木，过了片刻疼痛才沿着发麻的地方扩散开来，

一阵头晕眼花之后，叶薰才意识到发生了什么，这小子竟然拉扯着自己的头去撞柱子！心里的愤怒简直无以复加。

少年的另一只手还掐在叶薰脖子上，卡地她呼吸困难，头昏脑涨、昏昏沉沉间，她听见少年冷哼一声骂道：“哼……贱丫头，竟然敢咬我……看你现在还敢咬我！”

早知道刚才就不咬你了，叶薰恨恨地想着，直接上断子绝孙踢算了！

她本来还有些后悔太过冲动，但此时却被少年的恶劣行为彻底激起了火气，纵然神志越来越昏沉，眼神却不见丝毫示弱，始终冷冷地瞪着少年。

少年看着叶薰的眼神，更加火大。回想起刚才的窘迫，从小到大还没有人让他在大庭广众之下出过丑呢，他狠狠地扬起手，一记耳光抽下来。

叶薰条件反射地闭上眼，在心里问候眼前少年的祖宗十八代。可问候了半天，也没有感觉到那只耳光落到自己脸上。

周围一片寂静，她偷偷睁开一只眼睛。

是一个高挑的身影挡在她面前，将少年挥下的手掌紧紧握住了。

第五章

疑心初现

不是吧，竟然真的有英雄救美？叶薰呆呆地看着挡在面前的人，

因为角度的关系，她只能够看到来人的半边影子，可就是这半边身影却让她无比熟悉。

心脏在胸口里剧烈地跳动起来，是他？！

他什么时候回来的？叶薰想要开口询问，可惜因为被封了穴道，根本无法说话，只余下相逢的激动一重重涌上来。情绪动摇之下，立刻感觉一阵头晕脑涨，尤其是刚才被撞击的部位疼地厉害。身边又没有可以依靠的东西，叶薰身子一晃，就向着柱子倒下去。

“小心！”听到身后的动静，来人一声惊叫，也顾不得与那少年计较，一把甩开他的手，转身接住了倒下的叶薰。

倚在他的怀里，叶薰终于看到了自己思念良久的面孔。

丹凤明眸里洋溢着满满的喜悦，让原本就俊朗如朝阳旭日的容颜越发耀眼辉煌，正是她如今最牵挂的人。

叶薰真有点儿怀疑自己是在做梦，刚刚还想要打听消息的人，竟然下一秒钟就出现在你面前了。该不会是刚才撞得太厉害，出现幻觉了吧？

沈归曦抱住什么易碎品般小心翼翼地抱住她，略一查看，就知道叶薰被点了穴道，连忙替她解开。

身体恢复自由，叶薰立刻伸手抚上沈归曦的脸颊，顺便捏了捏。

“你干什么？”沈归曦哭笑不得地低声问道。

“我怕你不是真人啊。”叶薰理直气壮地说道，“总得亲手试一试嘛。”

周围隐约浮动起一丝轻笑，叶薰猛地醒悟过来，遭了！这可是在大庭广众之下啊！自己竟公然……

落在周围观众们的眼中，这算不算是第三大狗血桥段，英雄救美之后，美女以身相许呢？叶薰有点好笑，又有点儿不好意思地想着。

她想要站起身，可稍微动了动，就觉得一阵天旋地转，头晕眼花地摔了回去。

“怎么了？”沈归曦紧张地问道。

“没什么，就是有些头晕。”叶薰把脸埋在他肩膀处闷闷地说道。

一直悬着的紧张情绪落了地，这些日子的牵挂也有了着落，纵然头依然痛得厉害，叶薰也只觉心情一阵轻松。赖在沈归曦身上的感觉还不错，至于周围的眼光嘛……算了，愿意怎么看就怎么看吧，反正自己在这座庙里的行为早就足够惊世骇俗，也不差这一会儿了，只是身份千万要保密啊。

这边两人沉浸在久别重逢的二人世界里，那边被彻底忽视的某人终于忍不住了。

他方才被沈归曦一把甩出去，踉跄着后退了好几步，全靠身边的随从扶住才没有出丑。站稳了身形，脸上不禁浮起一阵怒色，只是视线扫过沈归曦，却闪过一丝犹豫。

眼见叶薰二人对他完全视若无睹，心下更加不悦，手里金灿灿的折扇打开又合上，终于按乃不住一声冷笑。

“我道是谁？原来是表哥啊……”阴阳怪气的招呼从他嘴里吐出来。称呼虽然是表哥，但神情之间却是满不在乎，似乎眼前的“表哥”不过是一个路人甲，无丝毫尊重顾忌。

“这个丫头是谁？表哥也认识吗？”一边说着，他凑上前去，轻佻地朝着叶薰伸出一只手。

沈归曦岂会给他机会，右手依然抱着叶薰，左手已经快逾闪电般反手卡住伸过来的手腕。

“你……”少年神色一惊，厉声喝道，“大胆，你竟敢……”

可一句话只说了半截就说不下去了，沈归曦眼神中蕴含的凉意让他心里一颤，那是一种近乎杀意般的森寒，让他不自觉地把后面的话咽进了肚子。

手腕上传来的疼痛越来越剧烈，像是要被人生生拗断了一样，少年禁不住痛叫出声：“快……快放手……”

沈归曦神色丝毫不为所动，少年终于开始惊慌起来，难道他要扭断我的手腕？他怎么敢？！他明明知道我的身份……

就在局面僵持的时候，一个人影凭空插进了两人中间，正是刚才封了叶薰穴道的那位“狗腿兄”。他对沈归曦低声呼道，“二少爷，请放手！”声音虽低，语气却是坚定决然。

沈归曦像是没有听见般，毫不理会。

那随从无奈之下，一咬牙，挥手向沈归曦的手臂斩去，想逼他后退。

沈归曦随即抬高手腕意欲躲避。可他钳制着别人的手腕，活动范围有限，无论移向那个角度，都不可能避开这一招。无奈之下，沈归曦只好松开手，挥掌横切，错开这一招，紧接着一掌击出，反过来将那名随从逼退了一步。

虽然交手只是瞬间，但得了这个空隙，少年早连接后退了数步，众亲随一拥而上，将他护在了中间。

沈归曦尚且扶着叶薰，自然无法追击。一招逼退对手之后，也就罢了手，只是冷冷地扫了抱着手腕躲在人群里的少年公子一眼。

与他交手的随从退后一步，方站稳了身形，看向沈归曦的眼神忍不住有些惊异。虽然刚才他意在逼迫放人，并未使出全力，但也没有料到沈归曦竟能轻而易举破了他的招数，还把他逼得后退。这样的武功水准，几乎不逊于他了。

叶薰自从听见那一声“表哥”之后，就完全陷入了呆滞状态。表哥？沈家的亲戚？话说沈家也是大周的名门望族了，在京城有几门亲戚不意外。只是这一代沈家的直系子弟好像只有沈涯和沈皇后兄妹两人吧？沈归曦的表亲那不就是……沈皇后的子女……

眼前这个少年难道是……想到这个可能，叶薰禁不住睁大了眼睛。

三皇子元澄！难道是他？！

曾经和自己在皇宫打过一架的那个……

仔细看去，与记忆中的那张脸孔确实有几分相似，过分俊美的五官上也不难找到沈贵妃的美貌痕迹，尤其是下巴和鼻子。

真的是他！

沈归曦自然想不到叶薰曾经与元澄见过面，低头看到叶薰神情游离发愣，还以为她伤口疼痛，连忙道，“你先去休息一下，我去寻大夫来。”说着，就要扶着叶薰往偏殿禅房走去。

沈归曦回京之后与元澄也见过面，料想他身为三皇子，这样擅自出宫为非作歹的行为对名声很不利，是绝对不肯暴露身份的。所以干脆连招呼也不打，就当不认识一样，直接转身离去，将一干人等抛在了身后。

他不想多生是非，元澄却忍不下这口气。揉了揉疼痛不止的手腕，他狠狠盯着沈归曦的背影，看着他紧张呵护的动作，忽然元澄恶意地一笑，提高了声音冲着离去的两人问道，“表哥何必走得这么急，与愚弟叙叙旧不好吗？听说舅父马上就要替表哥向姐姐提亲了，到时候我们亲上加亲，又是一家人了。”

沈归曦的背影僵硬了瞬间。叶薰的耳朵“唰”地一下子竖了起来。

记得以前在凉川的时候就听说过，沈涯有意让自己的长子娶公主为妻，可如今沈归暮已经娶了雁秋，还是名正言顺的赐婚，当然不能委屈公主当小妾了。

沈归曦由第二人选变成第一人选也算顺理成章。

心里一阵不舒服，很不舒服，纵然相信沈归曦不会做出对不起她的事，叶薰还是觉得一阵憋屈，忍不住伸出手，趁着背对众人的眼光，狠狠地掐了他胳膊一下。

掐完之后叶薰又有些不好意思，好像有点太幼稚了。

沈归曦手一颤，无奈地看了叶薰一眼，无声地说了一句话，看口型像是："冤枉啊。"

"哪里冤枉你了？"叶薰忍不住笑了。

"小姐，小姐……"这时候，一声高呼打破了两人的低语。话音未落，湘绣纤细的身影跑进了殿里，"小姐，刚才我……"一眼见了殿内的光景，说了半截的话顿时噎住了。

她的眼神落到自家小姐身上，又落到扶着她的沈归曦身上。

这是怎样的情形啊！自己不过离开了片刻工夫，自家小姐竟然和一个陌生男子在大庭广众之下这样亲密地站在一起，这人是谁？而且……

她的眼神又落到站在后方的元澄身上……

因为逆光，叶薰看不清楚湘绣的脸色，却看到她身体晃了晃，险些跌倒。

"湘绣，你怎么了？"叶薰连忙问道。

本来元澄撂下一句话之后，便转身离开，人已经走到门口了，却忽然听见了这一声"湘绣"。

他步伐一顿，又转过头来，一双眼睛在湘绣身上转了个圈，神情有些疑惑。

看了两眼，忽然像是想起了什么，脸色刷地一变。视线又转而落到叶薰身上，徘徊了两趟，神色越发惊疑不定。

叶薰心下暗叫不好，这个欠揍的色狼，湘绣也是水灵灵的美人一枚，若是被这个金玉其外败絮其中的家伙给看中了，岂不后患无穷。

"少爷……"一个随从贴近元澄耳边低声提醒道，这趟出来的时间已经太久了，一旦出了事故，到时候倒霉的可都是他们这些侍卫啊。

元澄终于回过神来，神色莫测地看了叶薰一眼，带着众人匆匆离开了。

而湘绣还一直维持着踏进门的姿势僵立在那里，像是被什么东西彻底震撼住了，呆呆地目送着一群人离去的身影。

“湘绣，湘绣，”这丫头怎么了？叶薰无奈地连接呼唤了两声，湘绣才回过神来。连忙跑到她身边。

她看了看叶薰，又看了看沈归曦，终于迟疑地建议道，“这位公子，我们小姐还是由我来……”

“你去前面客房收拾一下，我带你们小姐过去。”沈归曦直接打断了她的话，吩咐道，一边说着，他一弯腰，打横抱起了叶薰，

以叶薰的大方也有些不好意思了，幸好他们已经转入殿后走廊，除了湘绣，倒也没有人看见。

注意到湘绣苍白失措的表情，叶薰哭笑不得，只好对她温声道，“你去收拾房间吧，不要惊动太多人。”

湘绣看了两人一眼，终于点点头，跑去收拾了。

沈归曦随后抱着叶薰进了房间。

阻止了沈归曦寻大夫的举动，叶薰只依着靠枕躺了一会儿，不适的感觉就消失了，她坐起身来。湘绣出去安排车马随从，房里只剩下他们两人。

叶薰咳嗽了一声，摆出一副坦白从宽，抗拒从严的表情，首先开了口：“你不先给我解释一下？”

“解释什么？”

“还敢问解释什么？怎么，你以为我昏过去，什么也听不见了啊？”叶薰愤愤然地用手指头戳着他的胸口，“竟然要去当驸马爷了，真是可喜可贺啊，你这个不守妇道的男人……”说到最后一句，自己也忍不住“扑哧”一声笑了。

“你胡说八道什么啊，清仪公主的夫婿人选可不是我，早就另有其人了。”

“谁？”叶薰抬了抬眼皮，这么八卦的消息她怎么不知道？“你不是在诓我吧？”

“还能有谁配得上皇上最疼爱的清仪公主？自然是当今大周天子的亲信重臣，一等一的青年才俊，天下难寻的美男子，全京城闺阁小姐们谈论最多、最想嫁的人了。”沈归曦好笑地看着她，反问道：“你说是谁？”

“你说的是……”一连串的形容词从沈归曦口里说出来，叶薰愣住了，符合这一大长串描述的人，不就是自己家里养的那只吗？

这个消息在意料之外，却也在情理之中，以萧若宸的相貌年龄，人才功勋，配公主正是顺理成章，佳偶天成……

不过听到要娶公主的人是小宸，叶薰还是一阵不舒服，丝毫不逊于刚才听到沈归曦要娶公主的不舒服。只是，这种不舒服却不同于刚才，更像是，像是自己一手养大的宝贝就要被别人给……

好吧，公主殿下的眼光也不错，而且她也是个才貌双全的美人儿……不过小宸为什么从来没有向自己提起过这件事呢？

而且提起清仪公主，叶薰立刻想到在凉川沈家的时候，自家老弟好像还讥讽过公主殿下是个没脑子的蠢丫头。

……

“听说清仪公主在文华阁与叶将军惊鸿一瞥之后，就从此对叶将军一见钟情了。虽然这也只是宫里头流传出来的小道消息，但至少有八成是真的。”沈归曦笑道，“所以说，不仅我绝对不会娶她，就算是我想娶她，人家也不肯嫁啊。”

“什么你想娶，你想也不能想！”叶薰白了他一眼，赌气地说道。清仪公主的事情，等回去亲自问萧若宸好了，不信他不老老实实招供。

“好好好，我们不再说她了。”沈归曦宠溺地笑道，低头在她额上一吻。

叶薰脸上一热。近距离地端详着沈归曦的容颜，叶薰忽然发觉，离上一次分别好像还不到一个月吧，沈归曦竟然瘦了不少，眉宇间更隐约有些疲惫。

他是什么时候回来京城的？这个傻瓜不会一直泡在水里寻找自己吧？回想起那一晚两人擦肩而过的情形和沈归曦惊慌失措的模样，叶薰一阵心痛，低声问道："你是什么时候回来的？"

"大前天才到京城。"沈归曦笑道，他犹疑了瞬间，终于开口问道："你是怎么……回到京城的呢？"

那天晚上出事之后，他一直不死心地在河里打捞，在周围寻找，倾盆如注的暴雨也比不上他心里升腾的冰冷和恐惧。眼里仿佛只余下这一片水幕，心里也只剩下一个念头，一定要找到她，一定要找到她……

那时候的绝望和恐惧，至今回想起来还心有余悸。任身边的随从怎么劝说都无济于事，直到十几天后，亲随匆匆赶到，带来消息说叶将军的姐姐已经平安返回京城了，才终于将几乎崩溃的沈归曦从焦虑绝望的深渊里解救出来。

可叶薰是怎么回到京城的，却一直是他心里的一根刺。

听到他终于问起这个问题，叶薰心里一沉，她真的无法想象，如果他知道那一晚动手的人是……

"我被河水冲到了下游，然后被过路的船只救起来……"叶薰言辞模糊地说道，"可惜那时候我昏迷地厉害，也不知道是怎样的情形，只知道在入城的时候被小宸救了。"其实这也是实话，一路上她确实处于昏迷状态，连走了多少天都不知道。

沈归曦沉默不语。叶薰在城门口被萧若宸亲自救出的经过目击者数以百计，根本不可能隐瞒得住，众人皆流传说那些商人明着是药材商，实际上是专门绑了良家女子走私奴婢的人贩子。只是不巧被叶将军火眼金睛识破了，才戳穿了他们的真面目。

京城里议论纷纷，皆说这是大功德一件，也免了再有无辜女子遭他们的祸害。可沈归曦却心中存疑，他纵然不管家中的来往事宜，却也多少知道文善堂与沈家的关系，光是他们每年献给沈家的年礼就数以万计，绑架走私女孩子才值几个银子？

见沈归曦的神色越发阴霾，叶薰心下不忍，她本来就不想深入这个话题，转而言道："幸好我并没有受什么伤，至于那些人，刑部会从严彻查的，想必不久就……”

叶薰话只说了一半，却被沈归曦接下来的动作打断了，他猛地将叶薰拥入怀里。沉默了良久，她才听到他开口说道：“对不起……”低沉内敛的声音里满是歉意和心痛。

坚定有力的心跳声传入耳中，反复触动着心底最深处的那根弦。叶薰将头埋在他胸口，环住他的腰，轻声说道，“我不是好好的吗？不要说对不起。”

“不会有第二次了。”沈归曦抱紧叶薰，低声道，“我一定会好好保护你，无论……想伤害你的人是谁？”和缓平淡的语气里蕴含着的是深沉的决心。

“嗯。”叶薰下巴压在他宽阔的肩膀上，用微带鼻音的声音低低答应着。

窗外温暖的夏日阳光透进来，明亮的橘黄色光华中，一切都柔软起来，如水晶般剔透玲珑。她相信，无论那些若隐若现的阴霾是何其厚重，头顶之上始终有一片属于他们的明净晴空。

叶薰静静地依偎在他的肩头，感受这一份难得的静谧和温馨。时间却流逝地飞快，门外传来一阵脚步声，熟悉的声音传入房里，“小姐，马车准备好了，我们动身吗？”

是湘绣回来了。叶薰从沈归曦怀里挣脱出来，转头看了看天色，时间已经不早了。

“你替我向执事大师请辞吧。就说我身体不适，不亲自去辞行了。”叶薰吩咐道。

湘绣领命而去。叶薰简单收拾了一下妆容，准备离开。只是心里还有一件挂心的事情始终放不下，叶薰一边收拾，一边问道，“你哥哥和雁秋现在怎么样了，我一直想去见见他们，可惜找不到机会。”

提到沈归暮，沈归曦皱起了眉头，神色有些黯淡。

“怎么了？”叶薰心里一紧，连忙坐直了身体，问道。

“他身体本来就不好，这次的病情好像更严重了。”沈归曦摇了摇头，说道，“其实，回来之后我也没有见过他，只听万总管说因为身体原因，他已经搬到城外别庄休养了。我本来还想去看看，可万总管说他的病情最忌打扰，让我等一些时日再去……倒是雁秋见过一次，现在她时常入宫去陪伴皇后，皇后娘娘好像很喜欢她。”

听了沈归曦的话，叶薰心里越发沉滞。沈归暮的身体本来就不好，在突厥人破城的这些年，他们没有芳月阁可以栖身，必定要东躲西藏，辛苦度日。

见叶薰神色忧虑，沈归曦温言开解道，“你也不必太伤心，他们这两年也没有你想象的那么辛苦，你可知道他们是怎么躲过突厥人的搜捕的？”

“怎么办到的？”叶薰睁大了眼睛，这是她一直大惑不解的事情。当时荒人的包围网缜密周全，自己和沈归曦跌落悬崖都没有逃过他们的搜捕。而沈归暮和雁秋两人却一直消息全无，像是人间蒸发了一样。他们究竟是藏到了哪里？

“他们根本没有往山下走，”沈归曦笑道，“当时他们的马车被突厥人劈开，两人都摔出了车，滚落到草丛里。四周一片混乱，眼见冲不出去，两人偷偷在树丛里躲了一阵子之后，索性趁乱返回了山庄。之后就在山庄里躲了两年。”说起这段经过，沈归曦眼神中闪过毫不掩饰的赞赏。

在山庄里！山庄不是被荒人给一把火烧掉了吗？

稍一回想，叶薰立刻醒悟过来，荒人是将庄子烧掉了没错。只是当晚就下了一场雨，沈家的山庄占地广阔，火势再大，一天的时间也不可能烧掉整个庄园。

山庄里值钱的细软物件早已被抢掠一空，荒人不可能有兴趣再去细看那些残骸废墟。却没有料到，他们一直苦苦追捕的要犯其实近在咫尺。

最危险的地方就是最安全的地方，就是这个简单的道理。其实自己和沈归曦也一样，躲在突厥人势力最强盛的凉川城里。

“就算残留的山庄能够容身，也终究也比不上在府里的日子，难怪他病情加重呢。”叶薰闷闷地说道。纵然知道沈归暮的日子并没有自己想象的那么艰难，她依然觉得心酸。

“放心吧，如今别庄里不仅有京城的名医日夜守候着，连宫里最好的几位御医都被皇后娘娘派了过去，”沈归曦知道叶薰在担忧，安慰道。

一边说着，随口笑道，“说起来，皇后对哥哥的病情似乎比父亲还要挂心呢。我回来不过两天工夫，就已经亲眼见到好几趟她赐下的补品药材送去别庄了。”

叶薰这才心下稍安，有这么多名医在，沈归暮的病情总会慢慢好起来的。

两人正说着闲话，湘绣已经办完诸事回来了。

纵然心里十二万分地不愿意，可时间已经太晚了，叶薰只好无奈告别沈归曦，坐上了回去的车。

躺在秋香色的柔软靠垫上，叶薰慵懒地伸了伸腰，放松身体。今天不过是去庙里进一趟香，竟然发生了这么多事情。

回想起这一天的波折起伏，叶薰嘴角忍不住扬起一丝笑意。纵然有些意外的打扰，但心里最担忧的那块大石头终于落了地，此时她的心情既舒爽又轻快。

欢乐的心情一直保持了大半条路，直到视线随意地扫过车厢，叶薰才忽然发觉湘绣的神色有些不对劲儿，整个人看起来都苍白憔悴，神色恍惚。她连忙坐直了身体，问道：“湘绣，你怎么了？”

“没……没什么，”湘绣正在出神，猛地听到叶薰的话，禁不住打了个激灵，回过神来，连连摆手。

“你脸色不太好，是身体不舒服？”叶薰疑惑地问道。

湘绣不自然地笑了笑，道：“小姐，奴婢只是在想些事情……”

“什么事情？”叶薰追问道，又忍不住插嘴道：“我不是说不用叫什么奴婢了吗？”记得以前在国丈府的时候，湘绣和自己之间私底下也是你我相称的，离别了四五年，再见面反而拘谨起来，动不动就自称奴婢。她是什么时候养成这种习惯的？

“是了，小姐，奴婢……我只是觉得……刚刚那位少爷，是沈大将军的公子吗？”湘绣犹豫着问道。

“是啊，”叶薰点了点头，刚才她和沈归曦之间的言谈湘绣也听见了一些，猜出他的身份不难。

“啊……”湘绣一脸茫然失措的表情，叶薰这样坦然承认显然出乎她的预料之外。她手指不安地绞着手绢，犹豫了半天，终于忍不住小声嘀咕道：“听说这位公子以前也来过京城，很是骄横的人……也只是听说的……”

以前的沈归曦确实很骄横，而且不仅仅是骄横吧。叶薰想起过去的沈归曦，感觉一阵好笑。那时候的自己，怎么也不可能想象得到两人会有后来的奇妙缘分。

回想起这些年一路走过的日子，虽然大多数时间都像是两只惊慌失措的笨鸟在林子里四处乱蹿，但现在回想起来，辛苦的逃亡生活也是一种别有韵味的体验。

“小姐……”看着叶薰有些出神，湘绣小声提醒道。

“啊，”叶薰回过神来，笑道：“他没有传说中的那么无礼。再说……再骄横也比不上今天那位吧。”提起元澄，叶薰的语气有些愤愤然。

仔细回想，自己和他的仇怨好像不止这一笔呢，叶薰心念微动，抬起右手。已经过去很久了，可食指和中指上浅浅的牙印子还是依稀可辨。足以想象当年某只野猫的牙齿是何等的尖利。

湘绣的视线跟着叶薰落到她手指上，神情困惑不解，思索良久，却忽然像是想起了什么，表情有说不出的古怪。

今天自己也算把这笔账还给他了，抚摸着指头上的伤痕，叶薰轻笑一声。虽然旧怨已了，至于新仇嘛……她揉着头上的淤青，休息了这么久，撞到的部位还是有些疼痛，那就得慢慢走着瞧了。

思索了一阵子，叶薰问道：“这些年里，三皇子在京城里的名声如何？”

“殿下……三皇子殿下的名声……还不错吧，只是最近……”湘绣迟疑着说道，“最近这大半年里有些不同以往，据说三皇子连晨昏定省和御书房都爱去不去了，几次惹得皇后娘娘大发脾气，皇上回京之后也训斥了他好几顿。”见叶薰脸上露出思索的表情，湘绣补充道：“都只是听人谣传的，这些宫闱秘闻我们也不可能知道详情。”

以前还好，反而最近半年多风评不佳？叶薰皱起了眉，大半年前，不就是皇帝的御驾在北方失踪的时候嘛。

是觉得自己要当皇帝，上面没有了人管束，就像历史上的隋炀帝，所以原形毕露了？可现在皇帝已经平安归来了，他竟然还敢这么肆无忌惮地惹是生非？

皇帝失踪之后，大家都以为他遭了突厥伏兵的毒手，在满朝文武的扶持下，元澄差一点就要登基为帝了。结果丧仪和登基大典都只准备了一半，就被死里归来的皇帝本人打断了。

以当时突厥大军来势汹汹、战祸倾国的危机来说，国不可一日无君，元澄立刻登基也是为了安定民心。可无论多么宽宏的人，见到自己刚死，儿子就迫不及待地将遗产揽进怀里总是会心里不舒服吧。天家无父子，就算是亲生儿子，只怕心里头也要有芥蒂了。

这样想来，元澄胡作非为，只怕也有自污其身，避开权利中心的意思。或者是认为自己没有希望继承皇位，索性本性暴露了？

懒得再去想更多，叶薰头疼地闭上眼睛，无论是什么原因，反正他们皇家的事情与自己无关，随便怎么闹腾吧，自己以后见到那小子躲远点就好。

“小姐，还有一件事情……”湘绣犹豫着说道，表情格外沉重。

“怎么了？”

“是夫人的事情，奴婢去灵堂那边看了看，结果发现夫人的灵牌……竟然不见了！”

“什么？”叶薰真的大吃一惊。灵牌也会丢，这寺庙也未免太失职了。

“是啊，只剩下了这个……”湘绣打开她随身带着的小包袱，“大殿里放置的牌位本来就多，奴婢只以为自己是记错了地方，或者这几年里被僧人移动了，反复寻找了好几遍，始终没有找到。只在原来放灵牌的前面还留着这个，才敢肯定夫人的灵牌必定是被人拿走了……”

“这是……”叶薰接过湘绣从包袱里拿出的那只小香炉，是供在灵牌前面的开光香炉。

“奴婢生怕暴露身份，也不敢询问。万一是被那些手脚不干净的小沙弥给偷走了怎么办？”湘绣低声说道。

不可能被人偷走吧，灵牌是块木头又不是镶金嵌玉，谁会偷呢？叶薰摆弄着香炉，发现下半部分刻着“萧柳氏芸承平元年二月十九”几行小字。

那个“芸”字映入了眼帘，叶薰心里一愣，她脑中瞬间想起了路上遇见的中年僧人。今天发生的事情实在太多，自己竟然把他给忘了，此时回想起来……

难道不是“云妹妹”，而是“芸妹妹”？！

他是认识萧若岚的，而且能够认出自己来，应该很熟悉才对，他和萧若岚的母亲是什么关系……

叶薰真觉得头疼起来，虽然她并不认为自己是萧若岚，但占据了这个身体，就不可避免地要承担属于她的一部分义务和责任。

“过几天再去一趟问清楚吧。”躺在车里，叶薰喃喃地说道。

“也好，”湘绣点点头，“可不能让夫人的灵牌就这么丢了，一定要向那些和尚们问清楚才对。”

送叶薰离开，沈归曦返回禅房，关上房门，身体忍不住一晃，险些摔倒。他扶着长桌，走到床边坐下，额头上已经沁出一层冷汗。

一个年轻随从推开了门，见到沈归曦苍白的脸色，顿时惊叫一声，“二少爷！您怎么样了，是不是伤势又……”

“我没事。”沈归曦立刻打断他的话，吩咐道：“谢开，你小声一些。”

那名叫谢开的随从这才想起沈归曦的嘱咐，只好点点头，不敢多说。

他上前帮助沈归曦解下外袍，前胸的绷带果然渗出一层殷红。谢开忍不住问道，“少爷，您受了伤，为什么不许外传，连万总管也不让告诉呢？”他实在是不了解自家少爷为什么明明受了重伤，却不肯告诉任何人，连日常也不肯透露出形迹来，弄得看医生都不方便。

“又不是什么重要的伤势，养几天就好了，何必多费心思，传到前线反而让父亲分心。”沈归曦闭目养神，按住胸口的伤势。

“可是胆敢埋伏在我们回京城的路上行刺，这些刺客简直胆大包天，如果不从严彻查……”谢开小声道。

“够了，我说过这件事情不要再……”沈归曦蹙起了眉，不悦地吩咐道。

一句话没有说完，他话语一顿，抬头注视着门口。

明白是有人接近，谢开也住了嘴。

不一会儿，门外响起了敲门声，“二少爷。”

沈归曦坐直了身体，披上外衣，答应道：“进来吧。”

一名长随推门进入，从容回禀道：“三皇子已经走远了，看路径是要回宫里去。依照少爷的吩咐，跟出二里地之后就未曾跟随。另外属下也已经打听清楚，叶小姐看起来是来庙里进香游玩的。”

“看起来？”沈归曦挑了挑眉头，随从似乎话中有话。

“正是。”长随躬身道，“属下去问了接待叶小姐的庙里仆役，听那个引路人说，叶小姐特意去了后山游玩了一段时间，其间只有她贴身的丫环跟着，而那丫环所带的包袱，虽然并未在人前打开过，但看起来装的像是香烛纸钱之类的物件。”

香烛纸钱，她们去了后山的墓地？沈归曦有些意外了，记得叶家不是淳州人士吗，难道他们在京城也有亲戚？

“属下特意去后山探查了一番，按照脚印，两位祭拜的应该是这座墓。”说着随从展开一张纸，上面只简单写着：平泰萧柳氏之墓。承平元年二月十九敬立。

“要不要属下探查一下这座坟墓是何来历？”看着低头沉思的沈归曦，随从眼中闪过一丝异色，恭声问道。

沈归曦迟疑了片刻，鬼使神差地点头道：“去吧。”

见属下离开的身影，沈归曦又觉得有些懊悔，自己实在是太多事，下次见面直接问她不就好了吗，这样探查，总有一种私底下瞒着她干坏事的罪恶感。

第六章

冤家路窄

再去一趟普光寺的计划不得不推迟了，叶薰刚刚回了府邸，就接到一张宴会帖子，一张她绝对无法拒绝的宴会帖子。因为发下帖子的人正是大周地位最高的女子，当今的皇后娘娘。

八月有大周民俗里一个重要的节庆——花神祭。本来是早古时期贵族未婚女子祭祀花神的日子，流传了几百年之后逐渐成了属于女子的重要风俗节日。这样重要的日子，宫中自然有宴会庆典。

本来只是属于后宫妃嫔的欢宴，但自从沈皇后入主中宫之后，每年的这一天都会邀请各家名门淑女入宫同赴欢宴，以示普天同庆。作为朝廷新贵叶将军的姐姐，叶薰自然也在受邀之列。

宫宴召开的信息一传开，据说京城的胭脂水粉钱都涨了三成，各家有名的裁缝绣馆更是接活儿接到手软。

已经先后被两个人认出身份，这让叶薰对自己的容貌产生了前所未有的危机感。她很想找个借口推辞去，可全京城的名门贵女都列席了，独独自己缺席，实在说不过去。有湘绣的化妆技术保证，又想到雁秋也必定会参加宴会。叶薰前思后想，终于上了马车。

马车行驶在平坦的官道上，清风时不时撩起天蓝色的水波暗纹车帘，叶薰借着帘子缝隙看向外面。天空很蓝很高，身边不时有精美富丽的马车匆匆驶过，拐过一道弯，延绵无尽的红墙映入眼中。

记得五年前，自己就是在这个特殊的日子里踏入宫廷的，然后见到了那位皇帝陛下，还有太后、沈贵妃、元澄……还有沈涯。而在五年之后的同一天，自己又一次踏足这个久违的宫廷。世事巧合真是奇妙难言。

到了宫门处，车夫出示证明，禁军略一查看就放行了。

下了马车，叶薰随同引路宫人进了一处宫室。宴会尚未开始，各家小姐都被宫人引着在这里静候。

大殿两边陈设着整齐的梨木椅子，秋香色的坐垫柔软舒适，珊瑚漆的如意小几上摆着精致的果品茶点，供众人休息享用。

叶薰寻了一个不起眼的角落坐下，随意打量着四周。

殿中三三两两已坐了不少女孩子，个个青春俏丽，珠环翠绕。有的正兴致勃勃地四处观看着宫中的陈设景致，啧啧称奇；有的紧张地低头查看自己的衣服首饰，唯恐失了仪态；有些则是寻到了相熟的朋友，三五个人一堆窃窃私语。

叶薰此次前来，本就打着尽量不引人注目的主意，只一身鹅黄色长裙，无论式样还是佩饰都是最平凡的装扮，又经过湘绣妙手装点，将她眉毛稍微挑高，清秀之中更见英气，想来就算真有几个萧若岚的手帕交，也绝对认不出她。

放眼望向四面，入目处遍地佳丽，真像是传说中另一件美人云集的盛事——选秀。

叶薰正看得出神，门口处传来一阵喧哗，厅中女孩都向那边望去。

一阵环佩叮当，十几个女官侍婢簇拥着一个宫装丽人进来。

那人一身秋香色绣百柳图案的对襟长裙，乌黑的长发梳成飞燕鬓式样，晶莹的水晶流苏自发间蜿蜒垂下，行走间珠花碧坠碰触有声。秋水翦瞳，入鬓秀眉都格外熟悉，正是久别的雁秋。

这么久没见，她真是漂亮了不少，气度雍容沉静，完全看不出是昔日那个兰蔷园的小丫头了。

长久的离别之后再见昔日的朋友，叶薰心情激荡难抑，兰蔷园的那段日子，可以说是她来到这个世界的这些年里，最悠闲和乐的一段时光了。沈归暮和雁秋对她来说不仅仅是朋友，更有近乎亲人一般的感情。

叶薰含笑看着雁秋，静等她目光落在自己身上的那一刻。

雁秋神色平淡地在各家小姐面上扫过，视线礼貌中带着清冷，正要开口说话，不经意间扫过角落，顿时难以置信地睁大了眼睛。

“雁秋，”叶薰笑了起来，无声地用口形向她打了个招呼。屋里人多眼杂，她也不好大声呼喊，只挥了挥手。

雁秋却只是惊诧了瞬间，下一秒钟立刻别开了视线，眼中有尖锐的光芒一闪而逝。

叶薰愣住了，她怎么了？

“宴席已经备好，皇后娘娘特命雁秋前来迎接各位小姐入席，诸位请随我来吧。”雁秋平静地躬身一礼说道，仪态大方自如，仿佛那一瞬间的惊诧只是错觉。

叶薰心中疑惑，却只好跟着众人向设宴的御花园走去。

御花园安排装点地极为精美别致，各色鲜花开得正盛，浓淡相宜的色泽炫目明丽，空气中弥漫着令人流恋忘返的甜美香气。宴会设在园中浮碧亭内，整座亭子临水而建，宽阔开朗，四面通风，

侍奉的宫人将众人引入席中，不一会儿，随着礼仪内监一声高唱：“皇后娘娘驾到！”华盖雍容，羽扇庄严，十六名宫人抬着金碧辉煌的凤辇缓缓行来，是沈皇后的凤驾到了。

众人连忙离席拜倒。凤辇之上珠帘微动，宝光流转，在女官扶持下，一个仪态高贵端庄的宫装贵妇施施然下了御辇。

她身着金线绣七彩鸾鸟图案的广袖曳地长裙，长穗蝴蝶宫绦勾出纤美的腰身，织金腰带与裙摆处均垂着华丽的珍珠流苏，行走间珍珠在水红色的长裙上

轻摇浅荡，流光溢彩。头上凤冠灼烁生辉、攒珠金翼步摇末端的红珊瑚珠一直垂到光洁的额头上，殷红如滴的色泽越发衬得她艳光逼人，不敢直视。

沈皇后缓缓行过回廊，步入正席。众人屏息静气，唯恐驾前失仪。

她经过身边的时候，叶薰不经意地抬头瞥了一眼，依然是明艳照人的倾国美貌，恍如五年前的惊鸿一瞥。岁月的残酷仿佛并未在这个女子的面容上留下任何痕迹，只有发髻间隐约透出的一线银白，让叶薰惊觉时间的流逝。

仔细想想，她入宫也有快二十年了吧。这么多年波澜起伏的宫闱生活，这么多年看不见血的争斗算计……想必她的日子也不如外界所见的轻松辉煌，尤其沈涯是有着那样野心的人。

皇后入座，众人方才起身。沈皇后注目众人，温言笑道："今日是花神祭的大好日子，特意邀请诸位前来同庆欢宴，大家不必客气，随意就好。"

众人躬身应命，纷纷入席。

沈皇后左边一个看起来位份颇高的妃嫔接过话头笑道："久居深宫，真想不到我们大周有这么多名门淑女，个个还都这么美貌高华，蕙质兰心。一看下来，我们都要自惭形秽了。"席间除了沈皇后之外，更有不少位份尊贵，德高望重的妃嫔诰命作陪。

"可不是吗，我看这花神祭可不是赏花，而是赏诸位美人了。"另一个妃嫔笑道。

几位妃嫔谈笑风生，有相熟的贵家小姐偶尔插一句嘴，说两句笑话。慢慢地，诸人情绪放松，宴会气氛欢快起来。

叶薰本着尽量不引人注目的原则，多吃饭，少说话，专心对付桌上的美食佳肴，一边注目四周。

雁秋就侍奉在沈皇后身边，不时替她夹菜倒酒，举止体贴有礼。而沈皇后看她的眼神也格外不同，竟有些像长辈看子侄一般，格外平和慈爱。

看来雁秋很得沈皇后欢心的传闻是真的。正看得出神，沈皇后似乎是吩咐了一句什么，雁秋连忙站起身，身边的宫人捧着托盘和金杯紧跟其后。原来是沈皇后吩咐雁秋替她招呼来客敬酒。

雁秋挨席走下来，仪态文雅大方，气度谦恭合礼。

临到叶薰这一席，看着举杯亭亭玉立的雁秋，叶薰笑道："雁秋，好久不见了。"近处看来，她也消瘦了不少，神色喜庆间带着些微憔悴。也许是逃亡的那段日子太劳苦了吧。

"是啊，"雁秋笑了笑，淡淡地回道。

想不到这两人认识，旁边几个女孩子好奇的视线纷纷投过来。

叶薰微微有些尴尬，觉有不知道说什么好。她原本担心沈归暮病着，雁秋的日子会不好过，但照眼前来看，她的担心是多余了。有沈皇后在，想必她在宫里和沈家都不会受什么委屈。这一层担忧算是放下来了，但是另一人就不同了，叶薰继续问道："归暮……大少爷他怎么样了？"

叶薰的话音还未落，雁秋眼中猛地闪过一丝近乎狰狞的冷厉，森然打断她说道，"他很好，用不着你多操心！"语气生硬漠然。

叶薰禁不住一惊，愣神的工夫，雁秋神色却已经回转过来，自顾向下敬酒了。

叶薰低头看着手里的酒杯，平静无波的酒水明净如一泓琥珀，心里忽然泛起一阵寒意，说不清是什么滋味，生硬地堵在心口……

"那位小姐是谁啊？皇后娘娘看起来很中意她。"

"连她也不知道啊？你真是孤陋寡闻，那是沈家大少爷的夫人啊。"

"原来是她，就是上次娘娘赐婚的那位啊，生得真好看。"

"可不是吗，听说这位姑娘也是北方书香门第出身，只可恨那些突厥蛮子打进来，凉川城破，结果全家都……唉，不过听说也正是因此她和那位大公子一路结伴逃难，躲避突厥大军的追杀，结果日久生情……"一个女孩小声讲述着自己听说的消息，语气中满是对罗曼蒂克的向往。

"可是……我好像听说……"另一个女孩迟疑着说道，"好像听说这位小姐曾经在沈家当过丫环。"

"怎么可能？净胡说八道。"几个女孩子嗤笑起来，"若是丫环，皇后娘娘用得着这么郑重其事地赐婚吗？"

几个女孩的议论传入耳中。叶薰缓缓坐下，是因为这个吗?

不对！若只是单纯想隐瞒自己的出身，以两人的关系，只需和自己说一声就行，根本没有必要这样冷漠地对待自己。

刚才那种冷漠，近乎敌视……甚至近乎仇视的眼神和姿态，让叶薰心里升起一阵莫名的不安感，她说不清楚这种感觉从何而来。

觥筹交错之间，珠光映着迷离酒色，雁秋的身影越发纤细曼妙。只是这份美丽却让叶薰感觉无比的生疏陌然。注目于她，只觉得像是在看一尊精雕细琢的华美塑像，珠玉环绕，金尊玉贵，反而失了单纯的本色。

一整个宴会，叶薰心事重重。沈皇后神色有些疲惫，席到一半就声称自己不胜酒力，由雁秋扶着她休息去了。

沈皇后退席，酒宴气氛反而轻松了不少。用过了酒菜，一列宫娥上前，端上各色精致的小点心。

一个宫女走近了叶薰席前，将花瓣形状的碗碟一一摆上，见左右无人注意，忽然轻声道，“叶小姐，我家主人请你前去一见。”

叶薰一惊，仔细看了两眼，立刻认出她是刚才跟着雁秋的一个侍女。

是雁秋。

叶薰看了看四周，无人注意这边。她静悄悄起身，不引人注目地退了席。

御花园中花团锦簇，树木葱绿，清澈的水流蜿蜒经过怪石嶙峋的假山。被宫女引着，叶薰穿过数道曲折的回廊，越走越远。两人行过了一处拐角，眼前豁然开朗。

不同于刚才所见的桃红柳绿、脂粉飘香，眼前是一片清净的小树林，林子边还有一个清澈见底的小湖泊，阳光下水光荡漾，凉意袭人。而湖泊旁，立着一座纤巧别致的木制凉亭。

那凉亭猛地映入眼帘，叶薰顿时愣住了，只觉心脏冷不丁漏跳一拍。

未经雕琢的树木搭建成凉亭的主体，朴素的木桌和古藤绞花编织的软凳错落有致，一切都如第一次见到时那般清新古拙。这个地方实在是太眼熟了……虽然她也只是见过一次而已，可就是五年前那唯一的一次误入，就足够让她印象深刻了。

叶薰心中警铃大作，她转头看向身边。就在她愣神的工夫里，那个引路的侍女竟然无声无息地退走了。

是雁秋？还是……

叶薰向后退了一步，想要立刻离开，可是已经晚了。

“看到这里想起了什么没有？”一个懒洋洋的清朗声音在背后响起，带着几分调侃的意味。

叶薰身体一颤，转过身去，就看到了那张俊美风流却也很欠扁的脸，挂着得意洋洋的笑容。

“是你收买了侍女，骗我来的？！”叶薰沉声问道。

“欺骗？哈，这个罪名可大了。”元澄轻笑一声，摊开双手，一脸无辜地道，“在下有说是谁请你过来了吗？明明是你自己送上门……”一边说着，他走近叶薰。

叶薰后退一步，慢慢冷静下来。光天化日之下，她也不怕这臭小子做什么，宫外他可以胡来，但是在宫里他无论如何也要顾忌了。别的不说，远处就有不少名门女子正在赏景看花，无论如何，三皇子也要顾忌形象吧。

她眨了眨眼睛，摆出一副再客套不过的表情，笑道，“原来是三殿下，是叶薰失礼误入，冲撞了殿下赏景的心情，这就告退了。”一边说着，她略行了一礼，就要后退。

见她快步离开，元澄也不阻拦，只是在她身后施施然开了口：“你我长久未见，萧小姐何必走得这么急呢？”

叶薰心里一颤，险些摔倒。

从看到这个亭子她就有一种不好的预感，但是万万没想到预感这么快就变成了现实。

她原本还抱着一线希望，元澄只是凑巧选择了这个地方，而不是刻意暗示两人五年前的相遇。可那一声清晰无比的“萧小姐”却彻底打碎了她的侥幸。

他是怎么认出自己来的？

叶薰绝对不相信仅凭着五年前的那一面之缘，就可以让他记忆如此深刻。自己的相貌还没有这么出众，至少比不上元澄的外貌令人印象深刻。

事实上，在普光寺的时候，要不是沈归曦一语道破了他的身份，她绝对想不到眼前的少年公子竟是五年前见过一面的三皇子元澄。而元澄竟然能够认出她来？

"三殿下在说什么？恕叶薰听不懂了。"心里已掀起滔天巨浪，但叶薰的神色依然冷淡，平静地问道。无论他是试探，还是已经肯定，装糊涂都是眼下最佳的选择了。

"哈，真是薄情啊。"元澄轻笑一声，漫步走近叶薰，抬手撩起她的一缕长发。

叶薰微微侧了侧身体，躲开他挑逗意味浓厚的举止。

元澄也不生气，只是紧盯着叶薰，一字一句地问道，"你说，如果我向父皇禀报了这个消息，他会不会相信呢？又会把你们姐弟会怎么样？"声音里充满了恶意的挑衅。

叶薰心里一紧，被沈涯认出了身份她还并未太担忧，就算沈涯去公然揭发他们，一来没有真凭实据，这样离奇的事情本来就口说无凭，二来众人都知道沈涯和新崛起的叶将军在朝廷上有些不和，到时候说不定萧若宸还能反咬一口说他污蔑。更何况，当初包括萧若岚姐弟在内的萧家人员全部死亡的消息和尸首鉴定工作都是沈涯一手完成。此时他再翻案说两人没死，不啻自己抽自己嘴巴。

但是由元澄说这句话分量可就不同了，他身份再敏感，也是名正言顺的皇子，若是由他出面指证自己……

叶薰心脏"噗通噗通"直跳，她脑海里闪过了无数个念头，却没有一个能够奏效的。

看着叶薰有些苍白的脸色，元澄嘴角勾起一个得意的弧度。他漫步走上凉亭，轻佻地勾了勾手指，笑道："请萧小姐上来同饮一杯如何？请放心，本殿下已经专门命人清空了这附近的杂役奴才，断不会有人见到你我陈仓暗度，坏了小姐声誉的。”

叶薰嘴角抽搐了一下，元澄的动作和语调实在让她恶寒不已。见周围确实空无一人，她首先认真考虑了一下杀人灭口的可行性。

难度太大，自己打不过他，而且身上也没有带武器。无奈之下，叶薰别无选择地踏上凉亭。

元澄坐在木桌旁，端起雕龙盘凤的紫砂茶壶，体贴地替她倒上一杯茶水，推倒叶薰面前。举止温雅有礼，仿佛真是一个谦恭守仪的儒雅君子。

叶薰却知道他只是对这个游戏乐在其中而已。制住了对手的命门，他已经掌握了绝对的主动权，此时的她只有被动承受的份儿。

可是他只是单纯想玩这种猫捉老鼠的游戏吗？如果说元澄真是忧国忧民，担心他们这对漏网之鱼会危害大周的社稷江山，直接将真相告诉沈皇后或者他的皇帝老爹就可以了，根本不必在自己面前上演这一出。他这样费心将自己骗来，必定有所图谋。

从湘绣描述中，叶薰绝对不相信眼前的人仅仅是一个单纯的纨绔子弟，就算他是一个纨绔子弟，也是一个心机深沉的纨绔子弟。

叶薰不动声色地捧起茶杯，明澈的茶水浮动着清雅的香气，她在静候着元澄开口。

夕阳斜照，光影错落，微风送来遥远的花香，诱人的气息弥漫在空气里。从远处看去，亭子里静坐共饮的那一对年轻男女宛如画中走出的璧人般美好恬然。谁又能想到平静之下隐藏着何等的猜疑与算计呢？

元澄优哉游哉地喝着茶水，半晌终于放下茶杯，笑道：“萧小姐这几年过得如何？本殿下实在是很有兴趣知道，当然，包括二位当年如何能够逃开那场天谴大难的。”

至今五年前猎场的那一场剧变依然被绝大多数人认定为天灾，而无人知道是沈涯暗中动的手脚。按照常理，这样毁灭性的灾难，哪怕是绝顶高手都难以逃生，更别说两个十几岁的小孩子了。

对上元澄充满探究好奇的视线，叶薰也不紧不慢地抿了一口茶水："殿下这几年过得如何？叶薰也同样好奇。而且殿下是如何认出我来的呢？想来你我不过一面之缘吧。"她偏着头，饶有趣味地反问道。仿佛完全不知道自己正居于劣势地位。

叶薰不回答他的问题，元澄倒也不生气，继续自言自语道："不过我最佩服的却是萧若宸，记得以前这个小鬼又骄横，又奸猾，仗着太后的恩宠，连本殿下也不放在眼里。"说起萧若宸，他眼神有些冷意，说到后来，却是得意地笑了起来，"想不到竟然能够低声下气地跑去给人家当奴才，哈哈，还是沈家的奴才，真不知道这几年他是怎么伺候人的？"

叶薰心里一沉，火气腾地一下子冒上来，他那些调笑戏谑的花花口口在叶薰听来根本就是过耳清风，丝毫不留痕迹，但污蔑萧若宸就不同了。每一句话，每一个字，都像是尖锐的利剑，生生刺进她的心里头。

"世事无常，荣华富贵过眼云烟，相比起碌碌无为的人生，多些阅历也不是坏事。"叶薰神色平和地笑道。小宸无论如何，都是靠着自己的力量一步步爬上去的，比起你这种只会靠着身份地位安享尊荣的人，强了何止百倍。

"哈，"元澄轻笑一声，仿佛完全没有听出叶薰语气里蕴含的不满，径自道"如果是我，一定受不了这种日子。倒不如直接拼个鱼死网破，也胜过被仇人呼来喝去当奴才……"

"流落草莽，生计难寻，岂能够与金尊玉贵的三殿下相比。"叶薰脸上不动声色，继续道。"奴才"两个字猛地入了耳，竟然格外刺耳，让她有种预料之外的难受。

"难道你就没有怨恨过？"见叶薰完全不为所动，元澄的眼神真的有些好奇了，"你终归也是名门贵侯出身，甚至差一步就要母仪天下了。日后说不定本殿下也要叫你一声母后呢，却流落到别人家里当丫环。"

"随波逐流，沦落之中，难免身不由己……"叶薰面上一脸沉痛无奈地说道。心里却在暗暗腹诽，比起留在宫里被你叫母后，我还不如跑去当丫环呢。

“哈，身不由己，好一个身不由己。”元澄闻言笑起来，表情忽然浮起一丝讥讽，“与其说是身不由己，我看萧小姐应该是乐在其中才对吧。看我那位二表哥痴情一片的模样，想必萧小姐在沈家也不会受什么委屈。说不定日后我还要称呼你一声表嫂呢。哈哈……”说着说着，元澄放声大笑起来，像是听到了天底下最可笑的笑话，笑得格外欢畅。

片刻之后他止了笑声，眉梢一挑，满是趣味地问道：“只是不知道若是沈涯知道了这一切会是什么想法，还是他认为两个儿子都娶了丫环也无所谓呢。说起来，沈大将军前些天上表汇报战况的时候，还提起清仪的婚事呢。要知道父皇原本就答应了赐婚沈家的。”

叶薰皱了皱眉头，元澄这些话是什么意思，试探自己是不是对沈家心怀怨恨？

可是他话语中隐约透漏着的意味，却让叶薰感觉有些诡异，听起来竟然像是……对自己与沈家如此亲密，如此安于现状而有所不满。而且他不是一向叫沈涯舅父的吗？什么时候变成直呼名字了？

她眼神略闪过一丝异色，元澄立刻注意到了。他以为叶薰是在忧心赐婚的事情，笑道，“怎么不说话了？是害怕沈归曦移情别恋？”

“公主金枝玉叶，岂是叶薰能够比较的？”叶薰低眉顺目地说道，“万事随缘而已，若不是属于你的，强求也强求不来。”移情别恋？哼，他敢！

“也是，清仪她生得比你美，比你知书达理，比你温柔可亲，比你善解人意，又是金尊玉贵的公主……”元澄点点头说道。

叶薰：“……”

“不过，”元澄话锋一转，笑道，“你长得也不算太差，还算合本殿下的胃口。”他一边说着，一边凑近叶薰，伸手撩起叶薰的一缕头发，半真半假地调笑道，“不如你嫁给我算了。本殿下还没有王妃，你的长相还凑否，勉勉强强娶了你，也不算太亏。”

叶薰这次是实实在在的愕然了，她目瞪口呆地看着元澄，敢情转了一个大圈，这位花花公子还就是来消遣自己，调戏自己的！

是他太无聊了，还是……

他怎么就赖着自己不放了呢？难道他真是看中了自己……虽然叶薰知道自己长得也不算差，但是要知道，这世上最不缺美女的地方就是皇宫了，自己的相貌放在皇宫里，也就是一普普通通的级别，不仅比不上那些如花似玉的佳丽宫妃，甚至还不如元澄他自己呢。

看着叶薰目瞪口呆的样子，元澄心下浮起一丝畅快。与叶薰的这次见面他本来是别有目的，但此时看起来，只觉得叶薰的表情格外可爱。

三皇子向来为所欲为惯了，心下既然有了意思，手上就立刻有了行动。他将手里玩弄的那缕头发放在唇边一吻，信手抛下，然后直接伸手向她的脸庞抚去。

叶薰被他的动作刺激地一阵恶寒，起身一把推开他，向后退走。可退了两步，却发现身后就是横栏，已经无路可退了。

元澄两手支撑在横栏上，将叶薰困在其中，似笑非笑地盯着她。

叶薰真想直接把他掀下去，她头一次恨自己怎么不会武功呢，竟然连这个臭小子也打不过。最糟糕的是竟然连染尘也失落了，不然，对着这个讨厌的家伙直接一刀捅上去……世界就清净了。

相比起沈归曦和萧若宸，元澄的武功其实乏善可陈，但久习弓马骑射，力量绝对不是叶薰一个普通女孩能够相抗衡的。

“有本事你就喊啊，”他轻笑一声，低头看着近在咫尺的容颜。说话间呼出的热气吹在叶薰的耳垂上，看着她躲无可躲的样子，三皇子心情大好，体贴地问道：“或者我来喊，高喊萧小姐……”

被这句话刺激到，叶薰终于彻底耗尽了最后一分耐心，“你到底想要什么？”她恶狠狠地问道。大不了鱼死网破，你也别想寻到一分好处。

面对叶薰的愤怒和质疑，元澄却一派悠然，甚至有叶薰越生气，他就越开心的倾向。“窈窕淑女，君子好逑，”他似是而非地笑道，“在下想要的自然是淑女下嫁，百年好合……”说着他拉起了叶薰的一只手，放在自己唇上一吻。

元澄费了这么大力气，专门把自己骗来就是要向自己提亲？叶薰脑子抽了才会相信。自己和他不过见了三次面，哪一次不是鸡飞狗跳，两看相厌？要说他会爱上自己，简直就是笑话，自己又不是侧妃万人迷。他这么机密地把自己引过来，必定别有所图。

叶薰甩开手，紧接着一巴掌挥过去。却被早有准备的元澄一把握住。叶薰随即又抬脚狠踹，元澄也早有了防备，向后闪开。

趁着他后退躲闪的空当，叶薰挣脱了束缚，向后跑去。

可刚跑了一步，却觉得身后一滞，整个身体失去平衡，一下子摔倒在地上。

是元澄这个家伙一脚踩住了她落在地上的裙摆！

这该死的曳地长裙，连逃跑都不容易。叶薰摔得头晕眼花，触地的后背和腰臀疼痛不止。

历史真是惊人的相似，记得五年前自己也是被这个臭小子给绊倒在这里的。也许唯一值得庆幸的是……叶薰抬眼看了看近在咫尺的台阶，这次没有摔在凸起的台阶上。

经过了五年的阅历，三殿下明显成熟了不少，至少不会再用鞋底来招呼女孩子了。

可这一次他虽然没有一脚踹过来，却直接整个人压了下来。

“你……”叶薰被他压在身下，挣扎了几下，立刻发现，五年的时间流逝真是无比残酷，两人间的力量对比已经发生了翻天覆地的变化。以前轻而易举就把他压倒的大好形势已经黄鹤一去不复返了。

夏日的长裙轻薄贴身，两人接触的地方传来令人心悸的火烫。叶薰又是尴尬，又是羞愤，可她的双手被元澄牢牢钳制住，身体又被他压在身下，根本没法移动。

简直像是被什么粘腻的动物贴住了一样，叶薰一阵恶心。她恨死这种暧昧姿势了，如果有机会，她真想对着这张俊脸抽上十七八个耳光，再狠狠踹上一脚。可惜此时此刻，她所能做的，也不过是冲着他低吼一声：“滚！”

元澄挑了挑眉，对叶薰杀气腾腾的吼叫恍如未闻，他的视线情不自禁地向着叶薰领口那里看去。

叶薰低头一看，因为刚才的挣扎打闹，衣襟散乱，领口敞开了一大截。元澄正紧盯着自己露出的脖颈，往胸口里猛瞧呢。

这个色狼！

本来这点程度的暴露对叶薰来说根本不算什么，也就是一件无领夏装的程度。可是元澄的那个眼神……让她感觉自己的衣服绝对不仅仅是这种程度的暴露，简直就像是什么也没穿，赤身裸体站在他面前一样。

他不会真想干什么吧？对上那灼热刺骨的视线，叶薰心头忽然升起一丝恐惧，是不是应该喊人来，可真的喊人来，自己的身份秘密岂不……

就在两人僵持不下的时候，忽然外面传来一阵细碎的声响。

有人接近！

叶薰和元澄刹那间都僵硬住了。

第七章

暗度陈仓

叶薰抬头，却看到元澄惊诧的表情，显然来人并不是他的安排。

“快起来！”叶薰低声喝道，如果被人看到自己和他在这里，后果简直不堪设想。

虽然她本人是不会在乎什么名誉谣言，但总要为立身朝堂的萧若宸考虑。一旦被人看到这副景象，除非自己真的嫁给他，否则光是谣言就足够将她活活淹死了。

而嫁给他……光是想想这个可能，叶薰就觉得遍体生寒，她可不觉得自己有出演苦情戏女主角的天分。

一边说着，她挣扎着就要推开元澄，可刚动了动身体，元澄却一把将她按住，死死压在身下。“别动……”他神色也郑重起来，“你想被他们看见吗？”

叶薰侧耳一听，禁不住暗暗叫苦，连自己都能够听到脚步声了，这说明来人已经走入小树林了。

这里虽然是一片树林，可是四面开阔，唯一的建筑物就是自己身下的这一座。只要走入林子的人，绝对不可能看不见亭子。

想到自己和元澄在众目睽睽之下，衣冠不整地从地上爬起来的场面，叶薰头都大了。

听脚步声似乎还不止一个人，叶薰紧张地竖起耳朵，现在只能够祈祷这些脚步声是过路的，而不是想要进这个亭子里乘凉的。

理想是美好的，可现实却总是太残酷。担忧的事情很快变成了现实——脚步声停住了！叶薰心里一沉。

紧接着一个清丽的声音响起："娘娘，前面有凉亭，不如去那里休息一下。"

比起句子里蕴含的意思，反而是那熟悉的语调更让叶薰惊异地睁大了眼睛。

那个声音……竟然是雁秋！她怎么会到这里来？而且她刚才称呼娘娘……同行的人里面难道还有沈皇后？！

如果真是沈皇后叶薰反而放下心来。自己和元澄这种狼狈的模样落到了别人眼里，免不了是一场闲话，但是落到沈皇后眼里，以她的精明必定不会让儿子的名声变得更坏。

果然一个高华婉转的声音紧接着响起，"不必了，在这边慢慢走走还能散散心，进了亭子坐下反而烦得很。"语气柔和中也带着隐约的威仪。

紧接着沈皇后又吩咐道："你们都下去吧，本宫在这边透透气，有雁秋服侍就好。"

几个随侍宫女低声称是，紧接着一阵细碎的脚步声响起，很快都走远了。

虽然人大多数都离开了，可叶薰和元澄却越发紧张起来，因为最要命的两个还都留在亭子外面呢。

她们的脚步声缓慢而富有节奏，似乎正在亭子东边的湖岸来回踱步。

"雁秋，你刚才也见了一轮了，你说那些小姐们哪个比较出挑？"一边缓步走着，沈皇后开了口，长叹一声道，"唉，澄儿的年纪也应该指婚了，顾学士家的小姐本来我是极中意的，可偏偏得了病，几位太医都说是注定拖不过今年了。”

“依臣媳所见，各家淑女知书达理，温静娴雅，都是极好的。”雁秋的声音温婉恭顺。

“你这话可不真了，”沈皇后笑道，虽是批评，语气里却无丝毫不悦，“什么知书达理，温静娴雅，那都是做给外人看的，指不定性子如何骄横刁蛮，矫揉造作呢。”说着挽住雁秋的手，笑道，“如你这般真正温静娴雅的女孩子如今是越来越少了。”

“娘娘……雁秋愧不敢当。”雁秋微带惶恐的声音传来。

看来沈皇后真的很喜欢雁秋，叶薰暗暗想着，一时间差点忘记了自己的处境。

沈皇后笑道：“归暮娶了你，也算是他的福分，在兰蔷园的时候，你服侍他就最为贴心，连有时候……”沈皇后含笑说起昔日雁秋服侍沈归暮的种种细心体贴，语气之中颇有嘉许。

“本就是雁秋分内之事。”雁秋低眉顺目地答道，眉宇间有不易察觉的黯淡一闪而逝。

叶薰在一边听得暗暗心惊，这些兰蔷园里细枝末节的私事沈皇后竟然都知道？而且沈皇后与雁秋说话的口气……怎么听怎么奇怪。尤其是她把元澄和沈归暮相提并论时，那种理所当然的语气，让人感觉很是别扭。同样是她的侄子，为何从来没有听她提起过沈归曦呢？

“可惜归暮这孩子的身体实在太差……”沈皇后一声叹息。

“娘娘不用担心，少爷的身体已经有了起色，前些天还说要入宫拜见娘娘您呢。”雁秋柔声安慰道。

“可不要让他劳动了，他的病情不是短时间能够好起来的，”沈皇后连忙阻止道，“好不容易有了起色，万一因为这些虚文礼节又病倒了那可是万万不值。你只告诉他好好休养，也不必急着来见我。”

沈归暮的身体竟然这么不好，连沈皇后都没有见过。叶薰心里隐约浮起一丝隐忧，如果有机会亲眼见见他就好了。

耳中听到沈归暮名字的时候，叶薰身体僵硬了刹那。与她贴合在一起的元澄自然清晰地感受到了。低头看到叶薰全神贯注倾听思考的模样，心里莫名地升起一丝不悦。

为了不惊动一墙之隔的人，他压在叶薰身上也不敢动弹。视线四处乱蹿，无意间落在他钳制下的那双手上。

肌肤细腻中带着粗糙，掌心还有硬硬的小圆茧，与自己以往见识过的无数双名门淑女的手都不同，显然它的主人并不是养在深闺人未识的绣阁弱质。

纤长柔韧的手指交错，其中右手的两根指头上还带着若有若无的细微痕迹。那是……

熟悉的痕迹映入眼帘，元澄有刹那的错愕。

叶薰全部的精神都放在外面，哪有工夫去注意他的心情。直到温热湿润的感觉从指头上蔓延开来，叶薰这才恍然惊觉。回过神来一看，不知道什么时候，元澄竟然拉起了她的一只手，然后，然后……

他竟然在舔她的手指头！

你！你！你……你是属猫的啊？真是……叶薰先是被惊得魂飞魄散，紧接着恶寒地打了个哆嗦。

舔什么？！她想要冲着他大喊，可耳边不断传入的谈话声让她理智地把所有的语言抗议都咽回了肚子里。

叶薰用力想把手从元澄口里抽出来。元澄却紧握住不放。生怕惊动了外面的人，叶薰也不敢太用力，一时之间竟然无法挣脱。

也不知道究竟是自己挣扎的动作惹恼了元澄，还是他单纯又记起了五年前的仇怨。叶薰挣扎了几下，手上忽然传来一阵疼痛。

意外之下，叶薰险些惊叫出声。

是元澄舔着舔着，对那两根不老实的手指头一口咬了下去。开始时只是试探的啃噬，洁白的牙齿凸起摩擦在柔嫩的指腹上，然后越咬越用力。

手指疼痛难耐，叶薰火气上来，臭小子，敢咬我！

也不管三七二十一了，她使出容嬷嬷秘传的螃蟹大法，另一只手狠狠向着元澄脸上拧下去。相比于周围大气也不敢喘一声的紧张细微气氛，叶薰手上用的力气绝对如火如荼、惊心动魄。

现实证明，真正经典的招式是绝对不会随着时间的流逝而失效的。五年前的这一招同样管用，元澄被她拧地龇牙咧嘴，却又不敢开口喊叫，只好用眼神表示愤怒。

“臭丫头，你想死啊？立刻放手！”他恶狠狠地用眼神瞪着叶薰，无声地威胁道。

“妖孽！本小姐拧的就是你！”叶薰无声地用口形对着他狠狠骂道。一边趁机把饱受蹂躏的手指头从这只恶猫的口里解救出来。

仔细一看，被咬的地方正是五年前他留下痕迹的部位。微微渗出血液的新牙印覆盖在旧印痕上，光是看着就让她感觉一阵抽疼。我到底招谁惹谁了，怎么就惹上了这只牙尖嘴利欠收拾的恶猫！叶薰真是欲哭无泪。

元澄揉着被拧得又红又肿的脸颊，不怒反喜，凑近了叶薰，紧贴着她的耳边低声问道：“爱妃的手劲儿可真是大啊。”

爱……爱……爱妃！！！叶薰打了个哆嗦，刚才在宴席上吃下去的那只螃蟹似乎又活了过来，正在她胃里张牙舞爪。

“趁着良辰美景，你我就在这里共赴巫山，行云布雨如何？”低低的嗓音缭绕着叶薰的听觉神经，温热的气息吐到敏感的耳郭里。

叶薰条件反射地一阵战栗。就在她失神的刹那，元澄的手已经如灵蛇一般滑到她的衣襟里面。

叶薰险些叫出声来。他不要命了，惊动了外面的人……还是他故意这么干？

一把攥住他的手，一记断子绝孙踢无声无息地招呼过去。

两人在亭子里无声地打斗纠缠，元澄对叶薰的钳制压迫已经松开，但现在就算只剩下叶薰一个人，她也没有胆量站起来了。

毕竟雁秋和沈皇后已经说了这么久的私房话，被她们知道自己在偷听……那后果绝对不逊于被众人看到自己和元澄的“亲密接触”。

护栏的那一边，是沈皇后和雁秋在闲话家常，温婉的语气随着清凉的微风散开，夕阳之下水波泱泱，流光荡荡。而护栏的这一边，是两人翻来覆去的纠缠打闹，肢体纠缠，横眉怒目，最诡异的是两人默契一致地都不肯发出任何声音，像是在演出一场哑剧。

隔着亭子矮矮的护栏，像是两个世界，两幕场景。

难怪说两个女人等于一千只鸭子，无论什么身份，多么精明的女人都一样，这两位的闲话家常要说到什么时候啊？叶薰一边抵挡着元澄的动手动脚，一边暗暗叫苦。

一阵气喘吁吁的纠缠，元澄终于翻身农奴把歌唱，又一次压到了叶薰身上。

他的力气也耗得七七八八了，但看着身下无可奈何只能狠瞪着他的叶薰，还是心中大乐，他无声的轻笑着，低头就向叶薰唇上吻去。

叶薰力气几乎耗得差不多了，只能无奈地偏过头去，躲开某人的袭击。

元澄也不灰心，直接吻在了叶薰的脸颊上。

感觉到温热的嘴唇印在自己脸颊上，叶薰又恨又气，她真想不管外面唠唠叨叨的那一对，直接跳起来把这个赖皮的花花公子痛打一顿。

元澄的吻一直延续到叶薰形状完美的耳垂上。一阵战栗从内心深处传上来，被接触的地方像是触电一般，这种滋味，简直就像是……就像是记忆深处的那个夜晚……

叶薰身体条件反射地一颤，忍不住惊叫了一声，“你……”

她叫出声来了！

脱口而出的刹那间，叶薰只觉得自己的心脏一下子失去了依托，向着不知名的深渊直沉下去。

可就在同时，自己的那一声轻呼却没有传入耳中，或者说，是被另一声呼唤替代了。

“娘娘，”是一个低沉略带沙哑的男声，恰好与叶薰的那一声轻呼同时响起，掩去了她细微短促的惊叫。

叶薰感觉心脏在停顿了数秒之后终于恢复跳动，她无声地呼出一口气，真是死里逃生。抬头看元澄，也是一脸的紧张不安，显然是被叶薰刚才的失声吓到了。

他恐惧什么啊？难道说他刚才不是故意的……来不及思考这些，沈皇后清丽高华的声音已经传入耳中："怎么了？"

"是皇上召见娘娘，御驾正在凤仪宫。"来人恭谨地禀报道。

声音有点熟悉，叶薰侧耳细听着，对了，好像就是上次跟着元澄一起去普光寺的那位"狗腿兄"。

"本宫知道了。"沈皇后沉默了稍许，又问道，"皇上不是还有西部三省的奏折要批阅吗？怎么这么快就回来了？"

"这个……属下不知，只是皇上刚刚服食了极乐散，正在寝殿里休息。""狗腿兄"继续禀报道。

沈皇后轻叹一声，道："算了，雁秋，我们走吧。"

叶薰胆战心惊地听着脚步声经过凉亭旁边，然后渐渐远去，终于不可闻了。

感觉经历了生死一线的考验般，她松了一口气。随即怒视依然赖在自己身上的那只，一声怒喝："起来！"说着用力推了一把。

脱离了危险，元澄的神情也松懈下来，随即又恢复了那副笑嘻嘻的痞赖模样，不理会叶薰的推搡，凑上去笑道，"爱妃真是无情……"

叶薰忍无可忍地一巴掌抽上去。

可惜跟元澄折腾了这么久，叶薰的力气早没剩下多少了，这一巴掌打得有气无力，不痛不痒。

元澄轻笑一声，也不在意叶薰的冒犯，反而径自接住她的手，放在唇边亲吻了一下。

叶薰触电一样飞快地把手抽出来。正要抬脚再踢，元澄却已经施施然从她身上爬了起来。

叶薰连忙从地上站起来，可因为起得太快，手脚无力，一阵发晕，险些向后跌倒。

元澄眼明手快地扶住她，可惜那只手刚刚触到叶薰腰上，叶薰就条件反射地向后跳开了。

元澄也不多说，径自转过头，问道："许翎，父皇为什么找母后过去？"

叶薰吃惊地转头，这才发现，亭子外面还站着一个人。就是那位"狗腿兄"，他竟然没有跟着沈皇后走？！

叶薰暗暗叫苦，像这样的高手行动间她不可能听得见脚步声，只是直觉性地认为他已经跟随沈皇后离开了，想不到竟然没走。

低头看看自己衣襟开散，发髻凌乱的模样，忍不住大为尴尬。又想到刚才元澄叫他许翎，萧若宸曾经向她提起过宫里的一些主要人物，这个许翎似乎是任侍卫副统领一职。难怪上次跟着元澄出宫去狼狈为奸。

叶薰这一转头，许翎也看清楚了她的容貌，顿时陷入呆滞状态了。以他的武功耳力，向沈皇后禀报的时候就听出亭子里有人藏着。素来风流自赏的三皇子又在拈花惹草了，本以为对象只是个小宫女，或者今日入宫的哪家小姐。可是眼前站起来的女子……不是上次在普光寺里见到的那位吗？

再看看自家殿下脸上那一片又红又肿的痕迹，好像还有一个若有如无的巴掌印子……这两人……他愕然地来回看着，一时间呆若木鸡。

叶薰真恨不得自己有满身力气，把看到自己这副尴尬模样的两个家伙直接扔到湖里去淹死算了。她长吸一口气，平息下满腔的怒火，冷然道："天色已晚，我就不打扰殿下，告辞了。"说着，直接转身向亭子台阶走去。

元澄也不阻拦，只是俯身在她耳边轻笑道："那就日后再见了，只是在下的提议，小姐可要仔细考虑哦。"语气里满是殷勤的笑意。

叶薰脚下一顿，随即恢复镇静，快步走下亭子，将元澄得意的笑声抛在身后。

进了树林，先寻了一个不引人注目的角落，叶薰简单整理了一下头发衣服，这才返回浮碧亭。

亭中酒宴早已结束，本是花神祭祀，周围摆了不少奇花异草烘托气氛，各家小姐都三五成群地在御花园里赏花观景，叶薰消失了这段时间倒也无人注意。

过了不久，宴席终于彻底结束了，各家小姐纷纷告辞，在引路宫人的带领下离开御花园，马车正静候在宫外。

叶薰坐在车里，心绪纷乱难安。她无意识地紧抿着下唇，掀开车帘一角，看向外间。深沉的暮色已经无声地降临大地，天地间一片混沌，视线被深不见底的阴影彻底笼罩，四面重围，无处突破，正如她当下的心情。

信手放下车帘，她无限疲倦地躺回车里。今天发生的一切都让她措手不及，让她疲惫不堪却又不得不打起十二万分的精神去面对。

仔细回想起和元澄见面的细节，看样子他并不想让沈皇后知道他与自己私下相会，虽然最后害得自己出声，但看他之后的反应，更像是肆意妄为之下的意外。

他约见自己是隐瞒着沈皇后的！而且听他提起沈涯的语气……难道说他对沈涯，甚至沈家已经起了戒心？可是天下每个人都知道，沈家正是三皇子最大的靠山啊，就连上次元澄登基，也是靠了沈涯一手扶持……而且最重要的是，他是怎么知道自己真实身份的呢？

心思正纠结难安，马车一顿，停了下来。

已经到家了。叶薰跳下马车，回了自己的房间。她屏退了左右，转身就向萧若宸屋里走去。今天所发生的一切太过重要，她必须尽早提醒他，共商对策。

“小宸？”推开虚掩着的大门，叶薰步入房间，呼唤道。

奇怪啊，房里明明亮着灯，人却不知道哪里去了。叶薰转了一圈，屋里空空如也。

想到萧若宸可能暂时有事出去了，她索性在书桌前坐了下来，静心等他回来。

烛火在微风的吹拂下轻轻摇动，荡漾的光晕投在摊开的文书上。几十本卷册繁复杂乱，想必萧若宸刚才正在这里处理公务。

叶薰的视线扫过桌面，一边静静地等待着，一边回想起今日发生的点点滴滴。

“如直接拼个鱼死网破，也胜过被仇人呼来喝去当奴才……”

“难道你就不怨恨？”

不知道为什么，首先映入脑海的竟然是这两句话，叶薰精神一阵恍惚，心里像是填埋着什么沉滞的东西，压得她心里难受，却又无法排解。

回想起在沈家的那些日子，小宸似乎从来没有表现过他对沈家的恨意。在那些年里，恭敬有礼、温和认真，似乎成了所有人对他的印象。

记得以前他有什么心事，无论多么隐秘的，都从来不会隐瞒自己。可是在进了沈家之后。却再也没有向她提起过关于仇恨，关于那个夜晚，甚至关于萧家的话题。

是觉得贸然提起太危险？还是他根本想要一肩担起这个沉重的包袱？或者是因为别的什么……

那时候他只有十几岁吧。叶薰忽然意识到，自己似乎疏忽了一些东西……一些很重要的东西……

正想得入神，一阵凉风吹过，她身体一颤，手肘无意间扫到了一本卷册。卷册掉下来，连带着打落了桌上一只精致的翡翠山水笔筒。

“乒”的一声脆响，笔筒跌落到地上。叶薰吓了一大跳，连忙起身查看。

幸好这只笔筒的玉质颇为坚硬，没有摔碎。

叶薰捡起笔筒，正要将它放回原位，却无意间发现笔筒的下半部分开了一道口子。竟然是一个小暗格！叶薰好奇起来，一只小小的笔筒竟也有这种巧妙的机关。里面是什么？

她用手指戳了戳，暗格打开，一粒滚圆的小东西滑进了她的掌心。

仔细一看，是一枚耳坠，纯银的月形坠子上镶嵌着米粒大小的一颗珍珠，造型和质地都格外熟悉。

仔细看了两眼，这个耳坠……叶薰脑中灵光一闪，这个耳坠不是……刹那间，她只觉得心脏像是被铁锤重重敲击了一记，一时间险些站不稳了。

这时，门“吱呀”一声开了，一个清朗的声音从身后传来，“姐，宴会结束了吗？怎么来我房里了？”

叶薰身形直觉性地一颤，随即将玉笔筒放下，转过身来。

萧若宸正站在门口，修长玉立的身影映着背后空灵清冷的月光，宛如踏月而归。

因为背对着他，萧若宸并没有看到叶薰的动作，只是看到她脸色有些不好，他连忙快步走入房内，紧张地问道：“姐，你怎么了？身体不舒服吗？”

“没有，”叶薰把紧握的手缩回袖子，压下波动的心绪，笑道，“没什么，就是来看看你而已。”

手心里那粒冰冷的银耳坠被攥紧的手指大力压迫，牢牢地卡在掌心里。

门口处光影一错，又一个身影出现，是贺骏万。

叶薰知道他是萧若宸的心腹，眼见两人相继走入屋内，便知两人有要事商议。她原本就感觉心绪繁乱，不堪久留，当即说道：“你有公事要忙碌，我先回去睡了，明天再见吧。”

仔细看了看，叶薰的脸色已经恢复正常，萧若宸才松了口气。犹自不放心，又唤来湘绣，将叶薰送回房里才安心离开。

夜沉如水，冷月如钩，娴静的银光洒满了屋里的每一个角落，叶薰独自坐在桌前，月光洒落在她摊开的掌心，精致的银耳坠反射着点点碎银光华，相映生辉。

回想起那个风雪飘摇的黄昏，那个走投无路的夜晚，就是这只耳坠跌落在雪堆里，险些暴露她和沈归曦的行踪。

可是这只耳坠怎么会出现在萧若宸的屋里？记得当时是被一个闻声前来搜索的突厥兵捡到了吧。之后呢？自己和沈归曦跳进金菱的房间，从而躲过了一劫。至于耳坠的去向，完全没有留意。

对了，记得那些突厥兵好像是在护送什么人。

那个背影，那个惊鸿一瞥的身披斗篷的背影……

叶薰觉得心脏一颤，似乎有隐约的寒意蔓延上来。

是京城的秋天来得格外早吗？这个盛夏的夜晚，她竟然感觉出奇地清冷……

萧若宸信手翻开书卷，问道："皇上今日又服食极乐散了？"

"正是，宫里传来消息，下午的时候皇上服食了一剂，之后在寝宫歇息了。"贺骏万禀报道。

萧若宸轻笑一声，"看来他对那些不理俗世，羽化登仙的奇思妙想是越来越泥足深陷了。"

"皇上一生安乐，未曾经历过那般劫难，至今无法释怀也是难免。"贺骏万笑道，"听宫里的人说，皇上回宫之后晚上时常做噩梦呢，直到有了极乐散，这才能睡得安稳。"

萧若宸冷哼一声。对这种失败之后就只知道逃避现实，甚至需要借助药物来逃避现实的懦夫，他根本不屑一顾。但是眼下皇帝是他最重要的靠山，可不能在大业未成之前，靠山先倒下了。

"皇上近来的精神越来越不好。只怕也是因为听说了突厥敦略可汗御驾亲征的消息。"贺骏万掂量着说道。相比于自家这位仅上过一次战场就惨败而回的皇帝陛下，突厥敦略可汗可是能征惯战，久经沙场的名将了。而且敦略可汗南下又带了十万精骑增援，也难怪皇帝要受刺激了。

"已经老迈昏庸的狮子根本无足轻重，他身边的幼狮才是真正的危险。"萧若宸不置可否地说了一句。对于敦略可汗的到来，他并没有太担忧。根据突厥国内的情报，近些年敦略可汗年纪渐大之后，越发独断专横了。而凉川一直掌控在陆谨手里，经过长期经营，他的势力已经根深蒂固。如今突厥皇帝亲自南下，两股势力交缠，未必能够融洽一心。

想到了陆谨，萧若宸神色凝重起来，问道："陆谨那边的消息怎么样？"

"那边一切安好，并无异常。而且沈涯的动向也尽在掌握之中。只等我们两相配合，便可让他有去无回。”贺骏万笑道，语气中有着难以抑制的兴奋。

萧若宸点点头，他心中的隐忧却依然挥之不去。这次沈涯单兵轻进给了他一个极佳的可乘之机，可事情真的会这么顺利吗？不仅沈涯是只老狐狸，凉川城里的那一位，心机敏锐也绝对不逊于自己。

心情有些烦躁，萧若宸背着手来回走动了两圈，问道：“沈涯日前新送来的军报你看了没有？”

“已经看过了，”奇怪萧若宸为何会再次提起这个问题，贺骏万略一思索，道，“并无可疑之处，根据前线的兵报，路线也依然如我们预料中的。”想了想，贺骏万偷看了萧若宸的脸色一眼，迟疑着说道：“只是……”

“只是什么？”萧若宸眉头一挑，问道。

“只是兵报上还提到了清仪公主的婚事……”贺骏万神色有些雀跃地说道，“说起来，皇上以前是口头上答应过将公主殿下指给沈归暮，可如今沈归暮已经娶亲，公主的亲事就要再议了，这对少主来说可是一个好机会……”

贺骏万鞭辟入里地分析着，全然没有注意到萧若宸神情间升起的头疼不耐。

“……皇上并不想将公主改配给沈归曦，一方面是对沈家暗中存疑，另一方面，也未尝没有介意沈归曦身上外族血统的缘故……”

“如果少主娶了公主那可是一大助力，更何况公主殿下本来就对少主痴心一片，只要趁机提亲，必然能够……”

“够了！谁说我要娶她了。”萧若宸忍了又忍，终于按乃不住，开口打断道。

贺骏万一时愕然，道：“可是如果让沈归曦娶了她，只怕沈家的势力更加难以……”

萧若宸皱起了眉头，私心而论，他还真巴不得沈归曦娶了清仪，只是这些话终究不能直说，他不耐烦地挥了挥手道，“关于这件事我自有安排，不必多说了。”

贺骏万还想再说，但看到萧若宸满脸不耐烦的神情，也只好把接下来的谏言统统吞进了肚子。

“另外还有一件事情，”放下这边，贺骏万立刻想到另一件事，连忙禀报道，“少主，安排在普光寺那边的人注意到，有人在暗中打探柳夫人的家世底细。”

“谁？”萧若宸一惊。

“就是沈归曦。”

“……沈归曦……”沉默了瞬间，萧若宸轻声重复着。

提起这个名字，他的语气里有一种咬牙切齿的森寒，让贺骏万忍不住打了个哆嗦。他偷瞧了自家少主一眼。那种寒意……刹那间他甚至有一种错觉，这个沈归曦才是一手把持朝政，筹划阴谋，导致萧家全盘覆灭的罪魁祸首。

“都是属下失职，若是上次在城外截杀成功，也不会有今日的后患了。”贺骏万悔之不及地告罪道。本来沈归曦入京的时间路线，随行人数都已经尽在掌握之中了，却因为刺杀对象本身的武功远超预计，使得十拿九稳的行动功亏一篑。

“这不是你的过错，我也没有料到，不过几年的工夫，他的武功竟然能够突飞猛进到这种程度。”萧若宸冷哼一声，摆手道，脸上的寒意一闪而逝。

沉默了片刻，他紧接着问道：“他怎么会忽然打听这些？”

“详细的原因也不清楚，只是根据探查，是在普光寺与小姐见了一次面之后，才开始派人打听的。”

萧若宸面沉如冰，静默了片刻，他的嘴角忽然浮起一丝笑意，“他既然这么急着想知道，就让他知道好了。传令下去，消息传递随他自便，不必刻意阻拦。”

“这……”贺骏万惊诧地抬头看了萧若宸一眼，见神色便知他不欲解释，只好低头领命道，“是。”

两人又对几件要事商议了一阵，方才完结今晚的公务。

贺骏万告辞而去。萧若宸坐在椅子上，疲惫地按住额头。

他揉着有些昏沉的头脑，一边静心思量着刚才的商谈，从沈归曦到清仪公主，思绪很快转到叶薰身上。

想着她刚才在自己房中的一言一语，一举一动，他嘴角无意识地浮起一缕浅笑。

“用不了多久了……”他对着无人的虚空轻声呢喃着，语调里蕴含着淡然却坚韧的自信。

宫阙锦绵

第八卷

叶随风散秋已至

第一章

日暮东风

叶薰独立于廊下，静看院中迷茫的细雨，无数细长的银线织就一张朦胧的白网，铺天盖笼罩住天地万物。近处雨滴单调地沿着房檐滴下，落到青石板上，腾起蒙蒙的水雾，清冷的音调声声入耳。

这样阴雨连绵的日子，香火鼎盛的普光寺也冷寂下来，日常人来人往的大殿只余下几个的知客僧在打扫收拾，而叶薰立身的寺后这处偏僻的廊下更是清冷寂寥。

叶薰抚着身边的廊柱，半晌又伸手到房檐外。细密的雨丝很快沾湿了掌心，带来久违的清凉触感。思绪翻飞，她失神地回想起刚刚的那一场会面。

在湘绣地催促下，叶薰又一次带着她来到普光寺，寻找柳夫人的灵牌。果然不出预料地见到了那个举止可疑的中年僧人。

“若岚，你终于肯来见我了。”回想中年僧人见到她时激动难抑的神情，叶薰禁不住一阵苦笑。

虽然有了心理准备，见面的结果依然让她震惊。

萧若岚竟然不是萧国丈的亲生女儿？！

萧若岚的母亲柳芸本来是城郊一户穷苦秀才人家出身，父亲常年病弱将家中本就不多的积蓄耗得精光。贫寒迫人，年纪轻轻的她就不得不入国丈府帮佣做工赚钱。偏巧有一次被萧国丈偶尔遇到了。因爱她貌美温柔，出身也算清白，萧仁就将她正式收了房。

其实柳芸在家中早有一位情投意合的恋人，只可惜不敢违逆国丈府的权势地位，兼她后母又贪婪高额的聘金，便将她送入了国丈府为姬妾。

柳芸在国丈府的日子并不开心，虽然锦衣玉食，富贵无忧，但是萧仁后房美貌侍妾无数，她不过是极不引人瞩目的其中之一。萧仁在她身上的心思也不过三五个月，很快就丢到了一边。柳芸日常一个月也见不到自己的丈夫一次。

这样冷寂的日子过了两年后，一次萧家女眷前去普光寺做法事，柳芸竟然在寺庙里意外遇到了青梅竹马的恋人宋涟。原来柳芸嫁人之后，他悲伤难耐，心灰意冷之下干脆出了家。柳芸对他本就旧情难断，顺理成章之下，两人有了私情。柳芸时常借着礼佛的机会前来与情人相会，一来二去，竟然不久就有了身孕。

好在她也算机灵，在国丈府使了点小手段，陪伴了萧仁一晚遮掩过去，总算有惊无险地生下孩子。

可惜生下孩子不久，也不知道是因为私通的心理压力，还是因为别的缘故，她的身体越来越孱弱，一病不起，终于在缠绵病榻几个月后香消玉殒了。

萧若岚长大之后，时常来祭拜母亲，宋涟便寻找时机向她坦白告之，父女相认。

明白了自己的身世，萧若岚前来礼佛祭拜的次数更多了。只是两人行事极为隐秘，连随侍的湘绣也不明内情，一直以为她是在向相熟的僧人请教佛法。

听完这些陈年往事，叶薰真怀疑自己是在看一本苦情小说，总有一种不真实感缭绕在心头。

其实有什么难以接受的呢？终究这一切也不过是萧若岚的过去，而不是自己的。叶薰翻过手掌，凝聚在掌心的雨水随着重力落向地面，在青石板上溅起几朵晶莹的水花，随即融入浅浅的水波湮灭不见了。

即便知道了这些，能够改变什么吗？

什么都没有改变。

她还是她。是叶薰，而不是萧若岚。

属于她叶薰的烦恼已经足够多，实在没有多余的精力去思考这些属于萧若岚的过去了。这样想着，叶薰逐渐抛开这件心事。

正在出神，身后传来一阵熟悉的脚步声。叶薰转过身去，就看到了她急切盼望的身影。

这一次叶薰会这么着急来普光寺，最主要的原因还是因为她太想见沈归曦一面了。心中有一个阴影始终徘徊不去，两只银光闪烁的耳坠就像是两滴冰冷的雨水浇在心头。

“怎么了？”察觉到叶薰今日的情绪不同以往，沈归曦轻声问道。

“没什么，就是觉得心烦意乱。”叶薰把头埋在他胸口，闷闷地说道。从温暖坚实的胸膛深处传来富有韵律的心跳声，让她情绪安定了不少。

“最近在忙些什么？”叶薰一边感受着这份温暖，一边轻声问道，“说一说我听听，不要闲着。”

“最近……”听到这个问题，沈归曦神情一滞，低头看着叶薰沉静的容颜，他才缓声道：“我已经在兵部补录军籍了，最近正在忙碌军中的事务……”

风带着冽冽的凉意吹进廊下，间歇有几滴细雨扑到两人身上，沾湿飘飞的衣角。叶薰深吸一口气，清新的空气里带着浓厚的水雾，胸口溢满了湿意。

和缓低沉的声音一直回荡在耳边，带着奇迹般让人安心的魔力，叶薰静静听着，心情逐渐柔软下来。

说了半天，沈归曦看到怀中的叶薰闭着眼睛静默不语，忍不住笑道：“你前天入宫的结果如何？有没有什么开心的事？”

“不要说这个了，想起来我就头疼。”叶薰皱起眉头，气愤地说道。上次入宫对她来说可不是什么愉快的回忆，尤其是那种完全被人把持要挟的感觉，让她每想起来都有冲进皇宫把某只野猫狠揍一顿的冲动。

“你不是一直想见雁秋吗？难道这次没有见到她？”沈归曦问道。

“我见到她了。只不过，她……好像变了不少。”叶薰闷闷地说道。

注意到叶薰无精打采，沈归曦问道，“怎么了？”

“也没什么，”叶薰摇摇头，和雁秋之间那种生疏漠然的感觉，她实在不知道应该怎样描述。“算了，先不说这些沉闷的事情了。反正……”叶薰鸵鸟一样把头埋进沈归曦的肩膀，轻声说道：“只要你一直不变就好了。”在这样清冷寂寥的天地间，也许这是唯一能让她全心全意去相信、去眷恋的温暖和坚实了。

沈归曦默默抱紧了叶薰，隔着漫天飘飞的细雨，两人相拥的身影从远处看去像是融为一体般。

耳边只余下清冷的风雨声，像是催人入眠的细语呢喃，一切的苦恼困惑仿佛都随着这轻飘飘的氛围淡化了，远去了，叶薰恍如间只觉得她已经彻底抛开了那些不得不面对的烦恼，独立于另一个遥远世界。

就让她轻松这一会儿吧，哪怕只是个幻觉，至少此时此刻，在这个人的面前，她不用去想那么多……

然而就在她思绪昏沉的时候，一个意料之外的问题却被微带迟疑的声音送入耳中，“你……上一次来这里……是为了什么？”

刹那间从幻境跌到现实，叶薰身体不易察觉地一僵，抬头看去，正对上沈归曦低头凝视的双眼，神情里仿佛云淡风轻，又仿佛蕴含深意。

犹豫了片刻，叶薰沉声道，“是来赏景……也是为了给一位故人上香。”

“故人？你们有在这里的……亲戚吗？”沈归曦继续追问道。

“嗯，算是亲戚吧？其实并没有见过面，她就葬在后山，已经很多年了，也只是替别人尽尽心。”叶薰言辞模糊着说道。

“是哪位亲人？”沈归曦犹豫着，紧抿的下唇缓缓开启，问道。

他怎么会打听这么详细？叶薰刚刚恢复的心情又开始低落起来。她抬头瞥了他一眼，“是一位故去十多年的长辈夫人，你怎么会忽然问起这个来？”

“没有，只是问问而已。”沈归曦见叶薰的脸色又沉闷下来，温声道，抛开了这个话题。可是心中却不可避免地蒙上了一层黯淡。

那位柳氏竟然是昔日萧国丈府邸的侍妾，而且还曾经生下过一个女儿。在听到手下禀报这个消息之前，沈归曦从来没有想到过自己也会有单纯因为别人的言辞而恐惧的一天。

他在恐惧什么？

之后他立刻阻止了手下继续打探的行动。也许，亲口问她才是最好的选择。自己原本就不该背着她私下打探这些，既然爱她、相信她，直接询问她不是最好最直接的方式吗？

在犹豫徘徊的数次之后，他终于问出了口。

可是，叶薰所给出的这个含糊其辞的答案却实在无法让他安心接受。

她和那位柳夫人究竟是什么关系？想到这个问题，沈归曦只觉得心脏一阵空落落的抽紧，那个最危险的答案他实在没有勇气去面对。越接近现实，他就越有一种被未知恐惧所笼罩的无力感。

也许真的只是不相干的远房亲戚，偏僻没落的柳家与远在淳州的叶家有远亲关系也不是不可能，他只能这样竭力安慰自己，柳家只不过有一个女儿凑巧嫁入萧国丈府邸为妾而已，与萧家本来就没有什么深入的关系。

可是奉命打探消息的手下的声音却不停地缭绕在耳边：“柳夫人曾经生下一位女儿，就是当年内定入宫为后的萧若岚……”

他的嘴唇动了动，终究什么也没有说出，只是不自觉地抱紧了叶薰，像是害怕她下一秒钟就会离开。

越是眷恋不舍的时光，越是流逝地飞快。秋雨稀疏，天色渐暮，叶薰不得不回了府邸。

一个人回到了房间，叶薰失落地坐在床畔。

如果说今天是想去寻找安慰的，那么真是得不偿失。她禁不住苦笑起来。旧的隐患没有消除，反而增加了新的烦恼。沈归曦为什么会忽然问起这些？他从来都不是喜欢打听别人隐私的人。

只是单纯的询问关心自己？还是说他已经发现了什么？自己入后山祭拜的时候身边只有湘绣一人啊，后山坟墓那么多，他不可能知道自己祭拜的人是谁吧。

月上枝头，夜笼大地。清亮如银的光辉沿着敞开的门窗投入房内，叶薰思绪纠结之下，干脆推门而出，一边漫步在花园里，一边静心思索着。

发愁的事情实在太多。相比起在凉川城平淡中时有惊涛的日子，京城的生活更像是一摊深不见底的死水，水上笼罩的是一片摸不着边际的混沌，让她辨不清方向，寻不着光亮。

也许自己应该向他坦白！向他坦白自己萧若岚的身份，同时也坦白她不属于这个世界的事实……这个念头忽然闯入脑海，让叶薰也禁不住吃了一惊。可仔细一想，还有什么方法比坦白一切能够更直接、更迅速地解开这个死结吗？

两人迟早要面对真相大白的一天，自己所背负的萧若岚这个名字和他不可能摆脱的沈归曦的身份是两道难以逾越的鸿沟。叶薰明白这一点，也为此苦恼过、困惑过，可她一直无法决定用怎样的方法去面对，去解决这个难题。

坦白自己的来历，坦白这一切，不就是解决所有问题的最好方法吗？

可是……沈归曦能够接受吗？

想到这个典故，叶薰有些黑线了。她可不想让人当作怪物看待，虽然她能够肯定，无论萧若宸还是沈归曦都绝对不会把她丢到棺材里的。

正在患得患失的时候，身后忽然传来一声轻呼，“姐？”

转头一看，是萧若宸不知何时站在了她身后。细腻的月光洒落在身上，映衬地少年格外出尘俊秀。

“怎么现在就回来了，公事都忙完了？”叶薰暂且抛开烦恼，问道。近来萧若宸经常忙碌公务到深夜才返回，这个时辰能够见到他真有几分意外。

“嗯。”萧若宸点点头，走近叶薰。

走到近前，叶薰忽然注意到，萧若宸眉宇间隐约有几分疲倦，他这些日子很累吧，如今他还没有满二十岁呢，就要这么通宵达旦地劳苦。

心中升起一丝心疼，原本因为那两滴银耳坠浮现的隔膜在这样微妙的情绪下逐渐消磨融化了。

“最近很辛苦？”叶薰心疼地问道。自然而然地拉住萧若宸的手。

“没有。”萧若宸笑了笑，神情一松，反手紧握住叶薰伸过来的手，两人一起走进园中的一座凉亭坐了下来。

“姐，今天你们去普光寺寻到柳姨的灵牌了吗？”萧若宸问道。

“寻到了，我们又寻了一处地方供奉。”叶薰笑道。隐藏灵牌的人自然就是宋涟，他听说了萧家倒台的消息后，生怕柳芸的灵牌会受牵连，便干脆把灵牌取走，另寻了一处隐秘的所在供奉。

萧若宸眼中闪过一线异彩，笑道：“那前些日子怎么会不见了呢？”

叶薰犹豫了一下，萧若岚和宋涟的关系有必要告诉萧若宸吗？这件事情好像根本无关紧要吧。微妙的心理之下，叶薰低声道：“没什么，只是被一个僧人拿走了而已，如今已经寻回来了。”

萧若宸眨了眨眼睛，问道：“那……可有什么意外的事情发生？”

“能有什么意外？”叶薰抬头反问道，萧若宸的语气让她隐约感觉有些不自然。

萧若宸眼帘低垂，掩去了复杂难辨的神色。随即恢复如常，笑道，“我只是担心而已。普光寺终究离家太远，每次要多派几个人同去，你又总是不肯。”

“普光寺又不是荒山野岭，何必这么费事。”叶薰摇摇头，笑道。

“说起来，姐你以前经常去普光寺散心礼佛的。”萧若宸轻声道，语气里带着些许怀念。

以前的萧若岚……这句话钻入耳中，叶薰心里一动，忽然问道：“小宸，如果姐姐不是往昔那样，而是变得和以前很不一样了，你说怎么办？”

萧若宸眼中眸光一闪，脸上却不动声色，沉声道，“姐，你在说什么？”

“我……”叶薰话语一滞，她刚才一时冲动就要把事实说出来，可是转念一想，立刻发现，她应该怎么解释呢？

“我是说……我是说，小宸，你觉得以前的我好，还是现在的我更好？”犹豫了片刻，叶薰迂回地问道，“如果有一天，我变得很陌生，很不像以前了，你会怎么样呢？”

“无论你变成什么样？你就是你啊。”萧若宸笑了笑。他离开座位走近叶薰，一直走近到再也无法接近，才弯腰直视着她，一字一句地说道，“无论你在何时何地，无论你变成什么模样，你就是你，这个世上谁也替代不了，谁也影响不了的……”

叶薰仰头看着近在咫尺的容颜，熟悉的俊美容颜上带着意料之外的认真，认真到甚至让她感觉有些陌生。

“嗯。我知道了。”这样郑重的表情反而带来预料之外的压力，叶薰嘴唇张了张，却无法再说下去了，只能似是而非地答应道。

“姐，你在担心什么？”萧若宸放低了身体，单膝跪在她面前，把手放在她膝盖上，轻声问道。

温暖的热度沿着掌心下紧贴着的肌肤传递，直透入心里去，萧若宸温声说道：“无论你有什么烦恼，告诉我好吗？”

叶薰心下一暖，她伸手掠开萧若宸额头上垂下的几缕散发，对上他清浅明利的眼眸，笑道：“我没有什么，你不用担心，一切都好。倒是你，”叶薰迟疑了瞬间，问出她一直想问的话语，“你才真正让我担心，你……对沈家，有怎么打算？”

“我能有什么打算？”萧若宸眼神一闪，低声笑道，“如今我的实力比沈家差得远，当然是韬光养晦，小心翼翼，走一步看一步了。”

看到叶薰还要再问，萧若宸打断说道：“姐，这些事情多想也无益，还是等沈涯返回了京城再说吧。”

叶薰到嘴边的话语滞住了，对沈家的仇恨，她也曾经数次试着提起过，却每次都被他错开话题，萧若宸似乎并不想和她谈起这个。

见叶薰神色怅然，萧若宸眼帘低垂，他站起身来，把头埋在叶薰的肩上，低声道："姐，没有什么好担心的，无论成败，只要有我在，我就会好好保护你，不让你有任何损伤。"

"我知道了。"叶薰点点头，只好暂时抛开了烦恼。她拍着萧若宸不知何时揽在自己的腰身上的那只手，"先放开我再说。"

"不放，谁也抢不走你。"萧若宸低声说道，任性的语气里却带着三分认真，手臂反而环地更紧了。

叶薰无奈地叹了口气，她不得不反省，也许是自己这些日子的行为刺激到他了。虽然她去普光寺与沈归曦见面的事情并没有告诉萧若宸，但两人也没有特意保密，以他的消息灵通，自然心知肚明。

其实关于沈归曦的事情她实在不知道应该如何开口，甚至她希望萧若宸先开口询问她，然后她正可以顺势解释清楚。可惜萧若宸的反应出奇的平静，平静到简直像是完全不知道她和沈归曦私下见面一样。

叶薰感觉一阵心绪繁乱，有短暂的失神。直到萧若宸温热的气息吐在她的耳垂上，叶薰忍不住身体一颤。她才意识到，这个姿势好像有点儿太暧昧了，尤其这小子个子已经长得这么高了。

灼热的体温沿着紧贴的身体传递无间，以叶薰的开朗直爽也微觉尴尬不妥，当即拍了拍他牢牢钳在自己腰间的那只手，板起面孔训斥道："不许任性，先放手再说，都不是小孩子了，还敢这么任性。"一边说着，用力一挣，就离开了他的怀抱。

萧若宸脸上掠过一丝失望，却又不动声色地掩去。他退后一步，重新坐回了座位转过话题笑道："姐，你以后出门多带一些侍卫吧。若是再遇到那些不三不四的人，被人占了便宜去，我怎么能放心？"

叶薰皱了皱眉，今天萧若宸的话语似乎和以往有些不同，可是究竟是哪里不同，叶薰却又说不清楚。抬头望去，萧若宸正偏着头看着自己，抿着下唇，像是赌气的模样。

他是在暗示沈归曦？还是在暗示上次遇见元澄的事情？

猛地想到元澄，叶薰脑中灵光一闪，这两天来被她抛在脑后的那个大危机瞬间涌上心头。

糟糕，自己竟然把这么重要的事情给忘了！

叶薰真恨不得狠敲自己脑袋几下，那些疑惑杂念瞬间统统抛到脑后，她立刻说道："小宸，我告诉你一件事，那个……你可别意外，别生气啊。"说到后来，语气忍不住有些心虚。

"什么？"萧若宸问道。

"这个……元澄应该已经知道我们的真正身份了。"叶薰无奈地宣告道。

"啪"的一声杯盏轻撞的脆响传来，纵然萧若宸素来冷静自持，也禁不住手一抖，"他怎么可能知道？！"

叶薰苦着脸把上次在御花园与元澄见面的事情讲述出来。其中她被那只野猫狠狠吃了一顿豆腐大餐的细节自然掠过不提，只说元澄在亭子里设局等待她，并且开出了条件云云。

当叶薰说起元澄的无理要求时，萧若宸眼中不可抑制地闪过一丝寒意，仿佛急冻的冰霜反射着森森的冷光。

"他究竟是怎么知道的？"听完叶薰的讲述，萧若宸立刻指出问题的关键所在，皱着眉头问道。

"以前我曾经和他见过一面，也许……"叶薰迟疑着说道，其实这也是她一直纳闷不解的地方。

听完叶薰讲述的五年前在皇宫的那场意外，萧若宸面上呈现深思的表情。注意到叶薰神色惴惴不安，转而安慰道："姐，你先不必担心，他既然没有发难，必是别有所图，我们先静观其变就好了。"

叶薰点点头，只觉得格外郁闷，自己回到京城的这一路，好像总是在暴露身份，而更让人郁闷的是，暴露身份的原因至今她都摸不着头脑。

先是沈涯，再是元澄，一个比一个更危险，甚至还有说不定已经接触到冰山一角的沈归曦。

自己到底是不是应该把所有的真相告诉他呢？躺在床上，叶薰翻来覆去地睡不着觉。

面对萧若宸，她不知道应该如何开口，只能打了退堂鼓。但是面对沈归曦呢?

回想起白天牢牢抱紧自己的那一双手臂，坚强温暖的感觉仿佛依然残留在身边。

望着天际隐约透出的微光，患得患失了一整晚的叶薰终于下定决心，正视这一切，把所有的秘密坦白出来。

叶薰啊叶薰，既然你爱他，就应该对他有信心。何况局面也不能再拖延了。她攥紧被子，暗暗想着。

可惜好不容易下定了决心，叶薰却发现自己没有说出来的机会了。随着秋日到来，依照祖制，一年一度的秋猎开始了。

自从在五年前的那场秋猎里经受了“天谴”的考验之后，相比于醇酒美人歌舞欢宴，原本就对打猎兴趣缺乏的皇帝陛下对于秋猎的积极性更是大减，只是碍于祖制，不得不去而已。

但今年的情况别有不同，突厥大军压境，陛下日理万机，自然没有时间再去参加秋猎。只是祖制不可废。于是皇帝颁下旨意，命几位皇子宗室代替御驾前往，同时令各家勋贵子弟、禁军将领随同，而御驾及文武百官依然留居京城。

沈归曦和萧若宸，还有元澄，都奉旨去了猎场，而叶薰却留在了家里。

第二章

雨疏风骤

叶薰期盼已久的清净日子终于来到，可百无聊赖地过了几十天的米虫生活，却只觉得越来越无聊。天气一天比一天寒冷，北方传来的消息，也一天不如一天了。

敦略可汗亲帅十万精锐骑兵南下驰援，九月初进驻凉川城，厉兵秣马，随时准备南下突击。

很快就是永巍六年的年关了，这也是突厥大军屯兵北方虎视眈眈，京城民众提心吊胆度过的第三个新年了。曾经以为不久就能够击退的突厥入侵终于变成了一场旷日持久的僵持战，而在今年的冬天，伴着敦略可汗的到来，整个战场的局面更有向突厥一方倾倒的趋势。

京城里人心惶惶，谣言四起。有些人私底下谈论起敦略可汗平生纵横草原的武功霸业，只觉得大周北方的防线仿佛纸糊的般不堪一击。但也有更多的人认为，北方有沈涯将军驻守，就算敦略可汗亲临，也难以寸进。毕竟沈涯在北方边关已经无数次击溃突厥的来犯了，这些辉煌的战绩被一件件翻检出来，鼓舞着京城百姓的信心。

沈涯暗中亲自领兵北上的消息在朝中几乎无人知晓，甚至连兵部知道的都不多。绝大多数人都以为他依然驻扎在白汶城统筹全局、布阵迎敌呢。

叶薰对沈涯的布局细节也并不明白，但她知道沈涯的北上必然是牵动整个战局变动的关键，不然也不必他这位三军主帅亲自领兵深入敌后了。

秋霜雾浓，风扫落叶，当叶薰窗前那棵树的叶子快要落光的时候，秋猎终于结束了。

纵然国事艰难，该有的礼节依然不可少。秋猎的队伍返回京城首先是入宫献礼，几位皇子王孙领头将打来的猎物献入御前。皇帝龙颜大悦，像是要一扫这些天来积压的不快气氛，下旨在昭阳殿大开盛宴，遵循旧例召集文武百官及其眷属共享猎物。

叶薰又一次走在入宫的路上。对于踏入这个是非之地她实在兴趣缺乏，不过想到今天晚上就可以见到久别的萧若宸和沈归曦了，她的心情依然开朗雀跃。

天边的太阳还没有完全落下，数百盏光彩闪烁的琉璃宫灯就已经竞相辉映，将大红的宫墙映照地一片灿烂。

宫人分列左右，将各家眷属引入宫廷。四面望去，遍地华冠丽服，锦绣无双。这样灼热浓烈的色彩下，初冬夜晚阴冷的寒意仿佛也消散殆尽了，只余一片笙歌和乐、太平盛世的美景。

昭阳殿分前后两殿，皆宽广精美，陈设优雅。两殿之间有人工开挖的河流经过，上面建着悬空的浮桥。两侧则是风景优美的御花园。皇帝与群臣的宴席在正殿，而各命妇内眷则是由沈皇后在后殿设宴招待。

宴席开始，精美的果酒佳肴流水般端上桌。正式的宫宴不同于上一次，座位都是固定的，叶薰的位置正显眼，她只好正襟危坐在席前，连吃东西都觉得无比辛苦。

酒过三巡，气氛稍微缓和下来。叶薰才寻到机会放松下身体。

通过敞开的大门，前殿的歌舞乐声隐约传来，想必那里酒宴正酣吧。也不知道小宸在干吗？而沈归曦呢？是不是也跟自己一样不自在呢。

正想地入神，叶薰发现前殿的歌舞声不知什么时候停止了，隐约升腾起另一种声音，像是有什么骚动一样。

她的视线投向门外，两殿的灯火照在中间相隔的悬空走廊上，诸般景致皆恍如白昼。不一会儿一个身影出现在视线尽头，是个胡子半白的礼部官员，正猫着腰一溜儿小跑，到了殿门处也不知道停步，无头苍蝇般就要往殿里闯。

侍立在殿前的内监总管连忙上前拦住。那官员却一把扯住他，匆匆在他耳边说了什么。

相隔太远，叶薰听不清楚他们的谈话，但明亮的灯光下，那官员脸上惊恐焦急的表情却纤毫毕现。

叶薰心中升起一丝不祥的预感，发生什么事情了吗？

不等那官员说完，内监的脸色已经变得苍白如纸。他连忙拉着官员向主座跑去，脚步趔趄虚浮，路上险些绊倒。

“这是谁啊？这么失礼。怎么内监也不拦住，还放他进来了？”叶薰听到身边的一个蓝衣女孩轻声问道。

“连他你也不知道啊，不就是那个礼部新入的金大人吗？”她旁边穿翠色长裙的同伴小声说道，天水碧的长袖掩着樱唇，表情似笑非笑。

“哪个金大人？”蓝衣女孩疑惑地问道，转而神色一惊，“不会就是那个……”说着掩住嘴，瞅了走入殿中的官员一眼。

“可不是吗，”她的同伴笑道，“如今可是京城人人称羡的人物呢。”

“什么人人称羡，王妹妹说话好尖酸啊。”另一个年龄稍长的女孩笑道，“养了那种女儿我看金韬大人要折寿好几年才对，没看到他刚刚四十几岁就满头白发了吗，只怕也是被女儿连累的。”

金韬？这个名字入耳便有些熟悉，叶薰略一思量，立刻想到，这不是金菱父亲的名字吗，记得以前听她提起过。

“说起来那个金菱也是知书达理的书香门第、显宦士族出身了，竟然会去当……唉，真是满腹诗书白读了，家人的脸面都丢尽了。”

“只是……听说她做的诗词曲调如今市井街坊之间最为流传呢。人人皆说她是天下难得的才女。这样好的才华……”蓝衣女孩略带惋惜地说道。

“淫词艳曲而已，不值一提。”她的同伴不屑地撇了撇嘴，“才女我看不算什么，妓女才是真的。”

叶薰听得一阵火大，金菱是她的朋友，而且她所遭遇的一切并不是她的错，更不是她所能够选择的。她在逆境之中依然保持志气，挣扎求存，却被这些大门都没有出过几次的女孩说得这么不堪……

叶薰忍无可忍，正要反驳，忽然年龄稍长的女孩掩口道，“可不是吗？不仅去当妓女，还跑去突厥当了妃子……呸，真是可耻……”

“听说那个什么敦略可汗对她宠爱地不得了。哼，这等下贱女子。”

这几句话入了耳，叶薰顿时愣住了。自从凉川一别，她很久没有金菱的消息了，只知道她入突厥王庭献艺去了，按照时间应该已经返回。

原本以为她已经平安回了凉川，有陆谨在那里，撒兀甘又已倒台，相信她不会有什么危险才对。可是现在听来，竟然是留在敦略可汗的身边为妃妾了？

这怎么可能，以金菱那种个性，敦略可汗都六十多了吧？叶薰心里一阵发闷，沉甸甸地难受。

“说起来前几天不是有人在朝中弹劾金韬他教养不严，有失大体吗？也不知道结果如何了。”

“还能如何？金大人早已声明与女儿恩断义绝了，又有叶将军大力作保，自然无碍了。”

“说起来他洗清罪名，重新入朝为官，也是叶将军举荐的呢，真是奇怪，叶将军竟然会举荐这种人为官。”

“这有什么奇怪的，龙生九子，子子不同。家门不幸，也不是金大人的错吧。”

几个女孩子的议论声不停传入耳中。金韬是小宸推荐入朝为官的？

对了，萧若宸好像对她提起过，他入朝之后，为了培养自己的势力，暗中为不少当年受牵连的萧家一脉官员洗清罪名，引为助力。金韬本来就是倾向于萧家的人，小宸保他倒也正常。

只是……叶薰无声地审视着他，他知道自己女儿所受过的苦吗？恩断义绝！而金菱又知道这个消息吗？

片刻之间的工夫，金韬已经踏上高台，走到沈皇后身边，低声说了什么。

叶薰与凤座距离不远，虽然金韬的声音很小，耳中依然隐约传入："陛下……太医……军情密报……不知……"几个断断续续的词语。

叶薰心下一沉，仅仅是几个简单的词语，也让她隐约感觉到出大事了。

听完金韬的禀报，沈皇后脸色一变，镶金乌木筷子竟然失手跌落到地上，发出两声脆响。

众人闻声纷纷往凤座上看去。沈皇后已经"忽"的一下子从座位上站起来："立刻带本宫去看看。"说完连礼仪也不顾上了，匆匆推开坐席，快步下殿。

如果金韬的入殿还没有引起众人注意的话，沈皇后这一连串动作和惊惶的神色却让满殿的诰命贵女都感觉到不对劲儿了。皇后起身，众人不敢继续坐着，纷纷站起身来，手足无措地看着四周。

沈皇后却也顾不得解释，一阵风似的踏出殿门，向前殿走去，

留在后面的内监总管只好对着满屋子命妇女眷连连摆手安慰道："是陛下有事召唤娘娘。诸位夫人小姐不必惊慌，先自行饮宴即可。"

众人虽然心下惊慌，却也无法可想，毕竟身处宫中，不好四处走动探看。慢慢入了座，都已无心于酒宴了，纷纷将视线投向门口，一边小声议论着。

等候了片刻，众人越发焦虑不安。叶薰听到不远处席上一位华冠丽服的中年夫人开了口："公公，可知前殿出了什么事？"她彬彬有礼地问道，仪容间自有一种高华气度。

这位夫人似乎颇为显贵，被问到的内监犹豫了一下，想到这件事情也不是什么机密，而且也不可能隐瞒地住，为此得罪贵人不值得，便含糊说道，"是皇上龙体有些不适，所以召唤娘娘过去服侍。"而详细的情况却怎么也

不肯细说了。

真的只是这样？叶薰暗暗疑惑，看沈皇后那惊慌的表情，恐怕绝不仅仅是“身体有些不适”这么简单吧。

只是皇上身体怎么会忽然不适呢？虽然这位九五至尊的身体在从北方逃回来之后就每况愈下，可在酒宴上突然病倒也太巧合了。

密报！这个词语冷不丁映入脑海。对了，刚才自己听到的谈话里，是有这个词语的。

这么说来，是前线出了什么变故了？！

叶薰将视线投向门口，隔着悬空走廊，正殿那边灯火依然辉煌，流光溢彩的喧嚣之上却隐约蒙了一层苍白。歌舞琴箫也早已经停止，呼啸的风声送来不祥的沉寂。

过了一会儿，前殿那边又喧嚣起来，骚动中，隐约听见有人在高喊：“不好了，娘娘也晕倒了！快传太医！”惊惶的喊叫声在死寂的湖面投入一块巨石，砰的一声，一圈圈波纹向四面扩散。

殿中众人面面相觑，显然不少人都听到那句话了，却无一人敢开口，整个大殿被一种低气压的气氛所笼罩。

又等了大半个时辰，终于一个内监总管的身影出现在门口，同时出现的还有一队全副武装的禁军。

内监进了殿中，急匆匆开口道：“因皇上和娘娘都身体不适，今日的宴席暂且到此为止。只是因宫门盘查，请各位夫人小姐先稍候片刻，若有劳累，可入偏殿自由休息，待安置好各种杂务，便送各位回去，还请见谅。”

就在他说话的当口，他身后的禁军已经纷纷散开，分布到殿外各处，警惕地守卫着四周。

众人在殿中等得腿都僵硬了，见这情形，显然正殿那边出现变故，一时半会儿是无法离开了。闻言纷纷站起身来，随着宫人往偏殿走去。

叶薰也站起身来，出了殿门却放缓了脚步。皇帝的病情如何对她无关紧要，可她最关心的两个人如今都在大殿里，让她如何不担心。

经过花园的时候，眼看四周无人注意这边，她索性放慢了脚步，一把扯住一个小太监轻声问道：“前殿那边怎么样了？陛下的病情如何？”一边说着，从手上褪下一个金镯子来，塞进他手里。

小太监低头一看，那金镯子打造地极为精巧，上面还镶嵌着十几颗流光溢彩的宝石，拼凑成花瓣的图样，一看便知道价值不菲。

他顿时心思大动，看了看左右无人注意，便低声说道：“也不瞒小姐，是陛下他晕过去了。”

果然……叶薰心下一沉，连忙问道：“怎么会突然晕倒呢？”

“本来还好好的，可半途有人送来前线的军情密报。陛下一看，结果就晕过去了。”

“那皇后娘娘呢？”

“别提了，娘娘入了正殿本来好好的，可看了那张密报，也脸色一白昏倒了。”小太监双手一摊，无奈地说道。

“连沈皇后都……”这倒让叶薰吃惊了，皇帝已经对突厥人闻风丧胆，眼看军情失利，情急之下晕倒还可以理解，但她实在想不透什么样的军情能让沉稳的沈皇后也这样失态。

“知道密报上说的是什么吗？”叶薰赶紧压低了声音问道。

“这个……小人不在殿里，也不是很清楚，只是听殿内服侍的人偶尔说了一两句，好像沈大将军中了埋伏，突厥蛮子要打过来了什么的，具体情况小人就不知道了……”

沈涯中了埋伏？！叶薰脸色一变，他孤军深入敌后，一旦失利岂不是后果难测。而且沈涯怎么会中了埋伏？以他的精明敏锐……

见叶薰脸色有变，小太监忍不住有些后悔自己多言，幸好天色晦暗，四周没人看见。他赶紧将手镯往怀里一揣，招呼也不打一声，猫着腰溜之大吉了。

黑暗的树丛里只余下叶薰一个人，她拨开树枝，远远望去，前殿的灯火依然辉煌，无数身影匆匆出入穿梭其间，脚步都格外急促焦躁。

思绪杂乱地缓步走在花园中，被刚才的消息所震撼，她暂时不想回到那个压抑沉闷的大殿里去，只希望清冷的空气能够让自己冷静一下。

夜晚的风已经有了冬日的凄冷，夹着刺耳的声音，摧残着树上残留不多的几片树叶。叶薰绕过一层花树，不知不觉间已经走入花园深处。

正心神恍惚地走着，忽然一道劲风扫过耳畔，如利剑擦过，带着森然的寒意。

叶薰吃惊地后退一步，险些跌坐在地上。

树丛深处，一个背对着她的身影被惊动，猛地转过头来。

两人打了个照面。叶薰定神一看，竟然是沈归曦。

他怎么会在这里？叶薰站稳了身形，上前一步。正要开口询问，却见沈归曦身影一错，站在他对面的人也暴露在叶薰面前。

修长合度的身影无比熟悉，竟然是萧若宸！

叶薰目瞪口呆地看着这两人。

而她的出现显然也出乎萧沈两人预料之外。一时间三人互相看着对方，面面相觑，不知所措。

“你们……在这里干什么？”叶薰首先开了口。她觉得自己头脑有点儿转不过弯儿来了，前殿形势正紧张，这两人竟然会私下跑到这种偏僻阴暗的角落里。

沈归曦动了动嘴唇，却像是被什么无形的力量封住了，什么话都说不出来。

“无事。只是沈二少爷心情不好，所以我陪他出来闲谈解闷而已。”萧若宸扫了沈归曦一眼，满是无所谓地开了口。

“你……”沈归曦转头瞪着他，脸上的怒意一闪而逝，却也只是质问了一声就不再说话了。

乌云散开，月光剔透。借着明亮的月色叶薰才看清楚，沈归曦的脸色出奇地苍白冷肃。眉目间犹自带着难以压抑的怨恨之色，落在身侧的双拳更是握地紧紧的。

刚才是他打出了那一掌吧。叶薰转头看了看被掌风扫过的断裂树枝，暗暗想着。幸好自己走得慢，不然真要误中“流弹”了。

而转头再看向萧若宸，他脸颊上似乎有一道红线划过，那是……血痕？

两人刚才在这里动手了？！叶薰瞬间紧张起来。

注意到叶薰的眼神，萧若宸脸上浮起一丝不自在，连忙偏了偏头，刻意使伤口避开她的视线，才开口问道：“姐，你怎么来这里了……”

话还没有说完，身后传来一阵呼唤，“统领，叶统领……”

萧若宸神色一紧，蹙眉看了看沈归曦，视线又落到叶薰身上。

“你先去吧。”叶薰说道。萧若宸是禁军统领，如今应该正是最忙碌的时刻。

萧若宸不放心地又扫了伫立在那里的沈归曦一眼，嘱咐道：“姐，你稍等一下，我马上派人来送你回家。”说完匆忙转身走了。

沈归曦嘴唇动了动，却依然什么也没有说。

联想到刚才小太监的话，既然密报的内容连一个外围服侍的小太监都知道一二了，那么沈归曦肯定也知道了，他是在担心沈涯吗？可是为什么会找上萧若宸？

看沈归曦的脸色，就知道他现在的心情不好。叶薰略一犹豫还是小声问道，“为什么会忽然动起手来？”不会两人把当年沈家没有开展的那场决战专门挪到宫里来进行了吧。但也不至于偏偏挑这个多事之秋啊。

沉默了片刻，沈归曦终于开了口：“我怎么能不找这里？难道要我在大殿里直接问出来？”他脸上浮现出嘲讽的笑意，语调更冷地如同夜晚的寒风。

“问出来？问什么？”叶薰一愣，一种不好的预感浮上心头。

“当然是问他……”沈归曦竭力压抑住自己的声音，可是语气还是不自觉地激动颤抖，“……问他是不是，是不是他设计的父亲，害得他战死沙场；是不是他暗中勾结突厥，里应外合，是不是他害死……”

他说什么？！叶薰头脑“嗡”的一声，恍如一个惊雷劈在耳边。沈涯死了！这怎么可能？他这么简单就死了？

纵然知道北方的局势一天比一天危险，沈涯亲自带兵深入敌后的行动无异于孤注一掷，但她实在想不到他会这么轻易地送命。

对沈涯，她总是有一种莫名其妙的自信。这种自信，也许只是源于他所带给他们姐弟二人的强大威胁感。沈涯就像是一座难以攀越的大山，挡在两人面前，至少是现在的他们所无法撼动的。

叶薰实在无法想象这座大山会有凭空消失的一天。“沈将军怎么可能会……”她难以置信地问道。

“怎么不会？！密报上已经说得一清二楚了。血战两日，力竭身死……”沈归曦的语气里充满了压抑的愤怒，“就算他是绝世名将，在那样危险的形势下，如果背后还有人出卖，他怎么可能不败？……他又不是神仙，难道还能生出翅膀来不成？”

“你在胡说什么？小宸怎么可能这么干！”叶薰脱口而出否定道。沈归曦的控诉直指萧若宸，这是她绝对无法忍受的。

沈归曦一把握住叶薰的手，“怎么不可能？你告诉我，就算是满朝文武，又有几个知道父亲他暗中领兵北上的机密？除了皇上皇后，除了沈家嫡系，还有除了你我……又有谁会泄露秘密？我再问你，如果没有和突厥人暗通曲款，他怎么可能那么轻而易举地立下救驾的大功，如果……”像是要让叶薰同样感受这种紧迫的压力，沈归曦一声连一声地质问着。他的手腕越来越用力，眼神里却满是挣扎苦涩。

“不要说了，”叶薰脱口而出地喝止道，声音尖锐刺耳。沈归曦的话语不停地敲打着她的心脏，单纯听着都是一种酷刑。他不会这么做，纵然中间隔着深仇大恨，他不会这样不顾大局，在这种兵祸倾危的时刻下手，更不会与突厥人有来往……叶薰想要开口否定，可那两滴寒光闪烁的银耳坠却倏地钻进脑海，仿佛两滴冰冷的雨水，带着丝丝入骨的寒意，让她头脑更加混乱不堪，最终她只能问道，“他也大周守土保国的将领，他凭什么要这么干？”

“就凭……就凭他萧家后人的身份，”说出这句话，沈归曦几乎耗尽了全身的力气，一瞬间连钳制在叶薰手腕上的双手也失神地松懈下来。

“萧家后人”这个词语撞击在耳膜上的那一刻，叶薰受惊般猛地抬头看向沈归曦，神情里满是被揭穿的惊慌。

她想象过沈归曦会知道，可她没有料到，他竟然知道得这么快，这么清楚，让一直逃避现实的她措手不及。

“你……”她颤抖着问道，却不知道应该从何分辨。

沈归曦看着她的表情，苦笑起来，他轻声道：“如果说以前还有一丝怀疑，还有一线希望，如今却全部被你亲手打破了。”他的声音苦涩沙哑，神色间满是难以承受的伤痛。

“你够狠，他也够狠。”他直视叶薰的双眼，一字一句地问道，“欺骗我，欺骗所有人很有意思吗？”

“我……不是的，不是这样，我没有想要隐瞒你……”叶薰挣扎着开口说道，可这些分辨的话语在狂风暴雨般的控诉下显得那么苍白无力。

而沈归曦也根本没有给她分辨的机会，他继续质问着：“你和我一起逃亡，一起南下，一起住在凉川城的那些日子里，是不是觉得我像个傻瓜，什么都……”

这连续不断的声音让她无法忍受，把她逼得近乎疯狂。忍无可忍之下，叶薰猛地抱住他，狠狠吻上他的唇。仿佛这样就可以把那些伤害着她，也伤害着他自己的话语统统封住。

气氛瞬间静止，沈归曦愣住了，随即感觉一种温热的液体滴落到自己脸颊上，沿着静谧的弧线滑落下来……

沈归曦身体一僵，像被施展了定身术一般。眼泪流淌过的地方变得火热，仿佛是滚烫的油浇过，带着撕心裂肺的疼痛传递入心底。

等待了不知道多少时候，叶薰感觉身体一紧，是沈归曦反手抱住了她，同时她听到耳边传来一声轻微的叹息。

沉滞的声音让叶薰心脏一阵抽紧，却也让她终于下定决心不再犹豫，她抬头平静地问道："如果我说我不是萧若岚，你相信吗？"

沈归曦身体一颤，显然这句话出乎他的预料之外。

叶薰稍微推开他，两人距离远了一些，然后她直视着他，又重复了一遍问道："如果我说我不是萧若岚，你肯相信我吗？"

她脸上的那滴泪痕还没有干透，晶亮的弧度沿着脸颊划过，表情却已经是格外的郑重严肃。沈归曦一时间竟然不敢直视，"我……"

像是察觉了他的犹豫，没等他说完，叶薰继续说道，"我知道你难以置信，可是我并没有骗你……"她的语气坚定自然，显然已经完全冷静下来并且下了什么决心。

"其实我……"叶薰刚刚开了个头，却听到身后一阵声响，有人接近。

她只好停下来，转头看去。是一个禁军打扮的年轻将领走向这边。面容有些熟悉，记得在城门处见过一面，好像是小宸的手下。

看清楚叶薰，又看到她身后的沈归曦，来人眼中掠过一丝异色，面上却未显露分毫，只是上前拱了拱手："叶小姐，将军命我前来送小姐回府，外面已经准备好了马车，小姐可还有什么吩咐？"

叶薰这才发觉，就在她和沈归曦说话的时间，外面的骚动似乎更大了。

见叶薰向远处张望，那将领解释道："是内务府的人正奉命安排各家夫人小姐离开，同时排查内宫。"

叶薰收回视线，看样子宫里不能久留，自己要同沈归曦说明的事情太过惊世骇俗，这样人多眼杂的环境根本无法解释。她咬了咬下唇，终于无奈地回头，缓声道："这里不方便说明，我必须先回去了……"

"也好。"沈归曦长吸一口气，点点头，他的声音也已经恢复平静。

叶薰跟在禁军将领身后向花园外面走去。就在错身而过的刹那，"我相信你……"叶薰听到沈归曦在她耳边缓缓说道，声音低沉却坚定。

叶薰脚步微顿，却没有停下，继续消失在了密林深处。

听着宫门开启关闭所发出的沉闷声响，叶薰感觉自己的心脏依然不受控制地狂跳不已，刚才发生的一切太过于震撼，让她至今都难以想象。

接下来怎么办？沈涯死了？！敦略可汗所率可都是身经百战的精兵，一旦兵临城下……叶薰心里一沉，沈涯死得太不是时候了。如今的他正是大周中流砥柱，这种时候死去简直就是……而即将迎来决战的大周军队意外失去了主帅，对于军心和民心是何其重大的打击啊。

可是……沈涯真的死了吗？

细细品味着这个消息，叶薰总觉得有一种不真实感，她实在难以相信那个男人会这么轻易就死掉。虽然战场上的形势千变万化，他也不是不死之身……

其实如果他真的死了，对自己倒并不是什么坏事，至少一直埋在心里的那颗定时炸弹可以……叶薰摇了摇头，随即打消了这个念头。眼下要头疼的事情太多了，还没有时间去考虑这个。

她伸手掀开车帘一角，宫门前满是来往匆匆的马车软轿，不仅有各家夫人小姐返回府邸的身影，还有更多被急召入宫的官员车驾。

时间已经很晚了，放眼望去，整个京城都已经在夜幕的笼罩下陷入沉睡，遥远的天幕下只余一片宁静。可是随着眼前这些来往穿梭的身影，这个消息很快就会传遍京城吧？明晚的京城还会如今夜一般祥和平安吗？

“小姐脸色不好，是宫里发生什么事了吗？”湘绣看了叶薰好一会儿，试探着问道。眼前这些车来人往、行色匆匆的场面，她也隐约嗅出几分山雨欲来的味道。

叶薰叹了一口气，说道：“是宫中传来密报，沈将军在前线中了敌人埋伏……只怕身亡了。”

湘绣吃惊地睁大了眼睛，难以置信地问道：“这……怎么可能，可是……”后面的话语滞住了，只剩下神色间满满的惊慌，半天过后才不知所措地问道：“这下子怎么办啊？”

“还能怎么办？看朝廷如何应对了。”叶薰无力地倒在车上，用手蒙住眼睛，遮住让她疲倦不堪的灯光。

沉浸在一片黑暗中，她忽然想到：如果大周真的亡了国……那他们怎么办？

无论是萧若宸还是沈归曦，都是将门子弟，都是绝对不可能坐视大周亡国，独自逃亡的吧，更绝不可能臣服于突厥。还有自己，以陆谨那家伙小气又记仇的个性，自己的下场恐怕也堪忧啊。

第三章

冰释前嫌

正午时分，冬日阳光难得的温暖和煦。今日的普光寺香火依然鼎盛，甚至远比以往更加鼎盛，只是比较起平日求签解卦的嘈杂纷扰，此时的香客更多的是跪在佛前虔诚地祈祷，连声音也比以往低微了不少。

就在宫宴的第二天，兵部传回了准确的前线消息，据逃回来的士兵说，沈涯确实在天渺山一带中了突厥的埋伏，那一战几乎全军覆没，仅有几个士兵逃出来，带回了战败的消息。虽然他们几个都没有亲眼见到沈涯是否战死，但是依照突厥兵马围困的精密和之后突厥的反应，战死几乎是确信无误了。

那一战之后，蓄势待发的突厥立即挥兵南下，敦略可汗亲自坐镇，不过数日工夫就攻陷了军心动摇的白汶城，城内无数轴重粮草都落入了突厥人手里。

虽然朝廷已经颁下诏令安定民心，而驻扎在白汶城的兵马也大半平安撤回了后方的赤峰城。但这一切依然带给京城百姓极大的惶恐，因为赤峰之后的路途几乎一马平川，很快就是京城了。

也难怪眼前拜佛的人越来越多，叶薰站在大殿角落，看着殿中默默祈福的人们，心情越发沉重。

香烟的气味缭绕在鼻端，叶薰长吸了一口气，没有转头看那个不知何时出现在旁边的身影，只是平静地问道：“你说，这样的日子还要持续多久呢？”

沈归曦沉默片刻，终于摇摇头道：“据说，京城外面的一些富户已经开始收拾行李了，有些搬进了城内，有些却迟迟未动。”

叶薰默然，虽然京城门禁依然开放，他们可以搬入京城，但更多的还是观望状态吧。毕竟一旦突厥打过来围了城，困守京城的日子可不好过。百年前战乱时候，被围困的城市甚至有因为粮草耗尽而发生吃人的惨剧。

叶薰看了看殿内沉闷的人群，终于转身向外走去，沈归曦紧随她身后走了出来。

沿着长长的回廊，两人并肩漫步。初起的晨光将他们的影子在身后拖曳地极长，交织成光影变幻的底幕，空气里浮动着冬日特有的寒意，阳光却格外明艳。

“你说你相信我……”沉默了片刻，叶薰首先开了口。

“我自然相信。”沈归曦低声重复道，语气意料之外的坚定。

“你相信什么？相信我不是萧若岚？”叶薰寸步不让地直视着他问道，“你不觉得这很不可思议吗？难道你不怀疑我在编造谎话欺骗你？”

“你不会骗我的。”沈归曦沉声道，隔着虚幻的光影，视线意外的清澈。看了叶薰一眼，随即他又犹豫着说道，“而且，我也知道一些……”

“你……知道什么？”叶薰挑了挑眉。

沈归曦上前两步，在一株梅树前停了下来，距离梅花盛开的日子还很遥远，枝丫却已经繁茂勃发，肆意探入廊下。

他沉默了片刻，才背对着叶薰缓声说道：“据说，萧家的四小姐萧若岚贤惠温和，雅擅女红，尤其绣工精湛传神，连身边的丫环也多得她教诲，手艺不俗。虽然侯门贵女的绣品不可能随便外传，但以前与她相识的小姐夫人皆是这般说法。”他没有转头看叶薰，只低声说道，“你却连缝个衣服都要找人代劳……"

"呃……"叶薰哑然了。

"另外萧若岚双手能够同时手书卫夫人簪花小楷，流畅连绵，娟秀工整……"说到这里，沈归曦沉滞的表情略带了一丝笑意。

叶薰立刻想到，以前在芳月阁的日子，她替金菱撰写词曲，那一手螃蟹字迹多次被他嘲笑，为此还专门苦练了一些日子。

"还有……"

"不用再说了。"叶薰开口打断道，她感觉自己额头上已经挂上了几道黑线，"直接说结论吧？"

"你是……以前在萧家服侍过的人……或者只是路上收留了他的……"沈归曦试探着问道。

叶薰明白那个"他"指的是萧若宸。以沈归曦的想象力，也只能够想到这些了。她轻叹了一口气，终于开口道："我确实不是萧若岚……"

说出了这句话，一切都变得顺其自然了，之后的事实流水般畅然地娓娓道出。

直到话音落地，叶薰感觉一阵前所未有的轻松，终于把想说的一切统统说出来了，长久背负的包袱松懈下来。

只是……看着面前沉默惊异的沈归曦，她又有些提心吊胆，子不语怪力乱神，这个时代的是怎么看待穿越的，说得直白一点，这就是鬼怪附身吧？自己虽然不是怪物，但……怎么想也不是什么好事。

沈归曦显然被这个真相震撼住了，过了片刻他才喃喃地说道，"难怪你……"说了几个字转而又有些顿悟，有些释然："原来如此……记得你以前曾经讲起过一些故事历史，每次追问你这些典故的出处，你都言辞含糊，我也算看书不少了，但是这些故事却完全闻所未闻，以前只以为你和那只书呆子待久了，遍阅典籍，见识过人，原来是因为这样……"

越说下去，他的语气逐渐由惊异变为轻松，最后反复道，"这样就好，这样就好。"仿佛对这个真相的惊喜远大于惊异。

听到沈归曦恍然大悟般的低语，叶薰心里一跳。

“你不会觉得很奇怪，很诡异，很……那个不合情理吗？”她试探着问道，“而且，难道你不害怕，说不定我是什么鬼怪恶灵……”

“是很意外不错，”沈归曦爽快地承认道，说完低头看着叶薰，“只是无论如何，你就是你，独一无二的你，那个我熟悉，我知道，我所爱的人，而不是别人。而且……”钌开叶薰垂在额头上的几缕碎发，他低声道，“就算你真是一只山野精怪，爱都爱上了，我也只好认了。”

看到沈归曦深邃的眼眸中映出自己清晰的倒影，看着他释然又认真的表情，叶薰心脏一角轻松下来，却又觉得眼眶有些发热，她低下头，无论前路有多么坎坷难寻，有了这一句承诺，一切都已经足够了。

长久的相伴，早已经让这份感情沉淀为心间的一泓清泉，此刻的坦白，更让彼此明白那份缱绻相依心意的重要与坚定。

只是关于过往的一切这不过是个开端，接下来两人需要面对的还有更多。

沈归曦随即又问道，“那么你和萧若宸为什么会……”

叶薰暗叹一声，她刚才只是说明了自己穿越到这个世界变成萧若岚的经过，接下来她要讲述的事实可能会对沈归曦产生前所未有的冲击。也许相比起自己来自另一个世界这种不可思议的事实，这个真相对他将是更残酷，更加难以承受的打击。

叶薰竭力以最平淡的口吻，继续讲述起之后的遭遇。从那场改变一切的秋猎开始，讲到自己阴差阳错的意外出逃，讲到那场天崩地裂的灾难……抬头看了看沈归曦紧张关切的神情，带着一份决然，叶薰终于讲到了姐弟俩隐藏在树林里的时候，无意间听到的话语。

“咔嚓”一声细微的响动，是沈归曦无意间把手里攀着的梅树枝子折断了，他却恍然未觉，手臂僵硬地维持着举高的姿势。

看到他苍白的脸色，叶薰就明白这对他是何等的冲击。以前和沈归曦相处的时候，偶尔也会听他提起自己的父亲，那些崇敬的语气和眼神，让叶薰早已明白沈涯在他心里不仅仅是一个父亲，更加是他人生奋斗的偶像目标。

记得他曾经说过，要像沈涯一样，成为征战沙场保家卫国的将军，驱除突厥，护我河山。

其实他真正了解沈涯，了解自己的父亲吗？也许这世上任何一个将军都无法只是单纯的武将，他们同时也是复杂政局上的一份兵权，一种势力。而沈涯又是能力与野心并重的人。那种危险的野心，不仅会吞噬他的敌人，同样也吞噬他身边的亲人……

过了半晌，茫然失措的沈归曦才回过神来，注意到叶薰的声音已经停下了。抬头看着她清冷中微带怜意的目光，沈归曦避开她的眼神，终于说道："你……继续说吧……"

叶薰继续讲述，包括两人逃亡到山下，银两耗尽，跑去妓院卖身骗钱的经历。说到两人身陷牢狱的时候，叶薰话语一顿，虽然已经是久远之前的事情了，但是猛地回忆起那种惶恐无助的感觉，依然让她一阵难受。

"之后的事情，你也都知道了。"讲完那一路曲折离奇的经历，叶薰最终沉声说道。

沈归曦条件反射地点点头，脸色苍白而惨淡，叶薰的一番讲述虽然没有任何添油加醋，也没有表现出任何的愤怒或激动，但仅仅是平淡讲述中透露出来的凉意却如这冬日的丝丝寒风，沁透了身边的每一个角落。

时间仿佛静止了，只余下北风呜咽呼啸而过。院中半枯的树木上几片叶子打着转儿从枝头飘落，随着风力飘摇不定。

叶薰随手捡起落在横栏上的一片，枯黄的色泽和蜷曲的形状清晰地昭示着生命力的无情流逝，冬天真的到了。

她揉捏着树叶，静心等待着沈归曦接受这个残酷的现实。她了解他的性情，知道无论多么痛苦的现实，他都从来不会选择逃避，也绝不会曲意开脱。

不像是她自己，叶薰有些自嘲地笑了，总是要等到一切都无路可退的时候才能够痛下决心去面对一切。幸好一切还来得及。

"你恨他吗？"沉默良久之后，沈归曦终于挣扎着问出了这句话。

“要说不恨就太虚假了。”叶薰手指一弹，将落叶弹出回廊，视线追随着飘飞的弧线，语气却并无多少沉滞，“就算他所做的一切都是针对萧若岚，可我却是真正的受害者，自然不可能高兴。”

“只是没有必要生活在过去的仇恨当中，”叶薰转而坦然说道，“如果他……如果这段过去真的已经彻底过去的话。”其实她想说的是如果沈涯真的已经死了的话。

死者为大，这句被重复了千万遍的老话还是有一定道理的，就算那些恐惧仇恨依然难以淡忘。但当对方已经彻底不存在于这个世界的时候，继续纠结下去只是折磨自己而已。

只是不再纠结的前提却是他真的已经死了。叶薰在心里默念着，沈涯的死亡她始终难以坦率地相信，她有时也忍不住怀疑自己是不是对沈涯过于高估，过于警惕了。

坐在回去的车上，叶薰心情一半开朗，一半沉滞。与沈归曦之间的这次坦诚，意料之外的平静顺利，也许经历了那么多挣扎与蜕变，两人早已经能够用最冷静，最理智的态度来面对彼此的未来和心情了。

既然已经下定决心去面对这一切，那么就不应该退缩。另一个她长久以来一直逃避的问题也应该摆上台面了。

她回想起和沈归曦之后的对话。

……

“那么萧若宸他一直……包括在沈家的时候……”沈归曦抿着下唇，终于问出这个问题，“所以这一次他才会趁机……”

“我不相信他会这么干，”叶薰打断了他的话，摇头说道，“虽然我知道他心心念念想着报仇，他也有这个权利。但是如果他真的要用这种手段去暗算报仇的话，早在当初沈将军领兵护驾的时候就有机会了，何必选择在这个时机呢？”

当年萧若宸救驾成功，之后有一段时间一直护卫在皇帝身边。皇帝九死一生才从突厥人手里逃出来，沈涯自然要去觐见告罪自己保护不周。如果萧若宸有心，那时候确实有杀他的机会。

沈归曦沉默不语。

“我知道这仅仅凭着我的感觉，你难以接受，”叶薰郑重地说道，“但你仅凭着过往的仇恨就一口咬定是小宸出卖了沈涯，不也太过于武断了吗？”纵然萧若宸有足够的理由报仇，但是不属于他的罪名也没有必要承担。

沈归曦动了动嘴唇，他想告诉她是萧若宸在那天晚上亲口承认的，但是终于没有说出，回想起那天他的口气和态度，沈归曦心中掠过一丝难以形容的感觉。逐渐平静下来，他不想继续这个话题，转而问道：“那么他与突厥人之间呢？”

“战场之上，形势瞬息万变，行兵布局总有情非得已的时候。”叶薰眼帘低垂，语调却依旧坦然，“我会亲自问他的，我相信他绝对不会欺骗我。”

如果你发现他已经欺骗你了呢？沈归曦默默看着沉静的叶薰，犹豫再三，终于还是没有把这句话说出来。

坐在回去的车上，叶薰手指无意识地缠扭着车窗挂帘垂下的长流苏，正想得入神，旁边湘绣探问道：“小姐心情不好吗？可是刚才在庙里发生了什么事情？”

“没什么？”叶薰将流苏甩到一边，随口问道：“怎么忽然问起这个来？”

“因为小姐这些天看起来就闷闷不乐的，连饭都比以前吃得少了，奴婢担心而已。”湘绣说道。

比起以前……以前如何？

叶薰忽然想到一个问题，沈归曦刚才说起过，萧若岚雅擅女红，书法不俗，更有种种自己绝对模仿不来的特长，这些生活的细枝末节湘绣不可能不知道吧？虽然自己好像从来没有在她面前写过字，绣过花。但既然连沈归曦都能够察觉到不对了，与自己最亲密的湘绣难道没有发觉？

想到这里，她疑惑地看了湘绣一眼。却冷不丁发现湘绣正在偷偷打量自己。被叶薰扫了一眼，她吓了一跳，心虚地躲开眼神："小姐……怎么了？"

"……没事。"叶薰想了想，还是打消了主动询问的念头。也不知是不是被连续的坏消息刺激到了，这丫头最近兢兢诧诧，动不动就一惊一诧的，自己还是别刺激她了。

书房里，萧若宸正背对着书案参详一张地图，眉宇间阴霾难解，他身后林林总总站了五六个人，多半都是武将打扮的年轻将领，有的愁眉紧锁，有的义愤填膺。

"迁都避祸，哼，真亏那些祸国殃民的腐儒想得出来。一旦迁都南下，这半壁江山都要沦落突厥手中了。"

"不错，宁为玉碎，不为瓦全！"另一个将领随声附和道，"敌军尚未打到京城，朝中竟然就有了迁都的朝议。"

……

听到众人议论纷纷，萧若宸劝解道："此事只是朝中几位大人提起而已，圣上英明，此等动摇国本的大事自然不会草率决定，我等也不必妄自揣摩圣意……"一番话安抚下众人的情绪，萧若宸又交代了几项军务，一天的忙碌才总算告一段落，众人纷纷散去。

萧若宸轻叹了一口气，这些日子的忙碌下来，以他的精力也感觉疲惫不堪。沈涯的死讯给整个大周朝廷带来前所未有的危机与压力，兵部更是首当其冲。而且比起兵部其他官员，他还有更加头疼的事情呢。

对着地图参详良久，萧若宸忽然出声问道，"这件事你怎么看？"

静候在旁边的贺骏万向地图看了一眼，这个问题他也已经思量过无数次了，却始终难有肯定的答案，只好说道："若按兵家常理，天渺山峡谷一带地形险峻，绝无生机。而且我们的探子也已经传回消息，敦略可汗开战后便以兵马锁住关口，万无一失。除了留守在外围的那队探马之外，根本无人有幸突围逃出，所以……”他略一犹豫，说出了自己的结论，“以属下之见，沈涯的死，只怕有九成是真的了。”

萧若宸目光紧盯着地图上那片深红色的标记，仅仅是一片微小的区域，此时看起来却格外刺眼。

沉默了半晌，萧若宸忽然轻声道：“陆谨那只狐狸……”语气中隐有寒意。

贺骏万闻言一愣，立刻想到，如果沈涯的死亡是真的，那么最大的可能就是陆谨下手所为了。他们一直暗中派人注意沈涯的动向，而他们和陆谨之间也一直保持着联系，甚至早有等北方局势有所转机，就借陆谨之手除掉沈涯的打算。但此时却不是动手的好时机，沈涯的动向他们也一直对陆谨保密。

但是陆谨经营凉川日久，在北方的势力越来越深入，与他们接触时候发现端倪，顺藤摸瓜从而发现沈涯的踪迹极有可能。

“沈涯用兵大胆又不乏谨慎，从来谋定而后动，此番深入敌后，不可能不做防备。”略一思索，贺骏万又提醒道。哪怕只有万分之一的机会，像沈涯这种敌人，也要提起十二万分的警惕。

“我知道。”萧若宸有些心不在焉地点点头，仿佛对这个提醒并不放在心上。

挥退了贺骏万，萧若宸一个人坐在椅子上，望着眼前的地图沉默不语。

如果他真的死了……想到这个可能，萧若宸忽然感觉一阵萧索。是因为对这场死亡的过分猜忌冲淡了他的欢乐吗？为什么听到这个消息的时候，自己竟然并没有预期中的惊喜？

还是因为这份仇恨沉淀地太久，太久了……

他原本以为，仇恨这种东西，就像一杯醇酒，越是存放地长久，开封那一刻，酣畅淋漓、甘甜诱人的滋味就会越入骨。可是真的面临这一刻，却发现原来它更像是一杯苦涩的茶，存放地越久远，酸涩的滋味只会越重越浓，浓重到不堪品味……

或者是因为这份仇恨里面掺杂了太多的杂质，让他来不及分辨其中的酸甜滋味，就被随之而来的权势纷扰搅乱了心情。

抬头凝望着近在咫尺的地图，延绵起伏的壮丽山河在这张平板简陋的图像上凝聚为虚化的文字符号。他伸出手，指端与粗糙的羊皮画布接触的瞬间，一种战栗的感觉传入心底，像是透过这张虚幻的画像，触摸到了更深远，更真切的存在……

“陆谨，还有沈涯，究竟是谁？”他喃喃说着，片刻之后凝聚在眉头的愁绪却逐渐融化，嘴角扬起一抹轻笑，“无论是谁，你们可不要让我太失望了啊。”

轻飘飘的浅淡笑意浮动在那张风景秀丽的脸上，随着沉落的最后一缕光线湮没在虚空里。夕阳终于收起随后一抹艳光，黯淡的暮色笼罩住整个屋子。

萧若宸的书房时常商议军情要务，家中下人若无召唤一概不许靠近。此时黯淡的书房四周一片寂静，只有风声呜咽呼啸，一阵疲惫感涌上来，萧若宸也懒得唤人来点灯，就这么静坐在屋里看着地图出神。

不知过了多久，门外传来一声通禀，“主上，是小姐回来了。”

萧若宸这才如梦初醒般转头问道：“回来了？普光寺那边怎么样了？”

“一切都好，”随从顿了顿，继续说道：“只是小姐这次不是去见寂灭师傅，而是同以前一样……”

哗啦！一声脆响从屋里传来，门外回禀的随从吓了一大跳。

“你说什么？她又是去见了那家伙……”萧若宸冰冷的声音从屋里传来，压抑着沸腾的寒意。

随从心里一紧，却不敢不回答，只好低声应道：“小姐确实是去见了沈归曦。”

又是这个名字……

长久压抑的怒意无法遏制地涌上心头，萧若宸竭力压制，可越来越烦躁的感觉却让他无所适从。心烦意乱之下他终于狠狠地一挥手，桌上的物件被

大力扫过，纷纷摔落到地上，“叮当”数声连绵不绝，

短暂的爆发之后他立刻冷静下来。如果按照常理，她不可能继续去见他才对，难道说在宫里的那一夜两人并没有翻脸？这怎么可能？

长舒了一口气，他转而问道，“湘绣呢？”

“也跟着回来了，只是据属下所见，她并没有跟入，应该并不知道两人之间的谈话。”门外属下小心翼翼地回禀道，话语虽然闪烁，意思却昭示地很明白，主上您询问湘绣也没用。

“一群没用的东西……”萧若宸紧咬着下唇，烦躁地说道。

他站起身来向门口走去，一个滚圆的物件正挡在他脚边，被他随脚踢开，砰的一声撞到墙角，碎裂开来。

是原本放在桌上的那只碧玉笔筒。因为撞击的力道，杯壁上一块整齐的四方玉掉了下来。

萧若宸目光在笔筒上一转，禁不住愣了。他连忙快步上前捡起笔筒，翻开其中的小暗格抖了抖，里面空无一物。他转头向地面望去，搜遍了每一个角落，都没有预期中的那一点银光。

可是自己明明记得是放在里面了啊？除非是……

想到那个可能，他禁不住脸色一白。

叶薰回了房间，略一梳洗，晚饭时间已经到了。正准备传唤，门外响起一阵敲门声。

“谁？”叶薰抬头问道。

“姐，是我。”

听见是萧若宸的声音，叶薰吃了一惊。这些天因为前线的变故，他在兵部几乎忙地脚不着地，想不到今天竟然在家？

叶薰连忙上前开了门，果然是萧若宸站在门口，手里还捧着食盒。

“今天怎么这么早就回来了？”叶薰接过食盒问道。

萧若宸踏进门，笑道：“难得今天事情不多，好久没有和你一起吃饭

了，正好可以一起吃。”

叶薰将食盒放在桌上，打开一看，里面只是几样简单的菜色，却都是自己日常喜欢吃的。光洁整齐的雨过天晴瓷盘盛着，色泽精巧，香气诱人，让人一眼看上去就食指大动。

叶薰心下一暖，迅速摆好杯盘。萧若宸取出筷子，递给她一双，然后自己拿起另一双。

夹了一筷子青菜入口，依然是滑嫩鲜美的口感，叶薰一边吃着，忍不住赞道：“小宸的手艺比以前更好了啊。”

“以前学厨艺的时候就希望能够天天做菜给你吃，可惜在沈家的日子太短就分别了，如今回了京城，想不到时间还是不够。”萧若宸微有惆怅地说道，转而展颜道：“不过也不久了，等忙完这段时间，我就有空了。到时候我陪姐姐去普光寺祭奠柳姨好不好？”

“好啊。”叶薰点点头，心中却有些奇怪，这还是萧若宸第一次在她面前坦然自若地主动提起沈家呢。她并未多想，一边吃着，提起当下最关注的问题：“如今战局对我们不利吧？我听说朝中连迁都的奏本都有了。”

“迁都的事情不可行，等明日早朝我会据理力驳的。”萧若宸平静地说道。

“有把握吗？”叶薰问道，她对政局军事都没有多少擅长，却也知道，在历史上迁都南下躲避入侵的朝代没有一个能够打回来的，多半都是很快灭亡了，最好的情形也不过是困守江南一隅，挣扎个百十年。

萧若宸点点头，“突厥如今看起来声势浩大，但想要一鼓作气攻陷我们大周却是绝对不可能，朝中那帮文臣只看到突厥来势汹汹，却忽略了他们背后潜藏的危机，”

“什么危机？”叶薰来了兴趣，放下碗问道。

萧若宸笑了笑，夹起一片蜜饯火腿放进叶薰碗里，“姐，再不快点吃，饭要凉了。”

待叶薰听话地端起碗，他才继续说道：“此次突厥倾举国兵力南下中原，国内精兵良将尽出，留守的兵力多为老弱，一旦出现大变故，恐怕难以应对。再者，突厥敦略可汗和四皇子陆谨如今都在我中原地界，留守国内的几位皇子均资质平平，难以支撑大局，一旦这两人在中原出了事，只怕突厥国内的政事立刻就要崩溃了。再说，突厥统一才不过十年，很多被灭的部族对敦略可汗及突厥皇庭都还怀恨在心，例如弩扬族，前些年元气大伤，但这些年已经有了恢复，对突厥更是一个潜在的威胁。这些威胁，如果突厥一帆风顺，自然不会有人注意，但是一旦突厥失利……”萧若宸顿了顿，笑道，“说不定他们父子都难逃兵败身亡、客死异乡的下场。而且，还有一点……”说到最后，萧若宸声音放轻，“陆谨和他父皇之间，只怕也不是那么亲密互信……”

看着眼前侃侃而谈，从容分析的少年，叶薰有些失神。眼前的萧若宸，真的不是那个曾经和她一路历尽波折的乖巧男孩了。她从来没有像眼前这一刻，清楚地意识到他已经长大，这种长大所指的不是身体上的成长，而是更加不可忽视的心灵上、意志上的成长与改变。眼前的少年已经是一只雄鹰，他长远的目光越过了这个荼靡繁华的京城和混乱不堪的局势，看得比别人更高更远……

“对了，那些部族你从哪里得来的消息？可信吗？”回过神来，叶薰不放心地问道。

“一部分是早先留在那里的线人得来的情报，还有一部分……”萧若宸略一犹豫，坦白道：“是从陆谨那边得来的。”

“陆谨那边？”这句话实在太出乎她预料之外，叶薰吃惊地瞪大了眼睛。

“其实有些事情，我一直瞒着你……”对上叶薰惊异的眼神，萧若宸有意无意地避开她的视线，神情有些黯淡，“其实我和陆谨之间一直有联系。”

“你……”叶薰愕然了，她惊异的不是萧若宸和陆谨有联系的事实。实际上，从那些蛛丝马迹，她已经能够推测出这一点了。她吃惊的是她还没有想好如何开口询问，萧若宸竟然先坦白说出来了。

“你们……从什么时候开始？”

“在突厥南下不久就开始了。”萧若宸坦白说道，“其实早在我入军中之后，行动就一直受到柳拂虹的钳制，我知道她有阴谋要对付沈涯，只是想不到她竟然还有另一个合作者。”说到这里，萧若宸不自觉地蹙起眉头，那种被别人利用摆布的感觉实在不是什么愉快的记忆，“她暗中和陆谨合谋定下突厥南下的大计，等我知道柳拂虹身后还有突厥势力的时候，已经无法扭转了。”

叶薰心下暗叹，现在回想起来，才发现柳拂虹设计之长远，谋略之精妙。她除了自己之外根本无任何势力可凭借，却能够以一己之力，调动运用各方势力。无论萧若宸还是陆谨，都变成了她棋盘上的棋子。

只是，在利用别人的同时，她有没有想到过自己也会是别人的猎物呢？就算她不是机缘巧合死在那一夜，萧若宸暗中所下的毒药再过不久也足够要她的性命了吧。

“后来凉川城破，我率领着雁门关残部退守西部的平鄂城，这点力量不可能对陆谨造成威胁。而他也要忙于对付北上的沈涯，无暇顾及西部。彼此有所顾忌的同时又偏偏利益与共，如此我便顺水推舟与他合作共谋大计了……”其中的曲折变故实在太多，萧若宸也不想说得太明白，只一言带过，大略说起了过程。

“之后呢？”叶薰禁不住问道，她觉得思绪有些混乱，事情虽然在她的预料之中，却没想到这么复杂。

“之后自然是我趁机救驾成功，凭借这个功劳青云直上；他则趁机扳倒了那个愚鲁的撒兀甘，牢牢把持住凉川，两人各取所需。”萧若宸略带自嘲地说道，“再之后，局势变动难测，彼此顾忌更甚，想要合作可不同于以前了，不过私底下一直有所联系。”

“那么这次……”叶薰脱口而出，说了一半却又不知道应该怎样表述。

“姐，你不会怀疑沈涯这次出事是我暗中设计的吧？”萧若宸立刻明白了她的疑惑，眨了眨眼睛，看着她问道。

叶薰摇摇头，她并不认为是萧若宸暗中下手，但是有一件事实却让她无法释怀，她单刀直入地说道："沈涯这次死地太突然，太蹊跷，如果没有人暗中透漏他的行踪，不可能被敦略可汗这么准确地埋伏截击。"

"确实如此。"萧若宸点了点头，睫毛轻颤，低声道："虽说不是我出卖他，但也与我脱不出关系，极有可能是陆谨从我们的联络中摸到了我建立在北方的线人组织，才借此发现了沈涯的行踪……"他将这个推测缓缓说出来。

以陆谨的精明果决、行事缜密，这确实很有可能，叶薰暗暗想着，只是沈涯会这么倒霉吗？

"姐，你不怪我吗？"萧若宸忽然抬头问道。在叶薰注视他的瞬间，他不自然地低下头，眼神浮动躲避。

"怪你？为什么要怪你？"叶薰奇怪地问道，她又不是那些教条主义的道德伪君子，因为他与敌人合作取利就要高举忠贞气节的大义旗帜痛加批判。实际上，混乱的战局里，能够最大限度地保存己方实力，同时又能够牟取最大利益，单纯从战略上来讲，萧若宸这一手玩地极为漂亮。

"我是说……"萧若宸声音渐沉，仿佛正在竭力控制语调的平稳，"你不怪我……没有救你吗？我明明可以……"

"你又不知道我的行踪，怎么去救我？"叶薰哑然失笑。

"我知道。"萧若宸忽然说道，然后就沉默不语了。

叶薰愣住了。

沉默了片刻，萧若宸艰难地开了口："那一天我去见陆谨，其实有听到姐姐你的声音。"说出这句话的瞬间，他像是耗尽了全部的力气，眼神虚弱地避开叶薰的凝视，不敢去看她的神情。

他低下头，长吸了一口气，才继续说道："就在那一天入城的时候，在那道城门不远的巷子边上……已经好几年前的事情了，姐姐只怕已经记不清了，可是我却永远也忘不了……"他的讲述有些混乱，像是彻底沉浸在过去的回忆之中，叶薰却听得很清楚。

“……然后我看到了你落在地上的耳坠。”

“我知道你就在附近，可是却不敢出声，更不敢搜寻。”萧若宸的声音蕴含着一种苦涩，轻颤的长睫毛掩去了满目伤痛，语调依然无法抑制地颤抖。

“你……”叶薰动了动嘴唇，却不知道说什么好。

“我以前一直没有说出来，因为我害怕，怕你会怪我不救你，怪我把你留在那种危险的地方。可是今天，我见到那件东西掉下来……我知道……”萧若宸语调混乱地说着，差点儿把促使他面对一切的那只耳坠的存在也一并说出来。

这样的萧若宸让叶薰心里发痛，这样的萧若宸，她怎么舍得怪他、怨他，又怎么忍心责他、问他，他是一只小刺猬，所有的锐利和坚硬都是对着别人，在她面前，他永远只会露出自己白白的、软软的小肚皮。

她温声安慰道：“那不是你的错，小宸。当时你也根本无法救我？”当时他身边都是突厥兵，还都是一群精锐高手，若他真与自己相认，那才是害了两人呢。

“可是我心里很难受。”萧若宸抿着唇，轻声道：“无论怎么样，我总是丢下了你一个，而现在，我觉得更加难受了。”

“我曾经说过一定要好好保护你，可是最终，我却只能袖手旁观。”

“我恨我自己，没有能力去救你，也无法带你走。”

他的神情平淡清冷，讲述的语调更带着轻飘飘的虚幻感，可眼神中却透着一阵茫然无措，一瞬间叶薰以为自己回到了过去，又看到了仓皇逃亡的夜晚里，那个忽然面对家破人亡变得一无所有的男孩。

“我……”一时间，叶薰竟觉得自己失去了言语的能力。那种笼罩在他身上的无助感甚至比这个初冬的寒意更冷更沉，让她所有开解安慰的话语都变得苍白无力起来。

面对这样的萧若宸，叶薰只觉得心里一阵抽痛。

那一天，她的身边至少还有人支撑，还有一份值得她依靠信赖的温暖。

而他的身边，却只余下冰冷的雪花……他是用什么样的心情走完那孤独的一路？她忽然发现，她竟然一直没有去想过这个问题。

他纵然聪慧过人，纵然天资无双，可他终究是个凡人，在那个生机尽断的寒冷冬天挣扎求存，在那个四面楚歌的绝望逆境翻身求胜，这么艰辛的一路，他可是会感觉寒冷，可是会感觉无助？

眼眶里有一种温热的湿度涌上来，她伸手握住他的手，细腻的肌肤上传来冰冷的触感。

萧若宸手指动了动，像是忽然被温热的触感包围的小动物本能地要挣扎。叶薰反而握地更紧了。片刻的僵持，他终于松懈下来，任由她紧紧握住，让温暖的感觉透过肌肤静静传递。

第四章

破釜沉舟

因为早朝时候萧若宸为首的诸多武将据理力争，迁都的事情终于被驳回。没有被自己的朝廷和皇帝抛弃，这让京城百姓被连接而来的坏消息不断打击的信心多少恢复了一些。

无论多么恐惧和难以接受，该来的终究会到来。敦略可汗亲自率领的大军已经进驻白汶城，厉兵秣马，随时准备出击。危急时刻，去年一度遭到贬斥的王将军又一次被复起，统领此次抗敌。沈归曦也跟随在队伍中，以副将的身份随军出城，北上抗敌了。

军议之中，禁军统领萧若宸又提议，京城不能坐视被围城，建议抽调部分精锐兵马，出城以相对的鞍城为据点，屯兵立营，与京城遥相呼应，以抗衡突厥兵马。

这一招确实能够有效地防止京城陷入包围，建议很快被采纳。可来不及行动，前方的战事就已经起了变化。

匆忙聚集起来的兵马无法阻挡突厥大军的南下势头，在援军到达之前，赤峰低矮的城墙就抵挡不住突厥铁骑的攻势而破城了。北上的援军只来得及接应从赤峰城撤出的兵马，却来不及夺回失地了。大军不得不向后退走，一路退回到京畿外围才站稳脚跟。

这一年的冬天，注定是无比的寒冷，昔日繁华的京城显出一种萧索的味道，阴沉的天气一直持续着，却迟迟不见雪花落下，只有枯燥的寒风呼啸而过，带着干冷的气息。

连宫中的新年夜宴也格外萧瑟冷寂，沈皇后自从得知前线的噩耗之后病了很久，直到不久前才刚刚康复。康复之后，也许是久病的缘故，对什么事都不太热心了，连后宫内政也尽皆推给几位高品级的妃嫔。今日主持年宴，还是她第一次公开亮相。

叶薰依循旧例坐在宫中的宴席上。如今沈归曦身在前线，不知何时才能回来，而萧若宸统领禁军，总领京城防务，更是忙得不可开交。这些日子叶薰忐忑难安，时刻牵挂着前线的变故。

空气里弥漫着浓浓的百合香气，厚重的帷幕阻挡了凛冽的寒风，十余座半人高的黄铜火炉将整个大殿温暖地恍如春日，美酒佳肴流水般端上桌。依然是繁华奢靡的宴席，可在战争阴云的压迫下，气氛却格外沉寂，节日的喜庆所剩无几。

叶薰遥望着坐在高台上的帝后二人，沈皇后大病了一场，容颜清减憔悴了不少，神情也带着厌倦疲惫，仿佛对一切都不再挂心。倒是她身边的雁秋时不时替她夹菜倒酒，一边温声劝慰着。

而另一位，叶薰的视线转到旁边，她几乎要认不出这位皇帝陛下了。如果不是那刺眼的金线龙袍明确地提醒着她眼前之人的身份，叶薰几乎要怀疑自己的眼睛。皇帝已经不是那个水桶腰的臃肿身材了，他身形瘦了很多，容颜更有一种憔悴恍惚。

遥想自己第一次见到这对大周最尊贵的夫妇的情形，就是在这个金碧辉煌的大殿里。这么多年过去了，她依然是那个她，帝后也依然是那对帝后，甚至连满殿的脂粉流香，锦绣浓彩也一如既往，可见面的心情却有了天翻地覆的变化。

座上皇帝喝了几杯酒，不久便神色怏怏，起身准备退席了。

旁边的侍从赶紧搀扶着他。刚步下高台，内监总管领着一名禁军打扮的人快步入殿。

来人高举双手，呈上一封书信，低声说道："这是敦略可汗的亲笔手书，属下等不敢擅自拆解，立刻送来……"

听说是敦略可汗手书，皇帝神情一震，连忙接过来打开。

匆匆看完，这次皇帝倒是没有直接晕倒，只是手哆嗦了几下，脸上现出一种愤怒的神情。

"欺人太甚，真是欺人太甚……"他嘴唇颤抖着骂道。

"陛下，怎么了？"知道是突厥来的信笺，沈皇后也打起了精神问道。

"哼，一个烟花女子，竟然要朕亲自将其册封为公主，"皇帝气得手直打哆嗦，一边语无伦次地骂道，"堂堂大周的国体，祖宗的基业荣光，朕岂会，岂会……"

烟花女子？册封公主？这几个词语一入耳，叶薰惊异起来，这说的是……

沈皇后从皇帝手里接过信笺，皱起眉头说道："这成何体统？就算那个叫金菱的侧妃极得蛮人皇帝宠爱……"

真的是金菱！叶薰禁不住坐直了身形，听刚才皇帝话里透露出来的意思，是敦略可汗竟然在这个时候替她索要封号，还要求册封公主……看着台上气急败坏的皇帝，叶薰忍不住有些好笑，这种行为无疑是在皇帝陛下的脸上重重抽了一巴掌。

只不过金菱不是这种看重虚名的人才对，为什么偏偏挑选这种时候索要一个毫无用处的封号呢？只是敦略可汗个人突发奇想吗？叶薰有些奇怪地想着。

无论如何，这件看似与战争风马牛不相及的事情一举打破了死气沉沉的朝野气氛，一时间无论朝廷还是民间都议论纷纷。

大多数人，尤其是主导整个大周舆论走向的文人墨客们，对金菱的行为深恶痛绝，很多讽刺挖苦的诗词流传在街头巷尾。甚至连早已经声明断绝父女关系的金韬大人都受了影响，只好暂时告病在家，闭门谢客。

给一个妓女最尊贵的公主封号，在皇族和贵族眼中，这简直是对大周高贵血脉不可原谅的亵渎，是突厥那些不识礼教的蛮人赤裸裸的挑衅。但无论他们觉得多么屈辱，最终这个封号还是给了，而且给得很隆重，很盛大。

所谓封号不过是个虚名，这种形势之下，为了一个虚名去惹怒敦略可汗实在不智。而且敦略可汗的来书也说得很明白，很客气。若陛下不愿意，也可选择合适的公主与其共结秦晋之好。毕竟比起献上女儿，一个封号就显得无所谓了。

册封公主这件事说大不大，说小也不小，其中那套繁琐复杂的礼仪肯定必不可少。

先是礼部查阅典籍，从无数辞藻中引经据典来确定封号，然后朝服宫装首饰冠冕样样都不能缺，还要交代内务府打造印玺金册，最后才是祭礼告天，宗谱记名等。而在一些官员的刻意坚持下，全套礼节没有任何疏漏。

一番隆重的仪式下来，总要一两个月过去。新受封的公主因为身份特殊，自然不可能亲自前来领封，只是大典之后命人将金册等一干物件送入赤峰城突厥大营而已。

这个册封，表面上看起来不过是强势的侵略者偶尔兴起，提前索要了一份战利品。但却给原本一触即发的战事带来了一个无法避免的影响：前线的军事不引人注目地缓慢下来。敦略可汗总不能在自己爱妃册封典礼期间煞风景地攻打京城吧。

于是就在朝野上下的视线全部为这一个虚华的封号所吸引时，大量的军略物资不动声色地运向城外，鞍城的城墙也在迅速加固着。

等新公主的金册御宝送至突厥大营，敦略可汗也自觉休养完毕，准备一鼓作气拿下京城时候，却忽然发现，原本只是一座寻常小城的鞍城如今已经重兵屯驻，粮草充沛了。

此时贸然出兵围城，无疑会被两边的驻军左右夹击，若要兵分两路各个击破，他手中的兵力却有所不足，敦略可汗无奈之下，只得差人飞速返回凉川，再调大军增援。于是战事暂时缓和下来，京城的局面陷入僵持。

一轮弦月挂在天边，疏朗的几颗星子点缀着漆黑的天幕，早春的夜晚依然弥漫着深深的寒气，仿佛要将冬日的威势延续到底。

门外虽然寒气凛冽，屋里却依然温暖和煦。萧若宸正静坐在房中对着一卷公文出神，门上传来数声极富规律的轻微敲击。

“进来吧。”萧若宸抬头道，放下手中的卷册。

门“吱呀”一声轻响，两人推门而入。当先那人正是贺骏万，而他身后之人一身黑衣，身形矫健，进门见了萧若宸立即单膝跪倒，恭敬行礼道：“少主。”

萧若宸连忙起身上前，一手扶起他来，温声笑道：“吴纹，快起来吧。这一趟你辛苦了，就不必讲究这些俗礼了。”

来人依言起身，昏暗的烛光照在他平凡却熟悉的容颜上，正是芳月阁里一直跟随服侍金菱的小厮吴纹。

“经过突厥大营一路辛苦了，没有被人发觉吧？”萧若宸问道。

“属下一路看过，并未有人察觉。”吴纹回禀道。

“那就好。”萧若宸放下心来，问道：“今晚冒险前来，可是那边有什么消息？”

“正是事情有了变故，所以金菱小姐才命属下前来，”吴纹镇静地说出此次前来的目的：“日前突厥大营收到凉川的来书，弩扬族已经有所行动了。”

萧若宸闻言眉头一扬，神色间闪过一丝不易察觉的喜悦，连忙问道：“情况怎样？兵力如何？什么时候开始的？”

一连串问题问下来，吴纹却面露难色：“这个……敦略可汗收到消息后异常震怒，小姐也不敢打扰，只是趁着服侍在侧的时候，匆匆看了信笺一眼，并不分明。想到事关重大，所以命属下立即前来了，详细的情报还需日后再探。”

萧若宸闻言神色一紧，沉声道：“我知道了，这次辛苦她了。”略一停顿，又交代道，“情报的事情也不必着急探听，以安全为重，万勿引起怀疑。”

“多谢少主挂怀。”吴纹躬身行礼道。

萧若宸又问道：“这次她索要封号的事，有没有引起敦略可汗的怀疑？”

“没有，”吴纹摇了摇头，神情却有些沉重，“只是……自从发现错失攻城良机之后，敦略可汗的脾气暴躁了不少，很多近身服侍的随从都无缘无故遭了毒打，所以小姐如今也不敢擅自探听消息了。只能虚与委蛇，暂时以温言细语开解。”

“嗯，你让她一切小心，情报的事情不妨暂缓。”萧若宸顿了顿，又神色郑重地说道，“另外此番多亏她助我拖住突厥兵马，这份功劳我绝不会忘。你告诉她金韬大人那里不必担心，我自会保他平安。”

“属下替小姐谢过大人。”吴纹连忙行礼道。

萧若宸略一思索，忽然问道：“陆谨的伤势一直没完全复原可是真的？”

吴纹有些奇怪萧若宸为何忽然问起这个，还是回禀道：“是真的，他腰间的伤势本来早就痊愈无碍，但日前操劳不知为何竟然又旧伤复发了。”他心中也很是奇怪，按理说数年过去，多严重的伤势都应该彻底痊愈了才对。

萧若宸嘴角浮起一抹笑意，这世上极少有人知道，染尘是用罕见的寒铁金属制成，伤口很难痊愈，即便是痊愈，寒气入体，如珍奇的毒药般，也会留下隐患。

萧若宸神色叵测地看了贺骏万一眼。贺骏万立刻会意，从壁橱匣子里拿出两只玉瓶，递给吴纹。

见吴纹眼中现出惊疑之色，萧若宸沉声解释道：“你把这个交给她。此药无色无味，静若流水，平常人喝了并无不妥，但是身上有寒毒入体的，会与寒气冲突，慢慢衰竭而死。”说完又指着另一瓶道，“而这一瓶，喝入后则会暂时呈现假死状态，若事情有变，正可助她脱身之用。”

吴纹身形一颤，低头掩去脸色，伸手接过了。萧若宸又询问了一些突厥大营的日常事务，眼看没什么可问的了，天色也已不早，当即安排吴纹离开营地，趁夜潜回了。

吴纹离开后，萧若宸安静地站在桌旁，手指无意识地敲击着桌面。弩扬族既然已经有了动作，一旦腹背受敌，敦略可汗势必要回转，他们只要撑住这段时间……

这些日子里头一次看到胜利的曙光，萧若宸长叹了一口气，像是要把长久的压力舒缓下来。可随着身体的放松，长久被压抑的疲惫也一起涌了上来，他按住额头。头一次统筹大局，指挥全军，身为一个统帅所带来的不仅仅是单纯的成就感和权利感，首当其冲的更是铺天盖地的责任与压力。通观全局的战略与单纯阴谋取利的战术还是有着本质的不同，这段时间下来，萧若宸还真有几分佩服沈涯了。

只是事情会那么顺利吗？弩扬族这次行动如此恰到好处，要说背后没有人暗中支持……

“前线的搜索还是没有消息吗？”萧若宸闭着眼睛，缓声问道。

贺骏万自然知道他所询问的是谁，苦笑着回答：“没有。”

萧若宸继续闭目沉思，就在贺骏万以为自己年轻的主君已经因为连日的疲倦而沉睡了的时候，萧若宸忽然动了。他放下手臂，坐直身体，然后抬头吩道：“交代管家准备马车，我要入宫面圣。”

春回大地，随着气温逐渐回暖，战事也在沉寂中开始起了变化。

僵持了数个月之后，凉川的援兵迟迟未至，反而收到后方内乱的消息，明眼人都能够看出，继续僵持下去，突厥人只会坐以待毙。

据说陆谨已经从凉川抽调兵马返回国内平乱了，短时间内都不可能南下增援，而从凉川到赤峰的粮草补给也不像以前那么顺畅充足了。

这些消息相继传来，大周朝野上下都松了一口气。纷纷欣喜真是天佑大周，仿佛突厥退走的日子已经指日可待了。甚至连萧若宸也认为，如果敦略可汗够聪明的话，必定会趁机与大周和谈，索取一定的金银财物来换取退兵，然后带着未曾折损的兵马返回国内，收拾内乱。凉川以及白汶城，突厥人未必肯吐出来，但至少京城的危机可以解除了。

可惜他们却忽略了一个长年事事顺心又身居高位的帝王好大喜功的心

态。身经百战，纵横天下的昔日枭雄实在无法忍受这种无功而返的现实。统一突厥身居皇位的这十多年来，敦略可汗的脾气日渐暴躁，越来越无法容忍别人的质疑和失败，又想到弩扬族等国内小部族不过都是自己的手下败将，疥疮小藓，不足为惧。再加上南下中原以来突厥几乎战无不胜的功绩，这一切都让敦略可汗选择了另一条铤而走险的道路。

四月末，突厥使者果然入京城朝见，舌灿莲花地讲起两国相交的历史，并且如众人所预料的开出条件以犒军为名索要金珠财帛。朝中官员纷纷松了一口气，以为一切都在预料之中了，长久绷紧的将士们也松懈下来。

正在以礼部为首的大周官员们准备就和谈的细节与突厥使节逐条磋商的时候，意料不到的变故发生了。

五月中，在赤峰城驻扎半年之久的突厥大军终于动了，却不是向后撤走，而是快马轻骑，如出匣的猛虎般直接向鞍城。

在所有人以为将要见到阳光的时候，一直笼罩在头顶上的战争阴云却没有如预料中的散开，而是终于化为倾盆大雨倾泻而下，浇地所有人措手不及。

鞍城本有王将军亲自率领六万大军坐镇，粮草充沛，器械精良。奈何突厥人来得太快，太意外。锐不可当的攻势之下，整个城防立时风雨飘摇。全城奋力抵抗，又占据地利优势，总算没有被突厥的闪电突袭破城，但也陷入岌岌可危的境地。

好在统领京城防务的萧若宸一直没有放松警惕，京城西虎门一侧驻扎的兵马始终全副武装。接到鞍城遇袭的讯息后，他立刻派兵支援。

敦略可汗所率领的都是常年跟随他征战沙场的嫡系人马，悍勇无双，天下难匹。纵然援军及时赶至，竟也险些抵挡不住。最危急的时候，甚至差点儿被反噬一口的突厥大军打退到京城墙下。

这一场突击整整持续了两天三夜，后续无力的突厥兵马才终于抵受不住源源不断的大周军队，败退后撤回了赤峰城。

这一战使得开战半年多来一直完好无损的十万突厥精兵折损超过三分之一。而大周的损失更是惨重。不仅士兵物资损伤无数，连坚固的鞍城城墙在攻城器械的反复冲击下也坍塌了数道豁口。甚至连守城的主将王将军，也在开战之初就被突厥流矢射中，躺在病榻上呻吟不止，未等这一仗打完，就以身殉国了，其后多亏以沈归曦为首的几员副将领兵坚守城池，才一直支撑到最后。

京城前去驰援的兵力也折损惨重，虽然勉强赢了这一仗，退回京城的兵马却带给百姓新一轮的恐慌，战争终于彻底爆发了。

得知了这场剧变，明白突厥人所谓的议和不过是掩饰行动，降低敌人戒心的幌子，皇帝又惊又怒。一气之下，将滞留京城的突厥来使全部斩首，这才暂熄怒火。

似乎要将闭锁在赤峰城里长久压抑的爆发力一次发泄出来一样，几天之后，紧接着第二轮的攻势又开始了。

敦略可汗是疯了？还是对自己嫡系兵马的武勋太过于自信呢？竟然选择这种孤注一掷、两败俱伤的方法。纵然他先打着议和的幌子降低大周的戒心，但突厥兵马后援乏力，时间一长，援军未至，败的肯定是他们。这种赌徒一样的心态萧若宸简直无法理解。但眼下的局势也没有多余的时间让他去思考，去理解了，只能紧急调派兵马，出城迎敌。

几番交战下来，突厥铁骑的精悍威猛越来越成为大周士兵的噩梦。京城守军和禁军装备精良，养尊处优，却已经近百年未曾经历过真正的战争了，在接下来的日子里却真实地领教了铁与血锻造出来的强悍实力。

萧若宸也开始有些明白为什么敦略可汗胆敢行险一搏了，纵然京城的守军数倍于突厥兵马，又占据地理优势，前后夹击，但每一次出战，己方的损失都要比敌人大。

苦苦支撑了一个月，双方都已经精疲力竭。就在这时，后方又传来讯息，一条对大周来说无比欣慰的消息。弩扬族竟然暗中派出一支伏兵，翻山越岭，直达凉川城下了。如今凉川被围困，突厥南下输送粮草的通道被截断了！

得知这个消息，胆大如敦略可汗也明白不能久留了，更何况经过这一个月的征战，虽然鞍城已经摇摇欲坠，他手下的十万精兵却折损过半，想要一鼓作气攻陷京城是不可能了。

这一战，终究还是自己输了。无论心里有多么不甘，草原的霸主也只能选择趁着实力尚在的时候安全退走了。

初夏的太阳带着灼热的温度，原本平整肥沃的麦田此时满地狼藉，阳光映照着地面残破的盔甲兵器，征战之后的痕迹使得原本富饶美丽的京畿近郊变成一卷残破的画轴。

这样风和日丽的天气里，只余下不到四万人的突厥兵马离开了占据大半年的赤峰城，向北后撤了。

敦略可汗的原意是入白汶城与当地驻军会合，再好好教训驽扬族等叛乱的部族。反正占据了凉川白汶等数座大城，大周北方的江山就已被他们占据了一半。而且没有了雁门关的阻挡，养精蓄锐的他们随时可以再一次南下征伐。

面对突厥的后撤，萧若宸有心布兵追击，却被皇帝下旨意拦截住了。

“万一突厥只是刻意伪装败退，设下埋伏，我军岂不危险？京城如今所余兵力不多，小心为上。”慎重派的官员纷纷进谏道。已经受够了兵燹折磨的他们简直恨不得突厥兵马走得越快越好，哪里还有胆量去追击。

皇帝点了点头，“卿等言之有理。”

“可是……”萧若宸眉头一皱，想要反对。

皇帝却淡漠地转头道：“爱卿破敌心切，朕也知道，只是兵法有云‘穷寇莫追’，贸然行动并非良将所为，京城如今所余兵力不多，万一中了敌人埋伏，如何挽回？”久已不理政事的皇帝此时依然带着一种难以言喻的威严。“爱卿当知道自己的本分。朕既然选择相信爱卿，也希望卿不负朕之所望。”

萧若宸心里一震，脸上却依然一片恭顺，低头称是。

无论如何，京城的危机暂时是解除了。

朝议结束，离开了正殿，从前来报信的士兵口中得知沈归曦已经从鞍城率军追击了，萧若宸静默了片刻，只能长叹一声。究竟是在叹息自己距离朝政太近，所受到的束缚呢，还是在叹息别的什么，只怕连他自己都无法说清了。

抬头看向清澈明朗的天空，他只是轻声道："要变天了啊……"

退走的突厥兵马沿着大道北上，如一条蜿蜒的巨龙，两侧都是空旷的原野，断后的精兵警惕精悍，偷袭是不可能了。

沈归曦正骑马立于一处高崖上，俯身遥看着远处后撤的突厥军队。在他身后是从鞍城带出追击突厥败军的兵马。

太阳正当空，投下清晰的光影轮回。经过这半年多的军旅生涯，他俊朗深刻的容颜依旧，只是皮肤晒黑了不少，相比起往昔过分俊美的相貌，此时更多了一种刚硬的味道，衬着锐利十足的明眸，整个人像是一柄出鞘的利剑，带着晴空般耀眼的光华。

"将军，是不是应该下去追击了？"等候了片刻，有心急的将领问道。

沈归曦摇摇头："不行，突厥的阵势毫无破绽，此时贸然追击上去，不仅没有多少效果，反而会被他们反咬一口。"

"可是……再不追击前面就是笏水河了。一旦突厥人过了河，再要追击只怕就难了。"

沈归曦看着下方蜿蜒前行的突厥兵马，无计可施地长叹一声，他何尝不明白这个道理，但总不能为了武勋，拿士兵的性命去冒险吧。

已经有同样从鞍城追击出来的同僚，前几天按捺不住冒险突袭。结果吃了大亏，败退回城了。

敦略可汗不愧是曾经纵横天下的枭雄，纵然在战与和的选择上好高骛远，昏聩冲动，可在军略布局上却一直无丝毫疏漏。这一路后撤，大军防备缜密，有条不紊。再加上附近的地理环境，他们这一队兵马跟随了一路，竟然始终没有寻到一个合适的袭击机会。

突厥兵马已经行至笏水河畔了，宽阔的河面上一排排木船浮动连成一片，这些船只都是突厥南下时候就征召准备好的。

眼见突厥的前锋部队已经开始登船过河了，后方兵马依然严阵以待，无丝毫大意的痕迹，沈归曦便知道这一趟只能无功而返了。虽然心下失望，他也不是好大喜功之辈，当即挥手道："算了，传令全军，准备返回京城……"

众人失望地听令爬上马，沈归曦也调转马头。正要离开，忽然身后一个将领惊呼一声，"咦，这是怎么了？"

众人纷纷回头望去，却发现突厥过河的队伍似乎起了一阵骚乱。

渡河的过程正进行到一半，先头数千人已经抵达了河对岸，这一边还留着数千的断后人员，除去这些，其余的兵马都乘船行在河面上，骚乱的正是他们。

"这是……"有眼神好的士兵已经开始喊起来："将军，是船，他们的船沉了！"

沈归曦没有回答，以他的眼力早已清晰地看到，突厥人的船确实在下沉，而且下沉的不是一艘两艘，而是千百艘……

从这个居高临下的角度望去，无数艘木船下沉所带起的水流在河面上转成一重重的漩涡，湍急的水流向外扩散，很快将原本安全的船只也卷入其中，骚动的范围越来越大。众人目瞪口呆地看着眼前的景象。

夏日的河流并不急险，也并不寒冷，可那急促翻滚的水流却是比任何刀枪剑戟更加可怕的杀人利器。纵然突厥士兵个个都是身经百战的精锐，但草原上长大的男儿真没有几个会游泳的，满身的武艺和力气放到水里根本毫无用处。挣扎在河里的士兵和战马的哀鸣嘶叫声连相隔遥远的山崖上也能够听见。

河面上逐渐翻滚起异样的色彩，是红色，而且越来越红。

水底下有伏兵！沈归曦立刻醒悟过来，当即毫不犹豫地高声喝道："全军突击！"

无论在这里埋伏突厥人的是哪方势力？这都是一个千载难逢的好机会。

也是一个建功立业的好机会！再迟钝的士兵都明白这一点。随着一声令下，奔腾的快马卷起重重烟尘，翻滚着向依然残留在河边的断后兵马卷去……

笏水河边的这一战，天下震惊。

让天下人震惊的不仅仅是四万突厥精锐的全军覆没和敦略可汗的战死，更让人难以置信的是完成这一功绩的人，竟然是在早先战报中早已“战死”的大将军沈涯！

据说沈将军当初孤军深入敌后的时候，为了慎重起见，特意暗中兵分两路，分头进行。却不料计划尚未展开，其中的一路兵马便中了突厥埋伏。

全军覆灭的消息传来，沈将军立刻知道情势危急，当机立断，率领另一支兵马沿着水路退回山野，隐匿形迹。

听说了敦略可汗南下的消息之后，为大事计，沈将军更是孤身北上，与各个部族接触，说服各族兵马趁机起兵反抗突厥。

终于苍天不负苦心人，说动了各族援兵，使得突厥后方陷入内乱，才缓解了京城之围。

本想趁着敦略可汗率领大军返回的时候埋伏袭击，却不料他竟然铤而走险，仅凭着手中的有限兵力就胆敢强攻京城。

眼看救援已经来不及了，沈涯干脆派兵围困凉川，围魏救赵，终于使得敦略可汗彻底对援军死心，强攻持续了没多久就不得不败退了回来。

之后又汇集己方兵马，在笏水河边设下埋伏，等待着突厥渡河，终于如计划所料将其一网打尽。

而且就在突厥大军与京城兵马殊死拼杀的时候，沈涯也已经一鼓作气收复了白汶城。甚至连敦略可汗这个头号大敌，也在从笏水河边逃亡的路上受了重伤，不等返回凉川，就在路上一命呜呼了。

……

这一连串璀璨的战绩接踵而来，耀地人眼花缭乱。刚刚从战乱中喘过一口气的京城百姓得知了敦略可汗死亡的消息，几乎欣喜若狂。平安地脱离了破城的危险，长久威胁他们的蛮人皇帝也死了，而他们期待的英雄却平安无事，更带回了希望和胜利……对于饱受战火惊吓的大周百姓来说，再也没有比这个更好的消息了。持续四年之久的突厥入侵终于迎来战争结束的曙光。

沈涯的威望更是一时无双。连京城说书的馆子里都满是沈将军如何运筹帷幄之中，决胜千里之外，笱水河畔大周士兵如何悍勇无敌，杀得突厥皇帝割须弃袍，四处逃蹿，终于命归西天云云的段子。直把大周兵马说得有如神助，上天庇佑。

可等狂热的欣喜过去，真正冷静下来的人忍不住要问一句了。沈将军既然未死，为何一直没有将消息传回？还有当初深入敌后的那支兵马，为何会行踪暴露，中了突厥埋伏？

也许……这两个问题可以合为一个。

第五章

黄雀在后

叶薰立于高阁之上极目远眺，今日是沈涯入京城的日子。隔着重重房舍屋檐，从这一处阁楼之上不可能看见大军入城的盛况，但街市上繁华喧闹的声音却如近在耳畔。距离突厥退走不过月余，外面的街市已经一扫围城时候的颓废，恢复了活力与繁华。

在笏水河畔大获全胜之后，沈涯所率大军收拢兵马追击溃兵，又收拾战场，终于在今日正式凯旋入京，同行的还有弩扬族特使等。这样耀眼的功勋之下，万民欢腾，连皇帝也下令大开宫门，特许大将军可骑马佩剑直入宫禁，以奖励劳苦功高的爱将。

夏日纯粹的阳光不带一丝阴影，叶薰抬手遮住炫目的光晕，感受着灼热的温度，她不易察觉地叹了一口气。听到沈涯死而复生的消息时，她只能苦笑了。果然如此，老奸巨猾如他怎么会如此简单就中了敌人的埋伏呢？更何况他既然已经认出自己，就应该明白他暗中北上的消息是绝对瞒不过萧若宸的。

他这一次炸死，应该是为了算计突厥吧，他们姐弟还用不着他使出这么大的手笔。可是回到京城之后呢？会给尚未恢复稳定的朝政带来什么变化？

日头渐斜，现在朝堂之上应该正在进行对有功之臣的封赏吧。不知道小宸会怎么样，这一次他立下的功劳也不小，还有沈归曦，听说他依然留在城外收拾善后。

沈涯回来，那些叶薰原本庆幸可以不用面对的烦恼如同地洞里的土拨鼠，一只只纷纷重新冒出头来，让她懊恼不已。新一轮新的斗争指日可待，而沈涯如今的声望如日中天，他们姐弟的路只怕越来越难行了。叶薰揉着额头，苦恼地想着，他怎么偏偏活着回来了呢？

正在出神的时候，湘绣上楼来问道，“小姐，午饭已经准备好了，可要传唤？”

“也好。”叶薰答应道。宫中有宴席，萧若宸是必定不会回来了。她起身正要下楼，忽然听到远处一阵喧哗。

“怎么了？”她停住脚步，沿着窗向外望去。视线尽头，却发现一群不速之客意外涌入，锐利的长枪和铿亮的兵甲在阳光下耀地人眼睛发花。

这是什么情形，叶薰愣住了，眼前这幕场景，简直和当初撒兀甘去芳月阁搜索钦犯时候的场面一模一样。

“这里是禁军统领府邸，你们怎么敢……啊……”发现被人闯入，叶府当值的管家连忙上前拦截，却被人毫不客气地一把推开，惊呼一声跌倒在地上。

“你们要干什么？光天化日之下，还有没有王法了？！”管家仆役们怒喝着。

叶薰心下一沉，只怕正是因为有“王法”，才会这么嚣张。

“刑部奉旨拿人，府内一干人等全部束手待命！胆敢反抗者格杀勿论！”当先的将领一声断喝立刻将所有的抗议声压了下去。

果然，叶薰苦笑了一下，光天化日之下，还敢这么放肆行动的，也只有依仗王法的人了。

领头的将领止住众人的呼喊，一边指挥手下四处散开，入各个房间搜查驱赶人员。

“小姐，这是……”湘绣目瞪口呆，好一会儿才反应过来，惊惶失措地问道。

没等叶薰回答，下面已经传来严厉的呼喝声，“闪开，我们奉命拿人！”

“这是我们小姐的绣阁，你们不能进去，不能进去……啊！”门前的仆役还在努力尽他们最后的职责，可惜只是招来一顿毒打。一个士兵刀鞘一挥，说话的那个仆役就被一击打飞了出去，摔在地上半天爬不起来。

叶薰眉头一皱，连忙走下阁楼，高声道：“住手。”

众人眼见叶薰出现，纷纷停住了动作。

叶薰视线扫过场中，镇静地问道：“各位刑部的官爷忽然搜查我叶家府邸，可有旨意？缘出何故，罪名为何，总要说个分明。”

领头的将领见叶薰气度沉静，也不敢小觑，当下略一拱手，冷然道：“此番我等前来，自是奉了明旨。禁军统领叶宸涉嫌通敌叛国，皇上已经当朝下旨，命刑部抄家搜查。府内一干人等也全部押赴刑部大牢，准备候审。”

通敌叛国！

叶薰心下咯噔一下子，情况比她想象的更坏，她连忙问道：“萧……小宸……叶宸将军人呢？”

“他在朝堂上已经被拿下，押入大理寺候审了。”

叶薰闻言身形一晃，脸色苍白。沈涯竟然发动地这么快！入城的第一天，他就迫不及待了。

她咬了咬牙，冷静下来继续道，“沈将军虽然劳苦功高，但也不能空口说白话，凭空污蔑吧？指摘舍弟通敌叛国，口说无凭……”

“这个不劳小姐费心，大将军既然敢说，自然是有足够的证据。”来人冷冷地说道，“我等都是奉令行事，请小姐不要为难我们了，上马车入刑部走一趟吧。若还有什么问题，到时候自有审问的官员解惑。”

“好。”叶薰点点头，强行压抑住内心思绪的混乱，此时她也没有别的选择了。刚向前走了一步，身后却被人牢牢扯住。

"小姐……我也跟你一起……"是湘绣正死命扯住她的衣服，满脸惊恐地望着屋里的人，又望着叶薰。

叶薰心下一软，抬头道，"让她跟我一起去吧。"

"这……"领头的将领眉头一皱。

"他们不是也要被收押入刑部大牢吗？"叶薰问道，说着欠身一礼，"既然如此，就请军爷行个方便吧。"

"也罢。"领头的将领扫了颤抖无助的湘绣一眼，一个弱女子他们也不放在眼里，催促道，"快点上马车吧。"

叶薰拉着湘绣走到门前，那里早已经有一辆预备好的马车等待了。看来对她这个钦犯家属还真是重点照料啊。叶薰自嘲地笑了笑，提起裙角，登上了马车。

马车外表普通，而内部陈设精美丝毫不逊于日常所用的车辆，只是四面窗户都被厚重的帘子封住，毫不透气，在盛夏的天气里简直是一种折磨。

叶薰想掀开车帘透透气，立刻被车外的人厉声阻止了，只好无奈地坐回去。

一路上湘绣缩在角落战战兢兢，只怕这次的变故又让她联想到不好的回忆了。叶薰只好温声安慰道："你先不要担心，静观其变就好。即便真是罪名，也未必会连累你。"

话是这么说，其实她也没有任何信心。

萧若宸与陆谨暗中勾结的事情，被揭露出来绝对逃不了通敌叛国的罪名，不过他毕竟有救驾的大功在身，皇帝对他的信任也非同凡响，而他对沈涯却已经心存芥蒂。两相对比之下，仅凭沈涯的一面之词，皇帝再昏聩也不可能这么简单就下杀手。

可是万一沈涯把他们姐弟的真实身份告诉皇帝呢，皇帝对萧若宸的信任还会继续吗？

现在只寄希望于萧若宸与陆谨之间联系足够隐秘，沈涯就算知道，也不可能拿到真正的证据。而且真到了万不得已的时候，相比于萧若宸的身世，沈涯他自己的血脉更加惊悚吧。大不了……叶薰用力地咬着下唇，暗暗思量着。

马车走得很快，道路平稳，并未感觉颠簸。可一路越走越远，困在车里的叶薰逐渐感觉有些不对劲儿了。

刑部有这么远吗？而且周围听不见丝毫声音。

心神颤动，叶薰一把扯开窗帘，旁边的兵士想要阻止已经来不及了。

瞬间映入眼中的情形却不是通往刑部的街道，而一望无际的红墙。

“这是去哪里？”叶薰又惊又怒，声音不自觉地提高了。是她大意了，眼前这群士卒的言谈举止，与其说是刑部衙役，不如说更像久经沙场的战士。

“请小姐少安毋躁，”旁边的将领冷漠地逼近车窗道，“马上就要到地方了，到时候自有人会为小姐解答，何必多问我等下人。”

“你们……”叶薰脸色一变，却也明白此时身不由己，四面都是精悍的士兵，自己根本没有反抗的机会。

人在屋檐下，不得不低头。叶薰此时只能听天由命了。会在这个时候专门将她弄出来的人，其实想想也能够预料一二。

该来的总是会来，她索性放下车帘，静心等待。马车继续行驶，拐过数道弯，终于停了下来。

一个仆役掀开车帘，叶薰带着湘绣走下马车。

入目处是一座小阁楼，楼前正门悬着的匾额上写着“宝蕊楼”几个龙飞凤舞的大字。四面合围的墙壁拢起一处精致的小院子。马车如今就停在院子中间。透过敞开的院门，可以看见外面郁郁苍苍，尽是一望无际的葱绿树木。

要说这里是刑部大牢可真是笑话了，叶薰自嘲地摇摇头。

“请叶小姐跟随小人来吧。”早有守候在旁边的人上前一步，躬身说道。说完领头向门外走去。

看来要见她的人在树林里，叶薰从善如流地跟随着他的脚步向外走去。

她脚步刚挪动，湘绣也赶紧跟上，却被旁边的兵士一把拦住："这位姑娘请先在这里等候吧。"兵士们客气地交代道。

叶薰转头看了一眼，接到湘绣求助的眼神，她只得向她安慰地点点头，道："你先在这里等着我就好。"说罢跟随领路人步出院子。

人说桃之夭夭，灼灼其华，但绿树葱葱，同样光华耀目。盛夏的树林，满目皆是葱绿的颜色笼罩住四面空间，遮天蔽日。细微的阳光从树叶缝隙洒落下来，在地面投下斑驳的光影。和风吹过，伴着沙沙的轻响声，光影错乱摇曳。

叶薰本以为要走很远，却不料只是转过一道假山，眼前就已经豁然开朗。

一座凉亭伫立在眼前，而且是一座无比熟悉的凉亭。

叶薰嘴角牵扯起一个苦笑的弧度。掀开车帘那一瞬间所见到的红墙，围绕一整座院子的宽阔树林，还有面前引路人又高又尖的嗓音，这一切都明确地昭示了，她如今脚下的这片土地，正是她已经来过很多次的大周皇宫。

而且还是皇宫中她最熟悉不过的一处地方。

纵然心中早已有所预料，但亲眼确认的那一刹那还是感觉心脏漏跳一拍。

夕阳沉落，光影交错，远山含韵，绿意漫漫。她走近凉亭，就看到了凉亭中倚栏而立的那个人。

同样的地方，同样的人。

清茶古树之畔，晚风暗香之中，叶薰有一瞬间的恍惚，只以为自己又回到了六年前的那个夏日黄昏。

引着叶薰来到凉亭前，领路的内监躬身一礼，悄无声息地退下去了。亭子里很快只剩下叶薰和沈涯两个人。

晚风吹拂树枝的沙沙声传来，像是挠在人心头的细刺，叶薰抛开杂念，镇静下心神，缓步走入凉亭。

转过身来，锐利的视线扫过叶薰面容，沈涯神态自若地招呼道："好久不见了，近日可好？"

只要你不回来，我就很好。叶薰在心里小声嘀咕了一句，脸上却是纯然的恭敬荣幸，“多谢将军关心了。不过闲坐家中，宁静度日而已，哪里有什么好不好。倒是沈将军劳苦功高，刚刚返回京城却又要如此忙碌，真让叶薰惶恐不明。”

沈涯不置可否地一笑，桌上摆着一壶清茶。他倒了一杯，推到叶薰面前。

“多谢将军。叶薰一介平凡女子，哪里敢劳动将军亲自奉茶。”叶薰神态自若地低声谢过，心里却忍不住有些打鼓。沈涯这是什么意思？他要对付他们姐弟，直接下手就好了，何必再眼巴巴费力把自己弄到宫里来呢？自己又没有什么可让他觊觎的，唯一比较特殊的不过是和沈归曦的关系。但就算因为这个，他也没有必要这么急着见自己吧？

不明白他在打什么主意。叶薰索性静观其变，端起茶水掩去自己的紧张。

听了叶薰的客套，沈涯嘴角一扬，略笑道：“你的口才真是好了不少，以前我倒不知道你是这么伶俐的。”

“沈将军过奖了。”叶薰满头黑线地回答道。我跟你很熟吗？前几次见你总共只说了三两句话吧，你就能知道我是伶俐还是木讷了。她满心的不以为然。

沈涯也不急着说明来意，只是静静地饮着清茶，气度平静如水，简直像是专门来这里品茗休闲的。

叶薰却逐渐焦急起来。听押送自己的兵士话中意思，萧若宸已经被定罪下狱了。她心里紧张挂念，坐立难安，却不敢开罪沈涯，犹豫了片刻，她试探着问道，“不知沈将军将叶薰召来，有何赐教？听说舍弟在殿上出了意外，如今情况可好？”

“放心，他很好，只是在刑部的大牢里而已。”沈涯一派悠然平淡地说道，“萧若宸所犯的是十恶不赦的叛国之罪……”

刑部大牢？这也叫“很好”！好你个大头鬼啊！

沈涯话语传入脑海的瞬间，叶薰心下一沉。随即又听到沈涯那句闲闲的“叛国之罪”，叶薰再也按捺不住，心里的火气腾地一下子上来了。

纵然天下人都可以指责萧若宸叛国通敌，但眼前之人却是最没有资格的一个！

“舍弟怎么比得上沈将军劳苦功高呢？当年陛下为何会遇到突厥伏兵，想必将军大人比我们这些小人物更清楚吧？”叶薰毫不犹豫地质问道。

说完之后，叶薰自己也吓了一大跳，糟糕，她竟然连迂回客气的开胃菜都没有，就直接上主菜底牌了。

听到她的话，沈涯眼帘微合，瞬间有锐利的光芒从平淡的双眸中射出。

叶薰心里一跳，手忍不住抖了抖。她对沈涯本就有一种难以压抑的恐惧，刚才一片云淡风轻的和煦气氛里，这份恐惧不由自主地淡化了，此时却又冒出头来。如今的形势可是自己受制于人，眼前这个黑心的家伙随便把自己杀了，找个地方一埋，神不知鬼不觉，说不定以后都没有人知道了呢，叶薰暗暗叫苦。

气氛有刹那的冷寂，沈涯冷淡的目光随即隐去，若有所思地看着叶薰。

胆怯的心思在心里转了一圈，叶薰反而逐渐冷静下来。萧若宸已经被关进大牢了，他对姐弟俩的恶意昭然若揭，继续迂回客气也只是浪费时间。想到这些，又想到萧若宸在牢里可能会受的苦，胆怯的心情很快烟消云散，也没有了虚与委蛇的耐心。当即语调谦和地道：“是叶薰一时冲动，失礼了，请将军大人切勿见怪。”一句话将刚才的失态轻轻揭过，

眼见沈涯脸色并无不妥之处，她继续问道：“沈将军说舍弟叛国通敌，只是一面之词吧，可有证据？”

“你怀疑我凭空污蔑他？”沈涯冷静地问道，“纵然我是，陛下和满朝文武可不都是瞎子，能够当庭定罪，自然是证据确凿。”

叶薰心里一沉，眼帘低垂，避开他的视线继续说道：“以将军的权势地位，手下能人无数，只要想要，证据自然不是问题……”语气中隐含着一丝不以为然。

沈涯嘴角扬起一丝笑意，他打断了叶薰的话问道：“你认为我是用假证据栽赃陷害他？”

叶薰默然不语，抬起头来，怀疑的目光直视沈涯。

沈涯摇摇头，平淡的目光审视着手里的细瓷茶杯，片刻之后方缓缓笑道，“他行险与陆谨合作，在北方的战事上摆了我一道，这一招确实要得漂亮，虽然他是占了身份秘密的便宜，但事后想起了，我也只叹一声佩服……”越说下去，沈涯的语调越发清冷，“只是他却未免太自以为是，也把别人看得太低了。要知道，陆谨可不是简单人物……”说着，他停了下来，抬手饮了一口茶水。

叶薰心里顿时掀起滔天巨浪，这些话是什么意思？难道是陆谨他……

端详着叶薰的表情，沈涯脸上浮现一丝欣赏，继续说道：“敦略可汗这些年越发独断专横，偏偏身体强健，依照常理，再活个二三十年也不是问题，而撒兀甘虽然被废去了太子之位，但性命犹在，父子亲情犹在，目前更是被准许重回府邸了。再观陆谨，他自从潜伏荒寨，南下入关，立了多少汗马功劳？却一直连亲王都未曾册封，反而越来越被人猜忌。两相对比之下，他岂会甘心？”沈涯云淡风轻地道，“有些东西，只能够用非常手段来得到。”

叶薰却听得越发心寒，听这个意思，竟是陆谨暗中利用沈涯引诱自己父皇深入敌阵？

那突厥十万大军的精锐，还有父子亲情，难道他全都不顾了？是了，他也没有料想到沈涯背后还有弩扬族这张牌，说不定还打着将沈涯和自己父皇一起葬送的如意算盘呢。却料不到棋差一招，被沈涯获得了全盘胜利。

这些人……叶薰只觉得心冷如冰，人命也罢，国事也罢，都不过是这些人手里的牵线木偶，是他们棋盘上任意摆布的棋子。自己和小宸又算什么？

“既然沈将军已经大获全胜，又何必来寻我这个弱女子。为难我们手无寸铁的姐弟二人呢？”叶薰心乱如麻，索性先示弱问道。

“手无寸铁？哈，”沈涯轻笑一声，“在北方的那些日子里，我可是日夜提心吊胆。你那位好弟弟可不是无害的羔羊，他是一只小狼，在你不经意的时候就会咬你一口。若不是有他在背后虎视眈眈，我又岂会走这种凶险的路子。”他这一番说的倒是实话，他在前线对战突厥，萧若宸却留在朝中，让他怎么敢放心？不仅要时刻提防会被人从背后捅一刀，而且萧若宸如今深得皇帝的信赖，如果这场仗打上个三五年、七八年才完结，等他再回京城，说不定萧若宸的势力已经在他之上了。这样的局势之下，他只好行险一搏。幸好他博对了，无论对萧若宸，还是对陆谨，都是他赢到了最后。

“历代以来，成王败寇，”叶薰低声道，“叶薰也知道将军您是想要当皇帝的，只是不知大人得偿所愿之后，要如何处理我们这对绊脚石？”

想要当皇帝！沈涯双目微阖，凝视着叶薰。纵然在这个通风开阔，四面无人的凉亭里，入耳的话语也让他感觉一阵冷寂。像是内心最深处潜藏角落的伪装忽然被人揭开，这还是第一次有人这样赤裸裸地将他的野心公之于众。而叶薰接下来的话语更加让他心颤了，“那么若是我将你的身世公之于众呢？”她冷冷问道。

一阵冰冷的感觉蔓延上来，那一瞬间，沈涯的视线让叶薰怀疑自己要被冻成冰块了。内心的坚持和挂念却让她无丝毫退让，倔强的目光直视着沈涯。

“若岚，你以为你有多少机会？”沈涯轻声问道。

叶薰微微一笑，“自从得知了大人得胜还朝的消息之后，叶薰虽然无知，却也察觉有些危险了，所以无奈之下……”她一边说着，纤长的手指拨弄着茶盖，掩去自己的心慌，“只好做了些防备措施，预留了一些东西给别人……”

一些东西！

沈涯的视线一紧，声音却依然温润：“你想的倒是周到。”

“不敢当，不过是手无缚鸡之力的弱女子的一点自保的手段而已。”叶薰依然谦和有礼地说道。

沈涯不再说话，视线叵测地凝视着叶薰，而叶薰也没有开口，只是沉默地转着手里的茶杯盖儿，一时间连吹拂过树梢的清风似乎也凝滞了。

叶薰表面上看着冷淡，其实心里头正在打鼓。她刚才所说的纯属胡扯。

她确实是有委托一封信笺到普光寺的打算，但却来不及行动就被沈涯请来了这里。只是沈涯的反应意外地森冷，像是真的担心有什么东西落到别人手里似的，让她越发心虚紧张。

就在叶薰觉得自己手都要转地酸了的时候，一阵清朗的声音忽然响起，打破了寂静的气氛。

叶薰顿时愣住了，这个声音……好像是她肚子在咕咕叫的声音……

手一抖，茶杯险些掉下去。还有比这个更尴尬，更诡异的吗？叶薰觉得此时自己的表情肯定扯成了一个完美的“囧”字。

虽然自己中午饭就没有吃，而现在已经月上柳梢头的时刻了，肚子饿是再正常不过的事情，但是在这个环境，这个气氛，面对这个人的时候……

沈涯忍不住一声轻笑。叶薰又气又羞，尴尬万分，气氛却是意外缓和下来。

“肚子饿了？”沈涯笑着问道。

“是。”叶薰没好气地翻了个白眼，你不是听见了吗？

“天色确实不早了，正好与我一同用晚膳吧。”沈涯说道，又体贴地问，“是想在这里还是回阁楼？”

“在这里就好。”叶薰随意地说道，反正你不会放我回家去。

沈涯对林外一声传唤，声音也不见如何高，却带着意外的穿透力，很快有数名侍从提着食盒送至凉亭。

就在桌上摆开，菜肴精致，杯盏玲珑，还有一只鎏金嵌猫眼的细颈酒壶并两个琥珀色的玉杯。

与沈涯同桌吃饭，这个现实让叶薰感觉说不出的别扭。可肚子确实饿了，没有必要在他的面前保持什么淑女风范，叶薰直接拿筷子吃了起来，反正也不怕他下毒。

叶薰吃了一半，发现沈涯只是倒了一杯酒慢慢品着，一边安静地看自己。

“拜托，就算你不吃，也不要用这种眼神看着我好不好。”叶薰挑了挑眉头，暗暗腹诽。

注意到她动作放慢，沈涯忽然开了口，颇有兴趣地笑道：“若岚，你真的变了很多呢？”

他竟然叫自己若岚，这个称呼让叶薰一阵恶寒。转而却又一愣，这句话他好像已经说过两遍了，如果说第一次，她认为他只是在客气，那么重复二次就有些不同寻常了。

这种语调，好像他真的很熟悉，很了解自己一样……

没等叶薰深入思考这个问题，沈涯继续温声说道：“你我非得这么针锋相对吗？若岚。”

那语气意外地温润柔和，甚至让叶薰感觉有些诡异了。她忍不住抬起头，就对上了那双满含笑意的眼眸，温和的眼神中有隐约带着一种……近乎宠溺的光彩。

第六章

几度秋凉

“咳咳……咳咳咳……”叶薰一连串的剧烈咳嗽，一种什么东西忽然堵在胸口的感觉让她呛得差点背过气去。

她打了个哆嗦，感觉自己真的要晕倒了。这是什么诡异的情形啊？刚才的眼神，是自己错觉吗？

对了，一定是自己眼花了，这么昏暗的晚上，她又受了惊吓……

可惜沈涯紧接着的话语却彻底打碎了叶薰可怜的鸵鸟心态。

“你每到晚上就喜欢咳嗽的老毛病，怎么这么久了还不见好？”沈涯体贴地问道。

借着咳嗽，叶薰的手不易察觉地颤抖起来。萧若岚有咳嗽的毛病，她来到这个世界的前几年还一直存留着，后来在沈家兰蔷园的那几年才慢慢调养过来。

可是这件事情……叶薰抬头难以置信地看着沈涯。他和萧若岚之间真的……真的是认识的，甚至……很熟悉？

那个最诡异的可能叶薰根本连想都不敢想，更别提接受了。她只能呆愣愣地看着沈涯，等待他解释这一切。

她呆呆的表情意外可爱，沈涯看着，心中忽然升起一丝异样。眼前女子实在是让他新奇又意外，六年的时间，竟能够改变一个人至此吗？原本他以为，她即使改变，也将会是充满了仇恨和怨毒的改变。却想不到，原本温室里面的兰花在经历了风霜刀剑之后并没有变成毒芯草，反而成了一株清新的野百合。

看到叶薰迟迟反应不过来，他展颜一笑，忽然伸手向叶薰脸颊上擦去。

月光洒落下来，也许是岁月的流逝对出色的男子分外优容，也许是常年征战沙场的人特有的天赋，眼前人温和中带着英武，并没因为这六年的时间而苍老，反而增添了一种沧桑成熟的魅力。

仿佛天然带着一种让人安心的气质，举止间又有一种让人无法违逆的庄重。

叶薰傻眼地看着他的动作，直到那温润的感觉触摸到自己脸颊上。被微热的指腹摩擦过的地方升起诡异的违和感。她的视线勉强转移。

他的指尖上，带着刚才动作的战利品。

一粒白嫩嫩的大米……

这个场面意外与另一个人的形象重合了，依稀记得这个动作他也对自己做过……

那张俊美深刻的容颜倏然跃上心头，叶薰激灵灵打了个哆嗦，惊得跳了起来。

她是真的跳起来了，等她冷静下来，立刻发现自己已经离开座位，站到亭子的另一边了。

沈涯一只手还僵在半空中，带着几分不解地看着她。

叶薰静默不语，用十二万分警惕提防的眼神盯着沈涯，好像他是一只吃人的野兽。

沈涯禁不住有些苦笑了，“有必要这么紧张吗？我又不会干什么？”

“我……”叶薰咽了咽嗓子，发现自己根本不知道说什么好。

萧若岚和沈涯之间……难道……

回忆起六年前自己在这里和沈涯的第一次见面，那时候就感觉有一丝不易察觉的暧昧气氛流淌在两人中间。当时只以为是沈涯对萧若岚身份的忌惮和看到她出丑而感觉好笑，却料不到……越想下去，叶薰越感觉遍体生寒。

“转眼已经六年过去了，我已是不惑之年，而若岚你却依然人比花娇。”沈涯略带感慨地说道，见叶薰依然警惕十足，他无奈地笑了笑，“你是在顾忌归曦吧？其实大可不必这样提防……”

沈归曦！猛地从他口中听到这个名字，叶薰一阵心颤，如果萧若岚和他之间真的有什么……虽然自己不是萧若岚，并不会为此而介意，但是沈涯会怎么看？而沈归曦又会怎么看？

注意到叶薰内心的挣扎，沈涯的视线越发明澈，“你和归曦之间，我本以为你是刻意为之，是为了报复而利用他，所以才趁着你们返回的时候，安排人手将你扣下。”沈涯顿了顿，继续说道：“直到前些日子才知道了你和他生死与共的这几年……以你们两人的经历，日久生情也是常理。”

“所以你放心，无论是为过去的情分，还是为了归曦，我都绝对不会伤害你的，你大可不必这样紧张？”沈涯叹了一口气，说道。

“不会伤害我，那么舍弟呢？”叶薰咬着下唇问道。她实在不想对这两人的关系进行深入研究，干脆直接把话题转到了最担心的问题上。

沈涯忽然不说话了，平静中带着一丝奇异的眼神直盯住叶薰。

叶薰被看得心里发毛，却又不敢开口询问。

好在这份沉默没有持续多久，沈涯缓缓开口问道：“若岚，难道你已经忘记你娘亲是怎么死的了？萧仁夫妇待你如何？萧家又待你如何，你难道都忘记了？”说着，他摇了摇头，“若不是亲眼所见，我真难以相信你会变了这么多。”

叶薰心里一颤，萧若岚的母亲，难道说柳芸的死不是自然病死的？而是……

纵然心神俱震，她却不敢露出破绽，索性低下头，言辞模糊地回答道：“六年的时间，足够改变很多了……”

一句话让沈涯沉默良久，方低声说道："确实，六年的时间，已经足够漫长了。"说到后来他坦然一笑，却又有几分怅惘。他一开始动之以情，叶薰不仅不为所动，反应还特别冷淡，或者说特别迟钝；而提到萧若宸之后，反而紧张关切起来，这让他心里莫名地升起一种诡异的感觉：眼前的人，好像真的是一个陌生人了。

也许六年的时间确实太过于漫长，漫长到让这对姐弟竟然也变地手足情深了，漫长到她竟然以如此意外的方式再一次走到他身边。

算了，何必多想这些。既然他们姐弟情深，反而更有利用的价值。沈涯抛开杂念，冷冷地想着。

见叶薰闪避的态度，他也没有了继续周旋的兴趣，索性明言道："也罢，只要你们姐弟日后不与我为敌，我又何必赶尽杀绝呢？只是……"他语调转冷，沉声道，"应该属于我的东西，必须物归原主。"

叶薰闻言一愣，什么东西？

她想要发问，可是见沈涯满是理所当然的态度，那么这样东西必然是萧若岚知道的了。

能够让他在这个时候专门寻找自己，还以萧若宸为条件要挟，一定是关系重大的物件，说不定是他的什么把柄之类。自己贸然发问，岂不是承认自己不是萧若岚，承认自己没有关于那样东西的记忆？反而没有和他谈条件的本钱了。

想到这里，叶薰不敢露出丝毫端倪，镇静下来问道："你说不会对萧若宸动手，可是真的？"

"我什么时候骗过你？"沈涯无奈地问道。

"你骗我的时候多了，"叶薰极淡地一笑，问道："当年在猎场的时候，将军对叶薰可是杀之而后快，不见分毫容情？这让叶薰如何相信将军呢？"

既然双方要谈交易、讲条件了，索性把利害关系说个明白。沈涯说只要交出东西就放过他们姐弟，她是傻了才会轻易相信。虽然沈涯这一整晚对她始终温和谦让，但这并不表示是因为什么旧情。她很明白沈涯的为人，纵然他真对萧若岚有感情，在他的大业面前，恐怕也是随时可以弃之如敝屣的棋子，更何况他对萧若岚有几分真感情还是个未知数呢。

沈涯视线落低，语气略带感慨地说道："若岚，确实是我太狠心。不过那时候我已经派人去救你了。只叹机缘巧合，与你错身而过……"

叶薰一愣，回想起来，当初从萧家营帐里面逃跑的时候，确实听到身边有细微的声音，难道真的是他去救人了？

算了吧，她可不会忘记那一晚逃难时候的生死一线，还有他擒拿自己时候的粗暴冷酷。

谁知道这个人是真心还是假意，而且无论是真心还是假意都与她无关，那是萧若岚的福分和劫数。随着佳人的一缕芳魂散尽，这一切早已是过眼云烟，不留丝毫痕迹了。

只是当下不能摆出太敌对的姿势，叶薰低下头，仿佛是对这句话有所感触，心思则趁机转过。眼下自己最大的优势就是手里有沈涯想要的东西，可这个也是她最大的劣势，因为她压根儿不知道那样东西是什么。

沈涯现在最需要的是什么？第一个想到的就是证明他血统，让他顺利继位的文昭。

可文昭记得最后是落在萧国丈手里。沈涯以雷霆手段将萧家满门灭绝，文昭按理说已经得到了才对。那么是萧若岚以前与他相处时候，掌握到的什么东西吗？

一瞬间她脑海里转过了无数个念头，却没有一个猜测能够肯定。眼看沈涯的耐性所剩无几，她只好低声道："叶薰所求的不过是舍弟安平，并无与将军为敌的打算。只是……只是……可否让我考虑几天？"一边说着，她满脸心思纠结，不知道如何是好的无措模样。

如今自己手里根本一无所有，只能使缓兵之计了。可如果他不答应，自己怎么办？叶薰忐忑地想着。

沈涯并未接话，只是皱了皱眉头，还未开口，亭子外面响起细微的声响，沈涯头也不抬，直接问道："怎么了？"

叶薰这才发觉，一个侍卫服色的人竟然不知什么时候无声无息地出现在亭子边上。

“大人，是北方传来了机密军情。”来人从容禀报道。

叶薰心里一松，这难堪尴尬的情形终于可以暂时摆脱了。

沈涯转头看了叶薰一眼，起身道：“既然如此，若岚你就再考虑一晚吧。只希望明天再见到你，会有让人欣喜的答案。”说罢传唤林外的侍从进来，吩咐他们护送叶薰回去。

安排住下的地方就是下午所到的小别院。叶薰进了阁楼，就看到湘绣正一脸紧张地坐在那里翘首以盼。除了她，沈涯还安排了两个举止伶俐的丫环服侍，都在屋里等着，见叶薰进来，双双行了个礼。

叶薰疲倦地挥挥手，吩咐道：“你们先下去吧。我很累，这就休息了。”

“可要我们服侍小姐沐浴更衣？”两个丫环躬身问道。

“不必了，这些事情有湘绣来做就好。”

两个丫环对视一眼，依言退了出去，却并未走远，只是进了楼侧的房间。

知道她们也有监视自己的任务，叶薰并未介意。

“小姐……”湘绣站起身来，欲言又止地问道。

叶薰转过身来，冷冷的眼神直视着她。

湘绣被她看得心里一阵发毛，嗫嗫地小声问道：“小姐……您……您……”

看出湘绣的心慌，叶薰这才将视线放缓，从容问道：“湘绣，以前的我，和现在的我，你有何感觉没有？”

“啊？！什么感觉……小姐，奴婢什么也不知道……”这句话对湘绣来说宛如石破天惊，她结结巴巴地摆着手辩解着，却在接触到叶薰严厉的视线时瞬间溃散了。

她声音逐渐低落，直到几不可闻，眼神不由自主地躲避着叶薰。

叶薰叹了一口气，说道，“其实，你早就察觉到了吧？”记得生活的细节，日常的习惯……就算她能够瞒过原本就对萧若岚漠不关心的萧国丈他们，但面对从小和她一起长大的湘绣却是根本不可能。

联想到自己曾经提起沈涯时湘绣的失态，还有言谈中她对沈涯的顾忌……让此时的叶薰很容易就明白，她是知道的，对于萧若岚过去那段隐秘的恋情。

湘绣被逼无奈，只好点点头，小声道："奴婢是发现小姐好像忘记了很多事情，在跌落水池被救起来之后……尤其与沈将军之间，好像完全不记得了……"一边说着，她越发畏惧恐慌，"奴婢本想说出来，可又害怕被老爷责怪问罪，尤其是关于沈将军的事情，更加不敢声张了。"

抬头看到叶薰神色温和，并没有责怪的意思，她才稍微放下心来，继续说道："其实奴婢暗中也询问过医师，他们说天下有一种失魂症，若是不小心跌到了头部，很有可能患上此症，不记得过往的事情。奴婢便料想……料想小姐是患上此症了。想到小姐不日即将入宫，也不敢声张，只借机向太医多要了些安神补脑的药材，趁着为小姐熬粥炖药的时候添加……"

听到这里叶薰有点黑线了，记得那段时间自己特别喜欢吃这丫头煮的粥菜，想不到还都是加了料的，好在那些东西多是补药，对身体没什么害处。

看了忐忑不安的湘绣一眼，叶薰叹了口气，以她的能力，恐怕还接受不了借尸还魂这种事情，还是不要刺激她了。

"我确实不记得了，"叶薰略一沉吟，开口坦白道，"过去的事情，有些略有印象，可大多数却完全不记得了。要不然，今晚又岂会这么失态……"说着她神情一黯。

"是沈将军为难小姐了吗？"湘绣试探着问道，"其实将军大人对小姐还是很好的。"

"是吗？你说说我听听，昔年我是如何……如何与他结识的。也免得我继续在他面前出丑。"叶薰平静地吩咐道。

湘绣不疑有他，略一思索便讲述起来。这本就是一直存在她心头的一根刺，此时将秘密交代出来，反而轻松下来。

“小姐当年是在普光寺与沈将军结识的，小姐日常去为夫人进香，那一日……”

随着湘绣的讲述，叶薰听到了一个俗套地不能再俗套的英雄救美的故事。

昔年萧若岚去为生母进香的时候，一次遇上了倾盆大雨，马车轴又偏偏断裂，困在路边无法行动。正是郊外荒芜的地带，她只好带着湘绣下车到远处的一座凉亭避雨，恰逢几个登徒子路过，见到了她清秀如玉的容颜。

那时候的萧若岚在国丈府地位有限，身边所带的两个随从都回府去取新马车了，身边只余下湘绣一个人做伴。

两个行单影孤的女子，倾盆大雨又让路上的行人几乎绝迹，对色狼来说简直是天赐良机。

要不是出城巡视营地的沈涯途经这里，萧若岚可能真要名节不保了。

沈涯刚刚从雁门关战胜突厥回京述职，并不认识萧若岚，但他倒是颇有绅士风度，救下两人之后，又用自己的马车护送着萧若岚去了普光寺，

被如此儒雅英武的将军英雄救美，之后便顺理成章地发生了某些不可避免地俗套情节。萧若岚对沈涯一见倾心。平日里内向的人在动情之后反而意外坚定执著。她没有什么出色的心机手段，倒是贵在勤快努力。时时刻刻打听着沈涯的消息，在制造了数次偶遇之后终于成功地接近了自己恋慕的人。

对于萧若岚与沈涯之间的相处，这一段湘绣说的极为模糊，料想情人之间的秘密，即便是对情同姐妹的贴身丫环也不便坦言。

“沈将军对小姐其实也不错。”湘绣偷偷看了叶薰一眼，低声说道，“沈将军是个很严谨的人，那时也有不少贵家小姐恋慕他，可将军从来不假辞色，独独对小姐格外青睐。”

独独对萧若岚格外青睐？叶薰暗叹一声，听沈涯今晚话中透露出来的意思，萧若岚的身世，尤其是柳芸的死亡，只怕还有着什么内幕，多半是萧夫人暗中下了毒手。萧若岚能够如此毫无顾忌，热切大胆地爱慕自家政敌，想必也有对萧家的不满逆反心理吧？甚至说不定还有借着沈涯的力量摆脱萧家束缚，为自己母亲报仇的打算。

而以沈涯的权势地位，文武全才，恋慕他的女子肯定数之不尽，其中出身高贵才貌双全的也不少。会单单与萧若岚来往，恐怕多半还是看中了她萧家女儿的身份和她对萧家的不满。

只是具体情况如何，随着萧若岚的死亡，早已无从考究了。

见叶薰脸上现出轻薄的神色，湘绣生怕她以为自己在信口胡诌，连忙继续道："其实小姐对沈将军也是坚贞不二，将军给小姐的定情信物，您一直当宝贝般时时带在身上。直到后来得到了入宫为后的消息，与老爷起了争执……"

"定情信物？什么？"叶薰打断她的话问道。

"是一只蝴蝶簪子，还是专门从水玉坊定制的呢。"湘绣低声说道。

叶薰一愣，那只簪子竟然还有这般来历？她脑海里忽然抓住了一丝重点，却又不能完全肯定。她连忙问道："之前呢，得到入宫的消息之前，萧……我可有什么别的举动？"这句话问起来格外别扭，叶薰也顾不得了。

"这个，并没有什么特别的啊，"湘绣回忆起那段日子，"只是小姐去向老爷请安的次数多了起来，可那一段时间老爷似乎很忙碌，每次去都不在，小姐便一个人在书房里等待，奴婢就在屋外候着。"

"去请安？去了几次？这一段你仔细告诉我，一件事都不要落下。"叶薰慎重地吩咐道。

见叶薰神色郑重，湘绣也不敢大意，仔细回想，才细细讲述到："日常小姐因为身体弱，本来请安的事情是免了的，那段日子小姐的精神倒是好了起来，人也勤快了不少。只是去了四五次老爷凑巧都不在，之后小姐也就不再去了……对了，之后还写过一封信笺，让奴婢交给沈将军呢。"

"什么信笺？"叶薰精神一振。

"小姐的信笺奴婢哪里敢看，"湘绣抬眼偷看了叶薰一眼，低声道，"只是沈将军接到信笺之后心情看起来很好，说必定如约赶到。"

想来是萧若岚联络沈涯见面的信笺了。叶薰暗想，又问道，"之后呢？"

"之后……之后第二天，就得到了小姐要入宫为后的消息，小姐听了惊慌失措，连忙去找老爷。也不知道和老爷起了什么争执，结果在回去的路上不小心……不小心跌到了水池里。”回想起那段变故，湘绣低头说道，“幸好小姐福大命大，及时被太医救治了回来，否则让奴婢怎么有活路啊。”

随着她的讲述，叶薰感觉自己心脏突突直跳，她已经越来越接近现实了。

以萧若岚对萧仁的感情，不可能毫无原因就莫名其妙地跑去给父亲请安，还专门挑选他不在的时候，如果说一次两次萧仁不在是凑巧，那么连续四五次都不在……只怕是萧若岚专门打听了自己父亲的动向才选定了时间吧。

如果她所料不差，萧若岚是去偷东西了，而那个时候能够让她冒险偷盗的，必定是沈涯迫切急需的东西。按照时间来推算，也正是柳拂虹将那样东西送给萧仁的时候。

文昭！

只能是文昭了！

真想不到，萧若岚这般温淑内敛的女子，一旦爱上一个人，竟然如飞蛾扑火般这么不顾一切。

是沈涯托付萧若岚去偷的，还是萧若岚知道了消息，主动去偷以讨情人欢心的呢？

无论如何，这样重要的东西，自然是亲自交给心爱的人才放心。所以得手之后她立刻派湘绣给沈涯送信约定见面，却不料在第二天就接到了入宫为后的消息，然后就是跌落水池，魂飞魄散。

回想这个过程，她不可能有时间将文昭交出，这么说来，文昭还留在她身上？

叶薰情不自禁地握紧了裙角，抑制住狂乱的心跳，这样推测，自己在宫里遇见沈涯也不是巧合了，只怕是他得知了消息，然后特意赶过去见面的。可那时候萧若岚已经死了，活着的人是叶薰，是对一切都全无所知的叶薰，是对待沈涯如一个陌生人的叶薰。

面对这种态度，沈涯联想到日前入宫为后的消息，只怕以为萧若岚是贪慕皇后的风光富贵而变了心，故意假装不认识他，以求断绝关系。

既然人都变得如此绝情了，文昭更不用指望了。被逼无奈之下，沈涯干脆一不做二不休，下狠手灭绝了萧家，永除后患。

这一招确实够狠毒，也够干净，萧家的势力被他一举拔除，如果不是自己机缘巧合选在那一天逃出营地的话，只怕现在也是泥石流下冤死的亡魂了，甚至到死都不知道自己是怎么死的。

想到这些，叶薰打了个寒战。事情的前因后果都已经明白，现在只剩下一个问题了，既然文昭在萧若岚手里，那么她将东西藏到了哪儿?

“你……”叶薰抬头想询问湘绣，可转念一想，湘绣连萧若岚去萧仁书房的真实目的都不清楚，文昭的下落更加不可能有线索了。想到这里，她改口道：“时间也晚了，你先下去吧，日后这些事情不要对别人提起。”

湘绣低头称是，她转身要走，刚走到门口，叶薰又忽然叫住她，问道：“我和沈将军之间的事情，除了你，还有别人知道吗？”

湘绣身体一颤，小声道：“没……没有人了。”

“我知道了，你下去休息吧。”叶薰道。

房间里只剩下她一个人了，叶薰站起身来，慢慢踱着步子。

文昭会藏在哪里？这样重要的东西，又是随时准备交给情郎的，以女孩子的习惯来说，必定是贴身收藏才好。

逃离萧家，自己和萧若宸身上加起来统共只有两件东西一直带着，就是那只蝴蝶簪和染尘，而染尘又已经失落。

记得柳拂虹说过，文昭是用天蚕冰丝编织的绢布写成，薄如蝉翼，卷起来纤细轻薄，而那根玉簪又是沈涯送给萧若岚的。难道说……

叶薰心中升起一线希望，按在自己腰间的手忍不住颤抖起来。那里正是当初放染尘的地方，在染尘失落之后，腰带上的暗袋空了出来。几次与那只蝴蝶簪交错而过，却又每次都会意外回到自己手里，叶薰虽然不相信什么命运之说，但也觉得有些缘分，便把它带在身边，当作护身符一般。

指尖触动着腰间坚硬的玉质，叶薰终于把那只久违的簪子抽了出来。

玲珑别致的玉簪再一次映入眼帘，依然通体名贵，翠光缭绕，叶薰这辈子第一次这么仔细地去观察一件东西，每一道纹理，每一片光泽都细细查看。

水玉坊出品的高级发簪一向是京城名门淑女的最爱，因为它们不仅精致名贵，式样别致，还可以专门打造成中空的，以便在中间填入花粉香水之类的物件，令簪子的主人在莲步轻移的同时暗香浮动，幽雅迷人。

凝视簪首那道细小的裂缝，叶薰轻轻转动簪首，细微的“咔嚓”一声传来。

叶薰心神一颤，分开簪子，一道银色的流光立刻从里面流泻出来，仿佛簪子里嵌入的是光彩流离的水银。

那物件滑落到叶薰手上几乎没有重量，轻飘飘如一缕轻烟浮动。叶薰心脏狂跳，她捏住一角，不用任何力道，随着空气流动，那道轻烟就从她的掌心烟霞般倾泻而下，凝成一道银色透明的飞瀑。

纵然知道天蚕冰丝的织物坚韧无比，刀剑难伤，叶薰的每一个动作依然小心翼翼。她凝视着这张薄如蝉翼的文书，金粉写成的文字无比璀璨，仿佛满屋子里的光芒都凝结其上，耀得她宁静沉思的双眸流光溢彩。

第七章

花落成殇

随着大将军沈涯得胜还朝，数个震惊朝野的消息相继传出，让京城议论纷纷。其中最引人瞩目的莫过于沈将军那次兵败的内幕了。据说出卖沈将军的人正是如今的禁军统领，主管京城防务的叶宸。

“这怎么可能？”众多朝臣议论纷纷。但沈涯拿出的证据却让人不得不信服，与突厥四皇子陆谨的亲笔书信，私人印章，调派密令，甚至还有曾经在凉川城里亲眼见到过他的证人……这些议论与战争的后续事宜交杂在一起，让朝政越发紧张。

然而这一切纷扰都与叶薰无关，如今封闭在皇宫里面的她终于体会到了什么叫做度日如年，她正焦急地等待着沈涯的到来。

文昭已经找到，可要谈判的人却不见了。距离那天晚上已经过了五天，叶薰连沈涯的影子也没有见过。据说是前线军务又出现变故，沈涯当晚就匆匆出城了，尚不知何时才能回来。

没有丝毫外界的消息，周围侍奉的内监侍女一个个像是锯嘴葫芦，任你想尽了办法，也套不出一句有用的消息来。

想到萧若宸如今还不知道身处何处，叶薰心急如焚，几天下来，嘴角都起了泡。湘绣也担心地团团转，却毫无用处。在阁楼里服侍的仆役们都是沈涯的人，叶薰行动看似自由，实际上寸步难行。

又过了数天，就在她感觉自己的忍耐力要达到极限的时候，一个意料之外的邀约到来了。

叶薰走下楼，客厅里一个娉婷玉立的身影向叶薰躬身行礼道："我们夫人请小姐过去品茶叙旧。"

叶薰闻言禁不住愣了，眼前这个宫女她还有印象，是跟在雁秋身边的人。雁秋请她过去品茶叙旧？

看四周丫环仆役并无反对的意思，是因为雁秋是沈家的少夫人，还是这本来就是沈涯授意，让雁秋先来劝降自己这个尚存价值的俘虏？

这些日子困守皇宫一角，叶薰早被磨得发疯，有机会出去看看，自然不会放过，便跟着宫女去了雁秋所在的宫室。

缘月宫距离叶薰所住的阁楼不远。这里本是沈皇后为贵妃时的居所。她母仪天下之后，按照仪制，自然搬去了凤仪宫居住，缘月宫便一直空闲下来。这些日子沈皇后身体有恙，怀念起旧日宫室的清净，不愿意留在嘈杂的凤仪宫，便搬回了这里休养。雁秋如今日夜在她的身边侍奉汤药，自然也居住在这里。

越过小树林，跟着引路的宫人穿过几道回廊，就是缘月宫所在了。

一路走来叶薰查看四周，宫人行动之间沉静有序，别有默契。难怪沈涯胆敢堂而皇之地把自己关在宫里。如果说皇宫里面也有势力划分的话，这附近无疑是沈涯势力最强大的地带了。

不仅皇宫，他在朝政上，京城里，甚至整个天下的布局都日臻完善，终于到了收网的那一刻了，叶薰暗暗叹着。

到了雁秋所在的宫室门前，早有侍奉在门前的宫人打起珠帘，窈窕清雅的熟悉背影映入眼帘。

听见身后响动，屋里丽人转过身来，秀美的容貌一如既往，举止间更添了大家闺秀般稳重的气度。

“雁秋。”叶薰走入房里，略带感慨地首先招呼道。

“叶薰，你我真的好久不见了，”雁秋走上前，亲热地拉住叶薰的手，笑道，“难得能够住得这么近，终于有机会见见面，说说话了。”

她亲热的动作让叶薰身体一僵，却马上掩去了自己的失态，随她走入房内。心里却忍不住纳闷，她可不是傻瓜，前几次见到雁秋的态度，就算再迟钝的人也能够体会到其中的不友好，甚至说是厌恶，而现在为何会忽然亲热起来？

难道她是听说了自己被囚禁在此，专门看笑话的？刚升起这种念头，叶薰马上摇摇头，雁秋还不是这么无聊的人，更何况在她脸上也看不出丝毫嘲讽或者好笑的眼神。彬彬有礼的笑容之下蕴含着的是一种热切，或者说……一种决然……

决然？怎么会想到这个词？

“怎么了？不想见到我吗？”看到叶薰愣着不说话，雁秋无奈地苦笑了一下，低头道，“是因为以前我假装不认识你的事情？”

“不是……没有。”叶薰回过神来，摆手说道。一开始雁秋对她的态度是让她很意外，说不介意那是假的。但是后来考虑到她的立场，倒也能够理解。毕竟宫廷的复杂险恶远胜世间一切地方，沈家既然已经帮她塑造了名门淑女的出身形象，自然希望把不够荣耀的过去彻底埋葬，女孩子总是有虚荣心的。

只是……她看了看四周的侍女，难道此时她不怕被人知道了？当着这么多下人的面说出来。

雁秋随着她的视线一转，对左右吩咐道：“你们都先下去吧。我与叶小姐是旧日的朋友，想叙叙旧。”

众人纷纷退了出去。雁秋这才拉着叶薰进了里屋，坐到窗下的木桌旁，叹了一口气，道：“叶薰，你可比我幸运多了？”

“怎么可能？你如今和大少爷琴瑟和鸣，远胜过我这种飘零浮萍。”想不到她一开口就是这句话，叶薰有些惊异，略笑道回答。她说的倒是真心话，雁秋和沈归暮之间有共患难的情意，就算沈归暮一开始没有爱上她，相处长久，两人也必然有亲情般的深厚感情。更何况沈涯和沈皇后丝毫没有嫌弃她的门第出身，待她极为亲厚。

“琴瑟和鸣？”雁秋嘴角浮起一抹笑意，语调有些拔高，却转瞬即逝。她看了叶薰一眼，文雅有礼地问道，“你这些日子过地可好？”

“……还好吧。”叶薰点点头，心下却不以为然，雁秋既然知道自己在这里了，不可能不知道她的身不由己，这句客气话未免多余。

离别这么久，头一次这么近距离地接触她，叶薰凝视着她的容颜，她仪态娴雅，容姿更盛，只是……那美貌却越发单薄了，苍白的脸色更隐约蕴含着一种憔悴。

“你最近很劳累吗？”叶薰脱口而出问道。

“还好，毕竟娘娘前些日子病得太重，皇上如今也病倒了。”

“皇上又病倒了？”叶薰愣了愣，她消息闭塞到了这种地步。

“朝中连续出了那么多大事，皇上原本身体就不佳，这些日子一直在寝宫养病呢。娘娘的身体也一直不好。”雁秋缓声道，“幸好朝中还有沈将军支撑大局。要不然既要整备军务，又要与突厥重新议和……这么多事情可就没有人做主了。”

又要重新议和了？也是，这一场战争，两国都已经精疲力竭，再打下去只是两败俱伤，得不偿失。沈涯和陆谨都是聪明人，虽然最理想的目标没有达到，但是各自想要的东西却都有了收获。确实是再一次回到谈判桌上的时候了。也难怪沈涯这些日子忙地不见人影？这样的话，萧若宸至少现在还是安平的，只是……

难道有接触到外界的机会，叶薰当然不会放弃，连忙问道：“雁秋，你可知道如今小宸他怎么样了？人在哪里？”

雁秋的眼中闪过一丝异色，宁静婉转地说道：“这些军务事情，我一个久居深宫的女子怎么可能知晓？”

叶薰一阵失望，喃喃道：“也是……”

“不过……”雁秋瞥了叶薰一眼，话题一转，笑道：“我倒是听说了一个消息。”

“什么消息？”叶薰连忙问道。

“是关于叶薰你们姐弟身世的。”雁秋放慢了声调，一边查看着叶薰的神情，缓缓道，“听说你们并不姓叶……”

叶薰一怔，问道：“这个消息你是从哪里听来的？”

“从大理寺那边，说你们是当年萧国丈家的遗孤。”雁秋笑道，“这听起来可真是玄奇，只是听说大理寺那边连人证物证都找到了。”

叶薰心下一沉，却并未感觉意外，沈涯既然决心让他们姐弟永远无法翻身了，这个身世秘密交代上去也正常。与叛国通敌的罪名相比，其实这个罪臣遗孤也不重要了。

“我原本还不信，却想不到……”见叶薰并未否认，雁秋睫毛低垂，轻声道，“原来叶薰你与沈家之间竟有如此渊源。”

叶薰哪有心情与她纠葛这些陈年旧事。她忽然想到，如果萧若宸的身世真的揭晓，按照大周律令，皇亲国戚的罪名是要通过大理寺来会审定罪，而不是刑部衙门了。

“如今大理寺的主事是三殿下吧？”叶薰忽然问道。

有些奇怪叶薰为什么会问起这个，雁秋看了她一眼，道：“是。”

看到叶薰凝眉思索的模样，雁秋嘴角一扬，笑道：“你对令弟可真是关心得很啊。”

叶薰这才回过神来，坦然道：“小宸他身陷牢狱，我岂能不挂心，就像归暮少爷和皇后娘娘如今都缠绵病榻，雁秋你不也是日日心焦吗？”

“你说得对，我确实是日日心焦。”雁秋云淡风轻地笑道，眼帘低垂。她的视线落到桌上，随口问道：“茶都要冷了，你不喝吗？”说着端起自己面前那盏，略饮了一口。

叶薰也端起茶盏，错开茶盖，清雅的香气扑鼻而来。她低头看去，明澈的水上浮动着米粒大小的花瓣，如一颗颗金色的小珍珠，在升腾的白雾里起伏不定，是一盏木樨清露。而且这熟悉又特别的香气……

“你倒是有心，竟然煮了兰心露。”叶薰忍不住道。

“这些日子娘娘胃口不佳，就喜欢喝点这个，一应材料都是现成的。想到我们姐妹久别叙旧，所以顺便多煮了两盏。”雁秋平和地说道，似乎想起了过去的时光，声音微带颤抖。

以前居住在兰蔷园的时候，院子角落种着一棵金桂，每到这个时节都会开出嫩黄的小花，满园飘香。雁秋擅长厨艺，便摘了桂花来做菜煮茶，其中制作的木樨清露茶尤其好喝。因为沈归暮喜欢零陵香远胜桂花香，雁秋又专门在其中添了薰草等材料精心调配。这一盏茶，两种香气交融，格外清爽提神，别出心裁。

沈归暮一喝便喜欢上了，当时还欣喜地夸赞雁秋蕙质兰心。叶薰也很是喜欢，他们三个空闲时候经常坐在院中喝着茶水吃点心，有时候卉儿也会加入进来，其乐融融。

随着来往的客人，这法子逐渐流传了出去，一时间凉川城里蔚为流行，各家贵人吟诗赏花、煮茶会友时候都喜欢端上这种新颖的饮品。

众人饮用完毕，偶尔也会问起这般精巧的东西是何来历，于是沈家大少爷身边有一个灵巧的丫环便逐渐为众人所知了。因为这盏茶与木樨清露从材料到味道都已大不相同，有好事的人便干脆给它起了兰心露的别名。那段时间，一度成为叶薰他们调笑雁秋的主要话题。

想起旧日时光，叶薰神色一软。现在回想起来，雁秋对沈归暮确实是格外好，连一盏茶都恨不得竭尽心力。只是她生性温顺体贴，自己虽有察觉，却一直没有特别关注。好在如今他们也算修成正果了，叶薰暗暗欣慰。

“归暮少爷身体最近怎么样了？”她顺口问道。

雁秋的手不易察觉地一颤，静默了瞬间才开口道：“他……”就在这时，却听到门外一声呼唤，打断了两人的交谈。

“夫人，夫人，”雁秋身边的一个贴身侍女匆匆跑了进来，神色紧张焦急地道，“皇后娘娘她醒了，正咳嗽不停，要传唤夫人呢。”

雁秋神色意外，急急站起身来问道：“怎么回事？可是召了御医？”

“御医正在诊脉，只是娘娘甚为烦躁，要夫人过去呢。”侍女回道。

雁秋向前走了一步，却又忍不住回头看了叶薰一眼，神色游移不定。

“你先去忙吧。”叶薰安慰道，“娘娘的身体要紧。”

雁秋略一迟疑，道：“也好，你先在这里等我片刻，我去去就来。”说罢转身出了房间。

叶薰闲来无事，随意地打量着房中的陈设。过了片刻还不见人回来，叶薰却感觉有些气闷了。转头一看，盛夏的天气，雁秋竟然还关着窗子。

她当即起身想将窗户打开。那窗子封闭地甚紧，叶薰推了一下没有推开，手上加力，窗子“哗啦”一下子开了。

与开窗声一同响起的却是意料之外的一声惊叫。叶薰定神一看，是一个小宫女，正呆呆站在窗边。显然是路过窗下走廊，被叶薰忽然开窗的动作惊吓到了。

叶薰微感歉意，不好意思地说道：“对不起，吓着你了。”又问道，“你没事吧？”

那小宫女却像是没有听到叶薰的话，看着地上一脸要哭出来的表情。

叶薰顺着她的目光向地上看去，是一只描金口的青釉茶杯倾倒在地上，杯子盖骨碌碌滚出老远，已经跌出廊下了，杯子里面的茶水自然也无法幸存，水渍洒了一地。

叶薰这才注意到她手里还捧着一个空空的景泰蓝托盘，心里歉疚更盛，连忙道：“都是我不好，害你洒了茶水，这盏茶是……”

“这是皇后娘娘要的茶水啊。”小宫女欲哭无泪，“而且是秋夫人她专门为娘娘煮的，如今厨房里也没有剩下的了，要奴婢怎么办？”

是雁秋煮的？叶薰又看了看地面，果然水渍之上浮动着点点金黄的碎花瓣，原来是兰心露。

她灵机一动，转头看了看自己桌上还没有动过的那一盏，连忙安慰道：“你先不要哭了。我这里还有一盏没有动过，你先端去给娘娘吧。”说着回到屋里，将自己那盏茶拿过来。

温热的茶水升腾着清幽的白雾，点点碎金沉浮其中，连杯子都是一模一样的金口青釉瓷，小宫女破涕为笑，忙不迭地接过来道：“多谢姐姐了。”道谢之后，便端着茶水匆匆走了。

叶薰又出门将跌落在地上的茶杯捡起来，放回自己桌上，不过是细微的小插曲，她不想多事，便只当什么都没有发生过。

过了好一会儿，雁秋才回来，掩上房门，神色间带着难以掩饰的疲倦。

叶薰问道：“娘娘的情况如何？”

“还好，有太医在，已经睡下了。”雁秋闷声回答道。一边说着，她慢步走回桌旁，一眼就看见桌上叶薰面前的那只杯子盖是错开的，里面已经空了。

她的视线瞬间冻住了，像是有极度冰冷的寒气蔓延在身边，她僵硬而沉重的目光凝聚在那盏金口青釉瓷杯上，几乎要把那脆弱的瓷杯生生压碎。

或者被压碎的不是瓷杯，而是她本人……她恍惚地抬起头，看向叶薰。

叶薰发现她脸色苍白，心里“咯噔”一下子，脱口道：“你怎么了？”

像是被叶薰一句话吓到，她竟然连接退了好几步才站稳，神色惶惑地看着叶薰，喃喃道：“不，我没事，我没事。”纤长的手指不自觉地抓紧衣襟。

叶薰被她这副模样弄得心里发毛，不知道如何询问。沉默片刻，雁秋却忽然笑了，像是想通了什么东西，她的笑容格外灿烂，一边轻声道：“我很高兴，我只是很高兴而已，是啊，这么久了，头一次有高兴的时候呢……”

颤抖呢喃的音节传入耳中，叶薰心中愈发浮起层层不安：“你……”

可她刚开口，雁秋就毫不客气地打断了她的话：“我真的很好，你不用担心，真的不用担心。”她笑道，“只是时间已经不多了，我们坐下来说话吧。”

叶薰看着精神恍惚的雁秋。她的视线忍不住落到自己面前的那盏杯子上，雁秋一开始好像就是看到这只杯子才一副见了鬼的表情。难道说……

不可能！以雁秋的个性……更何况自己与她也没有什么深仇大恨。

很快雁秋的声音打断了她的思绪，“刚才你问我归暮少爷怎么样了，我还没来得及告诉你呢。”她语调平静地说道。在榻上坐下，她的神色已经彻底冷寂下来。

“归暮少爷？他怎么样了？”叶薰疑惑地问道。

“他很好，也许……你很快就要见到他了。”她一字一句地说道，每吐出一个字都无比艰难。

“你说什么？”叶薰睁大了眼睛，直觉性地感到雁秋所说的那个“很好”和“见到”没有表面上的意思这么简单。

“他再也不用烦恼病症的折磨和逃亡的痛苦了，也不用烦恼你了，叶薰。”看着叶薰越来越苍白的脸色，雁秋浮现出一种近乎解脱的神情，像是极度的痛快，又掺杂着深刻的痛苦。最终凝聚成一种诡异的笑容挂在她的嘴角，她一字一句地说道：“因为他已经死了，早就死了……”

她急促地喘了一口气，这句话已经在她心里酝酿了无数个日日夜夜，直到今天才终于有机会将这个折磨她长久的秘密吐露出来。

叶薰完全愣住了，这个简短句子所带来的冲击远远超过她所能够预料的，让她刹那间头脑一片空白。直到目光对上雁秋满是恨意的眼神，一瞬间如寒冰彻骨，叶薰才打了个寒战清醒过来。

“你说他……他怎么会？你在骗我？”叶薰无法相信，声音忍不住提高了。纵然知道沈归暮的身体不佳，可是京城有大周最好的御医和药材，他既然已经有幸逃回京城了，有这样得天独厚的医疗条件，按照常理，病情应该越来越好才对，而且上一次在宫里偷听到的雁秋和沈皇后的对话，不也说沈归暮的身体已经有起色了吗？怎么可能突然……心神震动之下，叶薰连雁秋暗示的话语也来不及深思。

“你以为他是最近才在别庄里面病死的吗？”听到叶薰挣扎般的否定，雁秋轻薄地笑了，“告诉你吧，他早就死了，他早就是一个死人了。哈哈，我嫁给他的时候，他就是一个死人了。”

说到最后一句，雁秋的眼神越发冰冷，看得叶薰心底里发寒。不等她发问，雁秋已经缓缓讲述了起来。

“荒人作乱的那天夜里，我们乘坐着马车往山下逃，半路被荒人截杀，你摔出了车子，之后所有的事情都不知道了吧。”这些话语已经埋在她心里太久了，让她压抑地几乎发疯，终于有说出的一天，她连语调都开始颤抖，“少爷他拉你没有拉住，结果……也摔下去。”

沈归暮也摔了下来！叶薰心里一颤，她记得当时沈归暮拉住过她，可惜身体下落的力道太重，她还是跌下了悬崖，之后便再也没有见过他了。

“眼见归暮少爷摔下去，我赶紧去拉他，可是车子倾倒地太厉害，结果就是我们两个都摔了出去。”

“摔在地上头晕眼花，眼前又是一片刀光剑影，我只以为自己要死定了，害怕地连动都不敢动。”

“也许，那时候和他一起死了也好，至少没有日后的苦楚了。可惜啊……”雁秋缓缓说道，“见我们摔在地上，旁边几位侍卫连忙冲上来保护少爷。得了这一线空隙，少爷拉起我向突厥兵少的地方跑去。几位侍卫保护着我们慢慢退走，可惜那些荒人太厉害……”雁秋声音发颤，想来是回忆起那天的情形，依然胆寒心惊，“沈家的护卫越来越少，满地都是尸体，还有血，那些荒人却越来越多……很快我们身边的侍卫都被杀光了。也许是注意到众人都在护卫少爷，明白他身份尊贵，那些蛮子便想要生擒他。归暮少爷眼看逃生无望，又不想落到突厥人手里，身后就是悬崖，便……索性跳了下去。我……我也跟着跳了下去。”

叶薰忍不住“啊”了一声，震惊难抑。他们竟然也掉下了悬崖！只是为何自己在山谷底下走了一路都没有发现？而且之后荒人搜查谷底，也并未看到他们两个的身影啊。

“万幸的是，我们没跌落到悬崖底下，而是被山壁上凸起的一块岩石接住了。上方有树枝遮掩，突厥人一时竟也没有察觉，以为我们真的摔下去了。”

“我们两个紧贴着山壁趴在岩石上，听到上面喊杀声逐渐弱下去，又过了不知道多少时候，上面彻底寂静下来。我们还是不敢动弹，一直等到天黑下来，才试着往上爬。”

"少爷他摔下来的时候本就受了伤，偏偏那一晚不长眼的贼老天又下起暴雨，"雁秋语调凄冷地说道，"我们很快全身都湿透了，一次次跌下来再重新往上爬，少爷的手指甲都生生磨掉了好几个。直到第二天早晨，我们两个才终于爬了上去。"

雁秋苦涩地讲述着那一夜的艰难，叶薰只觉得心中越来越痛楚，其实无需任何描述，她也知道那是何等的痛苦。一夜之间平安和顺的生活被彻底颠覆，毫无依靠的同时，身后还有随时会发现自己的敌人，这样的生活，她同样经历过不止一次。

"终于爬上去了，看到满地都是死人，到处都是残肢断臂，很多还都是熟悉的面孔，血流过山坡，积蓄的雨水都变成红色了。"雁秋继续讲述道，"我们找遍了营地，万幸没有见到沈夫人和万总管他们的尸首，想到他们可能已经逃出去了，心里总算有些安慰。"

"我只觉得全身疼痛，只想着能够寻一个安全的地方躺下什么事情都不管才好。可少爷说这附近不能久留，荒人迟早会回来打扫战场，必须寻一个安全的所在才行。而现在最安全的地方就是刚刚被荒人洗劫焚烧过的山庄了。"

"他拉着我往回走，一路我们不敢走大道，只捡树丛小径，走了差不多一天才终于回了山庄。一场大火已经把那里烧成了空地，还有不少横七竖八的焦黑尸首。可是什么也顾不得了，我只觉得自己累得要倒下。却没有想到……没等我倒下去，先倒下的人却是少爷。"

"我早就应该注意到的，连我这样卑贱的人都受不了的苦，少爷的身体怎么还能支撑……他跌下悬崖的时候跌伤了胸口，可他什么都没有说，一路上还拉着我，扶着我……"雁秋嘴唇颤抖着缓缓讲述道。

"幸好山庄一侧还剩下几间隔得远的柴房没有被烧毁，我连忙扶着他进了屋，又去附近找了些食物，守在他身边。他整整睡了两天才醒过来……"

说这里，雁秋越来越慢，仿佛每一个字都无比艰难："之后的日子，我和他便暂时住在了柴房里，只趁着夜晚去附近找些食物，山庄附近便是果林，秋天果木本就多，一时也不必担心挨饿。"

“少爷他身体明明不好，醒过来之后却还挣扎着想要起身去悬崖底下找你。”回忆起这一段，雁秋的视线猛地转到叶薰身上，带着凄寒的冷意，“我拦着他苦苦哀求才没有出去。即便如此，少爷的身体依然恢复地很慢，一直过了十几天……”

“那天晚上，他忽然毫无征兆地晕倒，还吐了血。之后他的身体更是每况愈下，越来越差……”

雁秋的语调越发渺茫：“我想下山去找大夫，可少爷不放我去。我真恨自己，他病得那么重，我却什么也干不了，什么也没法做。直到那天晚上……”

说到这里，雁秋的声音剧烈颤抖起来：“那天晚上，他身体越来越不行了，晕过去怎么叫也叫不醒，我终于受不了了。我要下山去找人，找人来救他……夫人和万总管都还在世，还有远处的山上也有寺庙……无论哪里，只要找到人就好。”

“于是我往山下跑去，可惜……我没有找到要找的人……”雁秋的语调带着森寒的冷意，“我遇见了一群突厥兵。”

叶薰闻言手一颤，手边的杯子滚了一个骨碌跌落到地上，破裂的声音在在寂静的空间里分外尖锐。她震颤的视线投向雁秋，入目处却是一片死寂如灰。

陆谨治军严苛，律令森严，而且为了收拢民心，他严格控制士兵，极力做到不扰民众，但即便如此，凉川城内也时不时发生平民人家妻女财产遭到掳掠的事件，何况战事方熄的城外了。

叶薰想要开口，却连开口说话的勇气都没有了，她能够说什么？安慰她？开解她？这一切毫无用处，任何言辞在这样的遭遇面前都是虚伪苍白……

“我被他们抓回了营地……我本来想着一死了之，可是……”雁秋轻薄地笑了，带着嘲讽的韵味，“可是想到他还在那里，还在那里等着我回去救他，我竟然舍不得死了。不见他最后一面就死，我实在不甘心。”

“这样想着，无论什么苦楚我都不在意了。”雁秋冰冷的语调继续讲述着，对那段过往，她仿佛已经没有了任何伤感痛楚，只余下接受现实的麻木冷漠，“也许是上天听到了我的祈求，我的期盼竟然成了真……是沈将军救了我，虽然那已经是很久之后了。沈将军领兵北上，那些突厥兵马恰好被他的人马伏击歼灭……之后沈将军带着我回到别庄，我终于又回到了那里……”

“他还是躺在那张床上等我呢，”说到这里，雁秋的嘴角扬起一抹诡异的笑容，“已经一年多过去了，他依然在等着我，甚至他的头颅都偏向门口的。即便那张床上躺着的，只是一具穿着腐朽衣物的白骨……”

“原来他就那么静悄悄死了，我甚至都不知道他是什么时候死的……”

叶薰不堪忍受般按住胸口，雁秋轻飘飘的语调如同延绵不断的剧毒，带来腐心蚀骨的剧痛，缠入心脏，萦绕不绝。

看着叶薰脸上的伤痛，雁秋一把抓住她的手腕，力气之大几乎要把她的骨头生生折断。她直视着叶薰的双眼，一字一句地问道：“可是，你告诉我，为什么他的骨头是黑色的？”

黑色的？

叶薰木然了好大一会儿才反应过来雁秋问了什么。骨头是黑色的，这是说……她难以置信地抬头看着雁秋。

“请来的军医说，那是天乙断的剧毒，中毒的人一开始什么症状都不会有，任多么高明的大夫也无法发现，只有在积累到一定程度之后才会开始慢慢衰弱，直至死亡。大夫说从少爷遗骨来看，是长期微量的服用才会有这般情形……”

“我一直无法相信，无法相信竟然会是你。”雁秋一瞬不瞬地紧盯着叶薰，迫人的目光燃烧在她身上，像是要破开肌肤，直抵内心深处，“你怎么能够，你又怎么忍心……”

“我没有……”叶薰挣扎着说道。

“那么整个兰蔷园的饮食只有你我二人负责，你认为会是谁？是我吗？是我害死了他？”雁秋寸步不让地问道，冷冷看着叶薰，“一开始我也不相信是你，我不相信你会这么干。你为什么要杀他？我总是在想，你和他那么情投意合，根本没有理由这么做。”

“直到后来战事缓和，沈将军安排我回了京城。自从回到了京城，每次看到你，我都想亲口问问你，可是将军有大事要做，我不能坏了他的计划。我只有忍住，只有告诉自己，不可能是你……你没有任何理由这么做。”

“可是，直到前些日子，我才终于知道……”雁秋冷冷的目光直逼叶薰，满是讽刺，“萧若岚，哈，这个名字可真是动听，当年来兰蔷园议亲的那些小姐们恐怕没有一个有这般风雅的名字吧？可惜，少爷他自始至终都不知道，不知道你竟然还有这个名字……”

“虽然沈家对萧家不仁，可萧家本就罪有应得。你竟然能够狠心下此毒手！如果不是你下毒谋害，如果不是你们姐弟勾结突厥兵马，他怎么会死？怎么会？！”

雁秋的控诉一声声传来，叶薰心乱如麻，此时的她头脑一片混沌，只能无力地挣扎道：“不是我，我并没有……”

“没关系，是不是你，都没有关系了，”雁秋得意地笑了，冷然打断她的话，“反正你很快就要去见到他了。”

“什么？”叶薰猛地睁大了眼睛。

雁秋的眼神飘向碎裂在地上的哪几块碎瓷片，森然一笑，“他那么喜欢你，如今我送你下去陪伴他，他一定觉得很欢喜吧，到时候，你亲自向他解释说明……”

叶薰觉得头脑瞬间爆炸了，她真的在茶水里面下了毒！而那杯茶……

“那杯茶！”叶薰腾地一下子站起来，却因为雁秋的拉扯而站立不稳，重重摔在地上。

她挣扎着想要爬起来，远处却传来一声尖叫。

是宫女惊惧到极点才会发出的声音，而方向正是沈皇后的寝宫。

雁秋的一只手还紧紧拉扯住叶薰的衣袖，闻声茫然地抬头看向远处，仿佛依然未从困扰她的噩梦中清醒。

因为摔倒，地上碎裂的瓷片割入小腿，叶薰却浑然不觉。心脏像是生生裂开了一个口子，鲜血和痛楚沿着伤口流下来……

第九卷 谁主沉浮谁主天

第一章

尔虞我诈

是不是总在失去了之后，才会格外怀念珍惜。沈皇后病情加重，竟然到了旦夕顷刻的地步，这个消息让整个皇宫和朝廷都震动起来。毕竟皇后娘娘日常的身体状况就算称不上强健，比起皇帝陛下也绝对好上不止一筹。虽然在那次晕过去之后，身体一直不佳，但御医也说了只是心绪波动太大、精神劳累而已，调养一段时间即可恢复。原本轻描淡写的病症顷刻之间竟然就到了垂死的地步，这让所有人都措手不及。

原本就病弱不堪的皇帝在听闻这个消息之后更加悲恸难耐，可惜病体支离，难以支撑，不得已只有交代由大将军沈涯入宫探望照顾皇后，并整备后续事宜。

外臣不能擅入宫禁，这是任何一个朝代都奉若圭臬的金科玉律。可是碍于沈涯的权势，对这种诡异的安排，朝廷虽然有所非议，但终究在未成形之前就烟消云散了。

在她生命的最后一刻，不是面对含笑周旋侍奉了二十年的皇上，而是由她最重要的人陪伴，这是否算是一种幸福呢？可真正的幸福应该是和心爱的人一生相守吧？

叶薰临窗而立，默默想着。

记得沈皇后不是选秀，而是礼聘入宫的。据说皇上在一次贵族女眷的宴会上见到了还是少女的沈含嫣，仅仅是惊鸿一瞥，就从此梦萦魂牵，回到宫里简直茶饭不思。终于等不及选秀就颁下旨意，以妃礼将她迎入后宫，宠爱殊绝。

究竟是沈涯他们刻意营造了那场惊艳的相遇，还是这不过是场意外，却因为无法拒绝而被他们干脆彻底利用？

窗外的雨下得格外萧索，水珠敲打在庭前的白玉阶上，音色恍如沉闷模糊的鼓点。隔着一层雨之幔帐，庭院里花木绰约朦胧。叶薰闭上眼睛，微冷的空气洗不去这满身满心的疲惫。直到房门开启的声响传来，沉闷的精神才不得不提起。有些现实总需面对。

“沈将军。”她转过身来，向着来人礼貌地微一颔首。只是因为精神疲惫，连神情都是淡漠的。

而沈涯也一样，他甚至比她更疲惫。无言地走近桌旁，他顺手拉开椅子坐下，缓缓道：“这些日子让你久等了。”语调礼貌中带着冰冷的韵味。

“无妨，将军事务繁忙，叶薰自然理解。”叶薰一边说着，一边暗中打量沈涯的神色。沈皇后的死亡，与她也脱不了干系，可是自从事发那天被宫人严苛询问了整件事情的前后缘由之后，就再也没有人在她面前提起过这场悲剧。

她原本以为，沈涯回来之后，必然会怒火腾腾地寻找自己，毕竟沈皇后的死亡，哪怕无心，她也有着不可推卸的责任。

然而沈涯入宫之后却只是安静地滞留在缘月宫，陪伴着濒死的沈皇后，似乎已经彻底遗忘了被闭锁在宫禁角落的俘虏。直到今天才派人来通知自己要见一面。

“条件考虑地怎么样了？”沈涯没有丝毫废话，言简意赅地询问道。

对沈涯如此的直接有些意外，但见他没有再谈起那段“旧情”的意思，叶薰松了一口气。

抛开纷杂的情绪，叶薰冷静地坦诚道："我们姐弟如今只求活命的机会而已。还请将军高抬贵手，只要能够保证平安，那么将军所要的东西，叶薰自然双手奉上。"

她如今只能庆幸，自己晚上信口胡诌的话语歪打正着，让沈涯真的误以为她把文昭藏在了宫外隐秘处，否则，她连这唯一一次谈条件的机会都没有了。

饶是如此，她也必须尽快与沈涯交易，如今的沈涯，朝中党羽遍布，宫内只手遮天，城外还有十几万身经百战的精锐兵马虎视眈眈，唯一的阻力禁军如今也不再是阻力了。每过一天，沈涯的权势就稳固一分，而文昭对他的重要性也就减少一分。

"保证平安？"沈涯语调低沉地重复着叶薰的条件，带着别有深意的韵味，"那么，若岚认为应该怎样保证你们姐弟的平安呢？"

叶薰眼帘低垂，这个问题她这几天已经反复思考过很多次了。毒誓之类的口头承诺对她毫无意义；身世公开之后，现在的京城也没有足以庇护他们姐弟的势力，就算是元澄，也不敢公开与沈涯为敌；皇帝又病重，唯一的选择只有暂时离开京城了。

但如果直接让沈涯放自己和萧若宸离开，他座下高手无数，追上他们姐弟二人再杀掉根本轻而易举。所以……

叶薰缓声问道："听说突厥前来议和的使节即将启程返回凉川了。"

沈涯面色深沉，不露分毫喜怒，但叶薰的意思却已一清二楚了。

北方大部分领土都已经收复，但凉川城依然掌握在陆谨手里。如今突厥国内在敦略可汗死亡后朝政越发不稳，不仅各部族蠢蠢欲动，前些日子还有废太子撒兀甘暗中起事谋逆的消息。

虽然吃进口里的肉实在不想吐出来，但继续驻扎凉川，一方面应对国内的动乱，一方面还要留出重兵来时刻防备大周兵马北上，分身乏术。这样内忧外患的局势下，陆谨便正式与朝廷议和，许以金银财帛赎回凉川。

经过前些日子的商谈，不久突厥使节就将带着部分赎金北上了。这支队伍力量虽然薄弱，却是如今她所能够找到的唯一不属于沈涯统辖的势力了。

“只要我们跟随突厥兵马渡过笏水河，立刻将文昭所在的位置双手奉上。”叶薰看了他一眼，继续说道：“我们姐弟避居关外，再不妨碍将军的大业，相信将军也能够放心。”

沈涯略一思索，淡然道：“可以。”

这样公事公办的交易口吻让叶薰感到一丝莫名的不安，她迟疑了瞬间，又开口道：“将军，叶薰所要的，是完好无损的萧若宸。”这一点是她必须坚持的，如果萧若宸武功不恢复，他们姐弟就是砧板上的鱼肉，哪怕身在突厥大营，沈涯也随时有机会杀了他们。

“你对萧若宸可真是仁至义尽。”沈涯讽刺地一笑，“为了他，连普光寺里的人都不顾了吗？”

叶薰心神一颤，他说的是萧若岚的生父宋涟，萧若岚竟然将这件秘密都告诉他了。叶薰低垂下视线，轻声道：“父亲他已经是方外之人，俗缘散尽。红尘纷扰又何必将出家人牵扯其中呢？再者，将军如今距离心中所愿不过一步之遥，而我们姐弟却是穷途末路，身败名裂。如此悬殊之下，将军何必要逼叶薰玉石俱焚呢？”

沈涯眯起眼睛打量着叶薰，片刻才不动声色地叹道：“罢了，随便你吧。只是萧若宸如果恢复了武功，你们姐弟趁机走脱，而不留下文昭怎么办？”

“将军可以派人跟随我们姐弟同入突厥车队，等过了河，我们奉上文昭地址之后，再解开他的武功禁制。”对这个问题叶薰早已思考过了，将解决方法缓缓道来。

见沈涯面色微沉，叶薰又补充了一句，“到时候文昭已经在将军手中，大业指日可待。我们姐弟即便是恢复了武功，身在突厥营中也无法自由行动，难道还能凭借一己之力和将军您作对不成？”

沈涯静默了瞬间，沉声道，“好，我答应你。”

“那萧若宸……”叶薰连忙问道。

“三天之后就是突厥使节离城的日子，到时候你自然能够看到他。”沈涯起身说道，谈判已经得出结果，自然没有继续停留的必要。

“等等，将军，这次皇后娘娘的事情……”想不到他走得这么急，叶薰匆忙站起来问道，“雁秋她……”

“这些事情你不必多管。”沈涯冷然打断了她未说完的话语，随即出门离开了。

“雁秋……”叶薰失落地坐回榻上，颓然轻叹一声，自己是如此的无能，如此的自私，她救不了雁秋，就如同救不了昔日的卉儿，现在她所能够争取的，也不过是自己和萧若宸的性命，努力逃出沈涯的阴影范围。

她没法救她，她又用什么立场去救她呢，她不正是害得她如此悲惨的凶手之一吗？想到雁秋最后那疯狂绝望的眼神……叶薰按在窗台上的手禁不住握紧了。

“对不起……”她只能轻轻说道。从兰蔷园那段温馨平淡的日子一直走到如今的天人两隔，恨生恨死，这其中的纠结她已经无法说清，也无力追回。最终所能够给予的，也不过是这最苍白无力的三个字。

轻飘的音调融入窗外萧瑟的风雨，带不起丝毫波澜就消逝在苍茫一片的天地间。叶薰扶住窗框，细碎的雨滴扑面而来，带着丝丝入骨的凉意，她疲惫地闭上眼睛，晶亮的水珠凝聚在她的睫毛上。

三天之后，他们就要又一次离开京城，离开这一切的权势纷扰了。

重新踏上逃亡的旅程，这一次还会有以前的幸运吗？而沈涯会这么简单放过他们？他们姐弟已经是他的眼中钉，肉中刺，不仅这次间接害死了沈皇后，还有……想到那个名字，叶薰的心脏一阵剧痛。

而沈归曦现在人又在哪里呢？刚才的谈话两人不约而同地对他只字未提。叶薰却也明白，以沈涯的精明，必定早就用充足的借口将他调离京城了，两人此生还有再一次见面的机会吗？

三天后的清早，叶薰走下阁楼，早有神情严谨的宫人等候在门前。

院门口的马车一如来时的位置，叶薰带着湘绣走出房门，躬身进了马车。

落下帘子，车轱辘滚滚向前，挤压地面发出沉闷的声响。伴着车身轻微的摇晃，叶薰抿着唇，静思不语。湘绣则缩在角落忐忑不安地凝视着车壁，手指不自觉地摆弄着衣角。

不知道过了多久，感觉车内气氛太过压抑，叶薰终于忍不住微微掀开车帘一角，入目处已不是耀目的宫墙，而是一片碧绿肆意的野生植株了，他们已经离开了皇宫。

这么简单就离开了那个闭锁她良久的地方，叶薰一瞬间真有一种不真实感，只是她明白，接下来要面对的，才是真正严厉的考验。

快到中午，马车行至营地。叶薰下了车向四面看去，几十辆马车林林总总停满了眼前这片空地。送往突厥的赎金不仅有金银珠宝，还有各类擅长制造技巧的工匠艺人，甚至包括一些歌舞曲艺的舞姬。一众繁忙的各色人等中，叶薰的到来丝毫不引人注目。

前面自有安排好的人手在等候，而停在他身后的，则是另一辆马车。

叶薰感觉自己心脏剧烈地跳动起来。跟着引路人走近马车，车帘子掀开，一个举止透着精明的中年文生探出头来，向叶薰微一颔首，儒雅有礼地问道：“萧小姐？”

叶薰点点头，借着掀开的车帘一角，静坐在内中的身影立刻映入眼帘。

纵然因为车内的阴影看不清楚他的面容，那无比熟悉的身形轮廓却让她一眼认出，正是萧若宸。叶薰心神一阵激荡，随即冷静下来，视线转到眼前人身上，缓声问道：“周先生？”

“正是在下。”那中年文生温和地笑道，他是沈涯手下的心腹谋士之一，名叫周鑫，这次的交易就由他负责。

听到叶薰的声音，车内萧若宸身形微颤，想要向这边看过来，却又强自忍住，只低低呼了一声，“姐……”

“你怎么样？”叶薰轻声问道。

“我没事。”萧若宸静默了瞬间，回答道。

“令弟只是武功受制，并无其余妨碍，小姐大可放心。”周鑫说道。

叶薰的视线投向萧若宸，萧若宸点点头，表示他说的是实话，叶薰这才放下心来。

确定萧若宸身体无碍，又与周鑫交谈了几句交易细节，叶薰老老实实地返回了自己车里。按照约定，交易是在渡过笏水河之后才能进行，此时的见面不过是为了验明正身。

返回车里不久，整个车队就踏上了北上凉川的旅程。

大周有世袭的匠户，属于贱役范畴，买卖不限，而歌姬舞女更是公认的贱籍，终生不能脱籍的。使用这些人员替代金银赎金本就是国家交易的常例。如今叶薰和萧若宸的身份也是付给突厥的匠户子女之一。叶薰几人的车驾安排在队尾，周围都是工匠歌姬等艺人所乘坐的马车，倒也无人注意他们。

叶薰一边走着，一边透过车窗打量着四周，两只军队行走在车队两侧，护持着其中的物资人员。一队是护送和谈使节的突厥兵马，虽然只有五百骑，却都是身经百战的精锐；另一边却是随行的大周兵马，这次送别突厥使节的大周官方代表乃是当今圣上的二皇子，以示对此次和谈的诚意和重视。

车队物资轴重繁多，行走速度缓慢，花费了数日才抵达笏水河畔。等队伍过了河，天色已经黯淡下来，一轮弦月模糊地印在天边，地上景致绰约模糊。车队不再前行，准备扎营休息了。

按照约定，交易的时刻也近了。车队驻扎完毕，周鑫果然不出所料地派人前来邀请叶薰过去。

终于登上了周鑫和萧若宸所在的马车，直到这一刻，叶薰才有机会仔细打量萧若宸。他的脸色略显苍白，昏暗的灯光下更有一种伶仃，只是精神尚好，看来沈涯并没怎么为难他，

面对性命攸关的时刻，车内三人的精神都格外紧张。四周寂静压抑，只听见细微的呼吸声此起彼伏。

沉默了一会儿，周鑫先开了口："萧小姐，我们应该可以进行交易了吧？"他一边说着，从袖中取出一方小玉匣。手指一扳动，盒盖应声开启，一颗滴溜滚圆的银白药丹安静地躺在碧玉匣子里。

叶薰略一咬牙，从怀里摸出一封信笺，沉声道："文昭所在位置，叶薰

已经清楚地写在信中，沈将军一看即知。”

一直坐在旁边不动声色的萧若宸视线落到那封信笺上，又扫过叶薰，神色微微一动，随即不易察觉地掩去。

“萧小姐果然爽快。”周鑫笑着接过信笺。拆看扫了一眼，脸上略现惊异之色，他忍不住抬头笑道，“小姐可真是玲珑心肝，竟然是藏在这般料想不到的所在。将军大人若是知道，必定要叹一声错失大好良机了。”

“承蒙先生过奖了。”叶薰客气地笑了笑，“将军英明冠世，叶薰不过覆巢危卵，只好使用些小手段了。”说话间，一缕散发落在额头上，她不经意地将头发掠起，纤长的手指拂过发髻上的碧玉蝴蝶簪，微凉的玉质触感沿着指尖静悄悄弥漫开来。

萧若宸视线一瞬不瞬地盯着她的动作，却在那一瞬间低下头，掩去了眸中复杂至极的目光。

“既然如此，在下也不能做背信违诺的小人了。”周鑫笑道，将手里的玉匣奉上。

萧若宸不动声色地拿过那颗药丸，看也不看就放进了嘴里。

“萧公子难道不怕我等暗中下毒？”见他吃得这么爽快，周鑫禁不住饶有趣味地问道。

“沈将军如今春风得意，而萧若宸不过是一败涂地的丧家犬，岂用劳动将军下毒谋害？”萧若宸无所谓地耸耸肩。一边向叶薰安慰地点点头，随即开始运功化解药力。

他吃得爽快，这边叶薰却是忐忑不安。她凝视着静坐行功的萧若宸，一边不时注意着周鑫的神情。为自身的安全考虑，叶薰专门要求沈涯派来领取文昭的人是不会武功的。若解药有假，周鑫一个文弱书生自己姐弟俩还能够对付。因此除非沈涯已经对文昭死心，否则应该不会在解药上动手脚。

静看着行功调息的萧若宸，周鑫面上依然是一片平淡。

不一会儿，萧若宸睁开眼睛。

“怎么样？”叶薰连忙问道。

“已经恢复了四成功力。”萧若宸对她安慰道。

叶薰这才放下心来，她的视线落到周鑫手里的那封信笺上，又心虚地别过视线。

文昭其实依然在她头上的碧玉簪子里，那封信笺上所写的地点是假的。前些天在宝蕊楼前的小树林散步时，路过亭边湖泊，叶薰发现湖边一块巨石根基不稳，摇摇欲坠了。经过三天前的那场大雨冲刷，必定已经坍塌了下去。而且这片湖泊是通向宫外的活水。到时候沈涯在那里找不到文昭，多半会以为文昭跟随着崩塌的巨石跌落湖泊，被下面的暗潮冲走了。

其实在叶薰看来，皇帝早已病重地难理朝政，以沈涯现在的权柄，即使没有文昭，等皇上驾崩之后，也是举足轻重的摄政大臣，谋朝篡位是迟早的事情。

她这么小人地故意给他一个假地址，也不过是将他篡位的时间推迟一些。

也算是报复他以前对自己的“厚待”吧，叶薰恶意地想着，毕竟他们姐弟逃亡是需要时间的，沈涯多忙一些，才能够少一点精力去追捕他们。

交易完成，周鑫也不愿耽搁，笑道：“目的已达，在下这就告辞回复主公去。谨祝愿公子与小姐一路平安，诸事顺心。”说罢跳下马车，略一拱手即扬袖而去，姿态随意潇洒。

直到他身影彻底消失在视线里，叶薰这才松了一口气，转过头来，却见萧若宸正看着他离去的背影出神，神色颇为古怪，皱着眉头仿佛若有所思。

“怎么了？”叶薰问道。

萧若宸一震，回过神来道：“没什么，姐，你……这些日子沈涯没有对你怎么样吧？”一边说着，他紧张地上下打量着叶薰。

叶薰摇摇头道：“我没事，这些日子一直住在宫中。倒是你被关在刑部大牢里，有没有人为难你？”

“没有，只是武功受限而已。”萧若宸说罢看了叶薰一眼，又低声道，“是我的错，害得你受苦……”

“沈涯的势力，本就不是你我所能够抵挡的。”叶薰不在意地摆手道，“现在不是多说的时候，你先静坐调息，尽快恢复武功吧。”

他们必须争分夺秒，一刻也不能耽搁。要说之后沈涯不会派人来暗杀两人，永绝后患，那简直是在说笑话了。突厥车队的目标终究太大，纵然碍于两国面子，沈涯不敢公然行事，私底下的暗杀却是防不胜防。所以两人必须尽快离开车队，自行逃命。

萧若宸也明白眼前的局势，不再多说，静心调息纳气，力求尽快恢复武功。

叶薰掀开车帘一角看着外面的情形。夜色已深，月上中天，营地里一片寂静，银白色的光华洒落遍地，清风吹过，波光粼粼的河边上片片光晕随波轻荡。

她左思右想才决定在这里交易，就是看中了这一带的地形特殊，交通便利。沿着笱水河向东，支流分岔无数，河网密布，直达入海；而往北通往突厥的道路除了官道之外，还有数条便捷小道，她和沈归曦南下的时候就注意过了；西侧则是延绵起伏的群山，丛林密布，藏身其中更是难以察觉。

叶薰细心查看着四周巡逻的士兵，五百名突厥士兵大多数都聚集在前方保护使节和金银财物，毕竟他们比起这后半部分的工匠艺人重要多了，车队末端的防备极为松懈。

“小姐，小姐，”正盘算着从哪个方向溜走才好，一个轻颤的声音传来。

叶薰转头就看到了立在车旁阴影下的湘绣，低声问道：“怎么了，有事情？”

“没有，只是小姐，饭都已经凉了，现在不吃吗？”湘绣问道。

叶薰这才注意到她手里捧着一个木盒，里面放着几个白面馒头和玉米饼。

一整晚的紧张，竟然连肚子饿都忘记了。叶薰呼了一口气，放松下来，从她手里接过盒子。

“你吃过了吗？”叶薰问道。

“小姐先吃吧，我不饿。”湘绣低声回道。叶薰入车交易之后，她便一个人在原车等待，眼看夜色已深，叶薰迟迟不回，才忍不住过来看看情形。

听这句话就知道这丫头也一直饿着肚子了，叶薰暗责一声自己疏忽，将食物分给她一份，又叮嘱道："吃完了东西你先回车里睡一会儿吧，行动的时候我去叫你，半夜我们再走。"萧若宸完全恢复功力还需要近两个时辰，午夜时分动身也更安全一些。

湘绣答应一声，回车里去了。

叶薰放下帘子，对着那一盒干粮，肚子明明感觉空虚，却没有一丝食欲，叶薰掰开一个馒头，一点一点塞进嘴里，慢慢咽下。待会儿要干的可是力气活，必须保持体力。

勉强吃下去一个馒头、一块饼子，叶薰将其余的放到一边，留给萧若宸。

她躺了下来，准备养足精神，应付接下来的难关。

四周万籁俱寂，偶尔有细碎的虫鸣鸟叫间歇传来，悠长静谧，仿佛周边鱼龙混杂的突厥车队都不存在了，只余身下这一辆马车，独立于这天地一片的空旷中。

叶薰偏过头，萧若宸静心调息的面容映入眼帘。也许因为闭着眼睛，他俊秀的五官轮廓带着些许童年的稚嫩，意料之外的柔和，长长的睫毛投下蝴蝶双翼般震颤不已的阴影。微风吹拂过脸庞，宛如时光轮回不息。

身下坚实的木制触感传来，叶薰恍惚回忆起，自己也曾经这样和他躺在同一辆马车里，等待着面对不可预知的未来，记得那时候他还是个孩子，却已经有着锐利的锋芒。身陷逆境时不拘一格的乐观，强忍病痛时倔强坚韧的眼神，还有彼此相互支撑的温暖……这一切都清晰地恍如发生在昨天，却已经相距这么遥远。

叶薰忽然想到，似乎就在马车里，发生过很多让她记忆深刻的回忆。

和沈归曦的那一路逃亡，那辆坚实的马车就是他们挡风避雨的家。漫长的南下旅程里，有时也会遇见暴雨倾盆的日子，记得第一次遇见大雨正是在一处山坡上，两人措手不及，匆忙躲进车里之后却发现因为地形陡峭，车子摇摇晃晃停靠不稳。于是沈归曦又冒着大雨出去将马车赶到了山下，入车避雨的时候满身都湿透了。吸取了这次教训，每到大雨来临前，他们两个都会将车赶到平坦的高地上，然后并肩坐在车里，天地间充溢着水的世界，闲着雾气升腾，静待时光的流逝，颇有闲观花开花落，漫看云卷云舒的意味。

还有与陆谨在马车里那一番让她尴尬无比的会面。锦衣玉带、儒雅谦冲的异族少年有着与他年龄不符的缜密细腻，让叶薰每想到那次短暂的相会，都有一种异样的度日如年。

甚至还有……她也是在马车里第一次近距离地接触到他，听他问起自己的名字，谈起“薰”之一字的意义，甚至说起两人的弟弟。

想到沈归暮，叶薰心脏一阵抽痛，强烈的窒息感涌上来。这已经是她心中难以触摸的痛楚。就在听完了雁秋讲述的那一刻，她就明白，除了他和雁秋，有机会长期接触兰蔷园饮食的，只有一个人了。

她曾经想过问他，问他是不是暗中指使卉儿，让那个单纯的女孩去干了这种违背良心的事。

可是她应该怎么问他？

问他是不是暗中对她的朋友下手？还是问他是不是暗算了他仇人的儿子？

原来仅仅只是一个问题，也可以这般复杂纠葛，难以出口。

叶薰只觉得天地间从未有这般的滑稽与悲凉，到底是怎样的过程，让一切走到了今天的地步，让所有人都向着无法挽回、不可缓解的深渊滑落。

是因为最初逃亡时候，她那个去妓院卖身的恶劣主意？还是因为他不成熟的暗杀带来的牢狱之灾？还是之后跟随人贩子一路北上时候的机缘巧合？

这些日子，她反复纠葛，一点一滴地回忆起过去的种种经历，竟然找不到一个可以扭转这一切的契机。

不可预知的力量让自己遇见了他，然后又遇见了他们。于是有了那段相濡以沫的逃难生涯，又有了兰蔷园那里与世无争的避世日子。纵然那段生活只是建筑在危险流沙之上的海市蜃楼，却是她记忆中不可磨灭的一段温馨。

她可以竭力不去看，不去想，竭力逃避这一切，可是该发生的还是会发生，不会因为她是否面对而放缓脚步。她不想去承担那一份仇恨，可那份仇恨却是实实在在的枷锁，她根本无从逃避。

也许这一切在那个天崩地裂，泥石俱下的变乱中就已经决定，不是你死，就是我活。

疲倦感一重重涌上来，叶薰闭上眼睛，清空思绪，静心等待这突如其来的压抑感慢慢沉淀下去。

不知不觉间，精神开始模糊。这几天她为了这场交易提心吊胆，心思从来不敢放松，已经很久没有安睡了。

模模糊糊中，有温润的热度轻触在脸颊上，带着细微的颤抖，叶薰梦见自己正躺在公园的草地上，两只心爱的小猫正在旁边玩耍，像是两只黑白双色的绒球在滚来滚去。不一会儿，猫儿玩腻了跑到自己身边，细声叫着，一边舔着她的脸颊……夏日的阳光分外美好，她抬手档住直射的灼热光线，懒懒地想着：朋友说得也有道理，每天养猫的日子也不是办法，什么时候能够找到一个男朋友啊？唉，生活啊……

正昏昏欲睡着，忽然一阵轰隆隆的响动传来，身下的草地好像都在颤抖。伴着地动山摇的巨响，传来此起彼伏的惊叫声："不好了，山崩了啊！快逃，快逃啊！！"

山崩？公园里哪来的山？

叶薰呆愣愣地爬起来，却见到无数人群从自己身边经过，快如浮光掠影，一眨眼就消失不见了。

她抬起头，巨大的泥沙巨石铺天盖地席卷而来，刹那间已到了眼前。她逃无可逃，避无可避。黑暗窒息的阴影当头罩下，叶薰惊叫一声，猛地睁开眼睛。

第二章

疾风劲草

车里一片漆黑，只见到一双幽深的眸子闪烁着灿若星辰的光彩，在距离自己极近的地方。叶薰条件反射地要惊叫，却立刻传来一声低呼，“姐，是我！快起来！”

“怎么……”叶薰刚要开口，就听到耳边传来一阵轰然巨响，如千军万马奔腾而来。这是什么声音？

叶薰一把掀开车帘，远处已经是火光冲天，有一队兵马正从西侧杀入，蜿蜒如一条长蛇，将整个营地团团包围。两个时辰前还寂静平和的车队此时已经陷入彻底的混乱。前方的士兵们保护着贵人和财物仓促应战，而后方的匠人队伍已经乱成一团，四处都是奔跑逃蹿的身影。这是什么情形，哪来的兵马？

“姐，你坐稳了，我们立刻走！”就在叶薰掀帘的工夫，萧若宸已经跃出车外，驾车前行了。

“还有湘绣在那边……”叶薰急促地喊了一声。

萧若宸闻言策马转向，灵敏地驾着马车从混乱中穿过。经过湘绣身边，叶薰眼明手快地将吓得发呆的她拉上了车。

厮杀声不断逼近，萧若宸驾着马车刻不容缓地向外冲去。暗夜火光中，敌人很快发现了他们。立刻有人围拢上来，利剑血刃光影交错。

萧若宸挥掌迎敌，寻常士卒哪里是他的对手，掌风所到之处，数个士兵连接跌下马来。他顺势一抄，捞起一根长枪，对着阻在前面的敌人大力扫开，枪上贯注内力，更是无人敢当。

萧若宸几招逼退敌人锋芒，就要驾车向外冲，却不料当先的敌人眼见阻不住他的势头，长枪横掷，正中马身。

拉车的骏马剧痛难耐，长嘶一声，高高跃起，带得车身险些倾覆过去。这些押送匠人的马车本就不甚牢固，剧烈震动之下，一只车轮猛地脱出，车里叶薰和湘绣一下子滚落出来。

萧若宸震惊失色，一把拉住叶薰，同时翻身跃下散架的马车。可脚还没有着地，就听到身后一道快捷无论的劲风袭来。

有人偷袭，而且是高手！

脑中瞬间反应过来，可他此时脚未着地，无处借力，情急之下萧若宸干脆凌空翻身将手里的长枪向后投掷出去，格挡开这危险的一招。

来人武功极高，萧若宸长枪勉强挡下这一刀，刀气却并未完全化消。被刀锋扫过，立刻感觉内力一滞，踉跄着后退了几步。

周围士卒顿时蜂拥而上，纵然他反应极快，闪身后避，也未能完全闪开，肩头被剑刃划过，带起一蓬血珠。

“先放下我！”叶薰着急地喊道。萧若宸一只手揽在她腰上，单手对敌绝无可能。

萧若宸却毫不理会，足尖点地，借机后退，同时挥掌向已经陷入疯狂状态的马匹背后一推。疯马拉着破碎的车驾向前方冲去，势如猛虎，凶骇迅猛，一时间连奉命前来狙击姐弟俩的那名高手也忍不住后退闪避。

萧若宸强忍伤痛，掌风随即向距离最近的一个士兵逼去，将他扫落马匹，然后带着叶薰跃上马背。

刚跃上马，敌人又已从身后杀至。他不得不回身格挡，瞬间数招交错。

叶薰不敢耽搁，趁机拉起缰绳，她虽然没有单独骑过马，驾马车的功夫还是有的，危急时刻倒也似模似样。

可湘绣还在地上，她回身看去。湘绣跌下马车后滚落到另一边，被乱军一冲，地上早没有了她的身影。中间隔着无数士兵和逃蹿的匠人，根本无法寻找。

就是这一犹豫的工夫，耳边传来萧若宸一声闷哼，显然是吃了亏。

叶薰心神一颤，一咬牙，终于狠下心不再寻找，策马向外疾驰。

战马奔跑起来。然而马腿怎么比得上高手的轻功，那杀手被萧若宸逼退瞬间，随即又重新扑上，如附骨之蛆，刀刀凌厉压迫。

萧若宸本就负伤，手中又失了武器，顿时左支右绌，险象环生。

那杀手甚是精明，眼见久攻不下而叶薰却策马越跑越快，干脆绕过萧若宸，招招狠辣的刀光直向叶薰逼去。

叶薰眼看着刀刃向自己砍来，胆战心惊的瞬间，萧若宸已经一把揽过她，全力一掌击出。对劈过来的刀光视若无睹，竟然是两败俱伤的打法。

这一刀下去，萧若宸固然必死无疑，但杀手也要被他一掌击成重伤了。杀手已经胜券在握，自然不想硬挨。只好闪身后退，同时刀光划过，萧若宸肩膀又挨了一刀。

杀手正欲上前再下狠手，却见到一道碧绿的光芒直直向自己飞射而来。是萧若宸随手将什么暗器向着他投掷过来。

叶薰只觉得头上一空，好像少了什么东西。转头就看到绿光已经脱手而去。

不会吧！老弟，你把什么东西给扔出去了？！！！

竟然是萧若宸眼见情势危急，逼迫无奈之下，随手拔出叶薰头上的蝴蝶玉簪充当武器扔了出去。

眼见暗器闪着绿光，杀手生怕上面淬了毒，不敢用手接，刀锋迎着挑上去，随即一声珠玉般清脆的响声传来。

内力逼入，再坚固的玉簪也要碎裂成粉。漫天绿光荧粉闪烁间，隐藏多年的秘密终于出现在众人面前，带着与遍地杀戮不相符的清雅姿态，如一道惊世银光，翩然而下。

转过头的叶薰只看到这一幕，还没有来得及心疼她的救命符，却感觉背后一沉。

是萧若宸支撑不住，一头倒在她肩上！叶薰吓得魂飞魄散，哪里还有心情去顾忌什么文昭。感受到萧若宸的身体正软软地向下滑落，她连忙回身拉住他的胳膊，触手处一片粘腻，满掌鲜红，叶薰心脏差一点停止跳动。

随即感觉有一双手抱住自己，萧若宸并未昏迷，他挣扎着坐稳身子，抱紧叶薰，低声道："快走！姐，你安心驾马就好，我没事。"

眼看身后的杀手被意外现形的文昭吸引了注意力，叶薰明白机不可失，趁势双腿一夹，伏低身子，策马疾驰。

"向西……"叶薰听到耳边传来低沉颤抖的声音。

向西不正是敌人来的方向吗？可时间不容许她多做思考，叶薰双腿一夹，策马向西方疾驰而去。大多数敌人的注意力都被战局吸引，夜幕之下单独逃向另一个方向的叶薰姐弟并无多少人关注，偶尔几个意欲截杀的士兵都被萧若宸勉强支撑着解决了。

那杀手被文昭吸引了注意力，手一抄，将东西捞进手里。待他看清楚这是什么，绕是素来冷静自持，也大吃一惊。就是这一愣神的工夫，叶薰姐弟已经奔出老远的距离。

沿河向西疾驰，眼看就要逃出包围圈了，却听到背后劲风袭来，叶薰暗叫不好，是那个阴魂不散的杀手又追上来了。

萧若宸勉强提起内力，胸口却一阵剧痛，强压的内伤再也忍耐不住。伴着一声压抑的低咳，叶薰只觉肩头一热，半个肩膀都变成了红色。

刀锋逼近，命在顷刻，叶薰狠下心回身抱住萧若宸，直接从马上跳了下去，向河面滚落，只求最后一线生机。

圆润的刀光闪过，一轮弯月带起猩红的血雨，杀手那一刀竟然将奔驰的骏马硬生生从脖颈划过，一刀两断，热血从颅腔喷射而出，无头的马匹犹自向前急奔了数步，才轰然倒地。

第一刀未尽全功，第二刀瞬息即至，向滚落草地的姐弟俩砍下去。

叶薰跌在地上，看着逼近的银光带着飞散的血珠，灿烂地如清晨第一抹阳光投射在她身上。那一瞬间，她脑中只余一片空白。

自己竟然就这么死了！

和他一起死了！

而那一瞬间升起的竟然不是恐惧，只是诡异到极点的空灵平静，只觉天地间再也无纷争，无仇恨，无烦忧，无波澜，只有怀里那一份真实的温暖，紧贴着她的心脏，发出震颤的悲鸣。

寒意逼近眼睑，叶薰甚至来不及闭上眼睛。可就在刀光与视线交错的那一刹那，充满杀意的锋芒却硬生生拐了一个弯，偏向另一边。

“叮！”一声充满力道的脆响在耳边炸开。

叶薰尚沉浸在性命不保的恍惚失措中，第二声响动紧接着传入耳中，终于将陷入一片空白的意识硬生生拉扯了回来。

她颤抖地抬起头，远处正有一人单骑快马向着这边迅速逼近，同时搭弓急射，利箭带着穿云破月的力道呼啸而来，分毫无误地直逼杀手各要害。

有人来救他们了，意识到这一点，叶薰挣扎着爬起来，想抱着萧若宸后退。可疼痛从后背蹿上来，她又重重跌了回去。

喘息了一口气，她拖着已经昏过去的萧若宸一点一点地向后挪动。

杀手立刻察觉了他们逃跑的企图，无奈眼前的利箭又快又准，竟然连回身逼杀叶薰姐弟的功夫都没有。

单骑快马瞬间到了眼前，叶薰这才看清楚来人是谁：熟悉的身影俊逸挺拔，墨玉般灼然的明眸中隐含着怒意。

竟然是怎么想也不可能出现在这里的沈归曦！他怎么会在这里？叶薰难以置信地看着眼前这一幕。

没有人解答叶薰的疑惑，两人眨眼间交上了手，剑光凌厉，如银蛇腾舞，幻影交错。叶薰不懂武功，却也看出沈归曦占据着绝对的优势，对手已经被他逼得连连后退了，她逐渐放下心来。

一个短促的交击过后，杀手连退数步，捂着受伤的断臂血流不止，蒙面的黑巾也飘落到地上。叶薰眼睛瞬间瞪大了，这位也是熟人，竟然是久已不见的万总管！

这是怎样诡异的情形啊？叶薰呆愣地看着眼前这一幕，大脑完全当机了。

万总管的目光牢牢锁在沈归曦身上，扭曲在脸上的震惊与痛苦与其说是因为手臂的伤痛，倒不如说是因为眼前这个人。

“二少爷……”他颤抖低哑的声音响起。

沈归曦猛地一挥剑，剑刃嘶鸣响振，掩去了这一声呼唤。剑气划过身前，草叶飞舞间，一道锐利狭长的沟壑横隔在两人之间。

剑挥过，人却并未上前，他只是单纯用这个简单的动作表达他的拒绝。

“少爷你……”万总管身体晃了晃，满是痛楚的眼神望着沈归曦。

沈归曦嘴唇抖了抖，却终究没有看他，只是低低说道：“你走……”

“少爷……为什么……”

“我不想再见到你，”沈归曦低沉的声音缓缓响起，带着一种近乎冷酷的韵调，“立刻走，不要再出现在我面前，不要让我想起……想起……雁门关那些不应该发生事情……”

万总管闻言身躯剧烈地颤抖起来，像是有一记鞭子生生抽打在他身上，他摇晃着险些跌倒，脸色变得惨白如纸。

“你……”他战栗的视线掠过沈归曦决然的神情。

沈归曦没有看他，径自转头查看叶薰的情况，仿佛对面那个受伤的人已经不在了。

万总管的眼神跟着落到叶薰身上，那视线中的怨毒让叶薰忍不住打了个哆嗦，

“都是这个妖女，都是因为你……大少爷……甚至夫人……”万总管森寒的眼神毒蛇般紧盯着叶薰。

“住口！”一声断喝如晴天霹雳般传来，沈归曦脸上浮现出强自压抑的

愤怒，“你不配提起她，不配提起母亲……立刻走！”

万总管恐惧地后退了两步，却忽然像是想起了什么，他语调惊慌地喊道：“你不能和她在一起，少爷，你不知道将军他曾经……还有大少爷……”

“够了！”沈归曦断然喝道，这些话他一句也不想听，就如同这个局面他一刻也不想面对。他上前一步，挡在叶薰身前，低声道：“你再不走，血流得太多，不用我动手，你就要死在这里了。”

万总管一滞，呆呆地看着沈归曦。

沈归曦转过头去，不看他。

他嘴唇哆嗦一下，终于不再说什么，转头默默走了。

看着他远去的背影，沈归曦身体不易察觉地一晃，带着剧痛过后的乏力与疲惫。他终于不用掩饰眼中的伤痛，拿剑的手放松下来，带着细微的颤抖。破碎的血迹沿着剑刃蜿蜒流下，如同他疲倦不堪的内心。

眼前远去的人从他出生起就在身边，是他曾经当作自己长辈一样尊敬的人，可如今却歧路殊途，生死决然……

从命悬一线到脱离险境，整个过程不过短短的几分钟，叶薰自始至终都觉得自己恍如在梦中。万总管出现在这里虽然意外，但仔细想想也算情理之中，不过是证实了沈涯斩草除根的决心魄力。但沈归曦的出现呢？

叶薰抬头看着他颤抖的背影，这才发现他像是在承受什么极大的伤痛般，背影分外孤寂……

痛苦……对了，更痛苦的人应该是……叶薰连忙低头查看萧若宸的状况。

听见身后的动静，沈归曦转过身来，走到她身边蹲下问道：“你没事吧？”

“我没事，有事的是他……”叶薰急促地说道。直到这时她才发现萧若宸的伤势是何等严重，万总管的那两刀都砍在肩膀上，温热的血沿着两人接触的地方不断流淌，她单薄的衣服被浸湿了大半。一片狼藉的鲜红衬着他苍白如雪的脸色，看得叶薰触目惊心。

低头略查看了萧若宸的伤势，沈归曦拉起萧若宸的右手测试脉搏，却在握住他手腕的时候不自然地一顿。

“怎么样？”叶薰心急火燎地问道。

沈归曦反应过来，说道：“他没事……”

“怎么可能没事？他流了这么多血！”叶薰打断他的话喊道，声音瞬间拔高。

“伤口都不在要害上，只是失血过多而已。”沈归曦明白她激动的情绪，平静地安慰道，一边说着，运指如飞，连点数处要穴，将萧若宸出血的伤口暂时封住。又抵住他的后背，缓输内力。

短暂的昏迷之后萧若宸醒了过来，他眉间蹙起，神色恍惚了一阵，接触到叶薰紧张的目光，这才清醒过来。

“小宸……”叶薰轻声呼唤道。

“我没事。”握在她手里的手指一动，萧若宸回道，随即神色一紧，盯着叶薰问道：“对了，姐，你刚才从马上跌下来……”

“只是摔了一跤而已。”叶薰安慰道。看到萧若宸这么快恢复了精神，她心绪稍安。

萧若宸目光转到旁边的人身上，略顿了顿，就自然而然地错开了。让叶薰奇怪的是，他眼神里竟然完全没有吃惊困惑之类的情绪，只是纯然的平淡，似乎对沈归曦出现在这里没有丝毫意外。

萧若宸的视线扫过地面，眼见没有刺客的尸首，他眉头微微一挑，有些意外，却又不易察觉地松了一口气。

沈归曦也是完全不动声色的模样，扫了萧若宸身上的血迹一眼，在经过萧若宸的手腕时略一停顿，随即视线回到叶薰身上。

“你也流了不少血。”沈归曦担忧地说道，一边伸手想要扶她起来。

“我没有，都是他的血……啊……”被沈归曦稍微碰触，叶薰忍不住痛叫出声。她这才发现自己也伤得不轻。抱着萧若宸滚落马背的时候她刻意在下，虽然地上有茂密的杂草芦苇铺垫，但从急促奔驰的马匹上跌落也足够让她触地的肩膀骨折了。

刚才被命悬一线的紧张感笼罩，完全没有察觉疼痛，如今放松下来，叶薰只觉得整个后背都火辣辣的，尤其右侧肩膀更像是粉碎了一样。

伤痛中更有深远的疲惫铺天盖地而来，让她头晕目眩，视线模糊。终于身体一晃，眼前一阵发黑，支撑不住向后倒下。

叶薰觉得自己整个人都在沉浮起落着，疲倦和疼痛从内心深处漫上来，又渐渐退下去，带着潮水般平调的韵律。模糊中感觉有人将苦涩的药汁喂到自己口边，有时会变成甘甜的米粥，她都条件发射地吞咽而下。药力沿着四肢百骸慢慢流淌，带来和煦的暖意。不知不觉间，体力逐渐恢复，意识也渐渐清醒了。

记得最后的感觉是有一双温暖的手臂小心翼翼接住了自己，然后……对了，他们两个！叶薰猛地睁开眼睛，入目处一片银白的光晕，耀地她一阵头晕。闭上眼睛过了好一会儿再慢慢睁开，终于看清楚自己的所在。

是一间卧室，陈设乍一看简单朴实，细看却颇有古拙典雅的韵味，四周幔帐桌椅都不是凡品，更带着一种天然静谧的感觉。

这里是……她挣扎着要起身，可稍微动作就感觉全身酸痛难当，右肩更是麻木不堪，忍不住呻吟出声。

“小心！”伴着一声轻呼，一个身影快步进了屋内扶住叶薰。

来的是沈归曦。看着清醒的叶薰，他脸色虽有疲倦，却带着无法掩饰的狂喜。单手将手里的托盘放在床头桌上，沈归曦拿过一个银白色的靠垫，小心翼翼地扶着叶薰坐好。

“这里是哪里？”叶薰禁不住问道，一边怔怔地望着眼前的人。自己昏倒前竟然不是在做梦，真的是沈归曦赶来救了他们。

“这里是天龙寺的禅房。”沈归曦端起药碗，用调羹搅了搅，喂到叶薰唇边。

“天龙寺？！”叶薰吃了一惊，天龙寺位于京城北郊，是大周皇家宗庙所在，山后即是历代帝后安眠的皇陵，是天下一等一的护卫森严的禁地。

“我们怎么会在这里？”叶薰喝下送到嘴边的汤药，迫不及待地问道。

“四周盘查地太严，只有这里比较安全。”沈归曦温声解释道。

“外面的情况怎么样？还有小宸……咳……咳咳……”叶薰一句话没有说完就剧烈的咳嗽起来，震颤带起全身疼痛。

沈归曦连忙放下药碗放低叶薰的身体，一边道：“你先好好休养再说，你的伤势不轻，尤其右肩……那么快的马，你也敢跳下来，还抱着一个人，简直不要命了。”

“我要是不跳下来那才真是没命了呢。”躺回床上，叶薰撇撇嘴反驳道。这一次活下来确实够走运，回想那最后的当头一刀，凛冽的寒气似乎已经压迫在自己脖子上了，让她现在想起来都觉得心底毛毛的。幸好自己当机立断，虽然受伤不轻，总算小命保住了。

沈归曦神色略有犹豫，看了叶薰一眼，却没有继续说话。

“怎么了？”叶薰察觉到他异常的神色，问道。

沈归曦低声道：“没什么，都是我来得太晚了……”语气中隐含自责。

“不要想多了，我们都活着这不就很好了吗？”叶薰安慰地笑道，想要伸出手去，可身体一动，肩膀的疼痛又让她忍不住倒抽一口凉气。暂时放弃了徒劳的动作，叶薰问道：“小宸呢？他怎么样了？”

“他就在隔壁休息，你不必担心，只是失血过多，他有武功在身，恢复起来不难。”沈归曦眼帘低垂，缓缓说道。

“我想去看看他。”叶薰挣扎着要起身。昏迷之前，萧若宸满身是血的样子还深刻地印在脑海里，见不到人她始终无法放心。

“可是……”沈归曦迟疑了一下，却终于拗不过叶薰，只好弯下腰，动作尽量轻柔地将她打横抱起来。

走出房门，叶薰才发觉四周一片寂静，这一处禅房在占地广阔的天龙寺里似乎极为偏僻。院子里花木茂盛，肆意绽放着充满生命力的绿意，枝丫繁茂纠结，花朵簇拥纷杂。

走近另一间房门前，透过敞开的窗户，叶薰一眼就望见了躺在床上的那个身影，隔着一扇窗子，傍晚的余光投射到他因为失血过多而苍白的脸颊上，脸色平静中带着异样的疲惫，与其说是睡觉，更像是昏迷着。

“前几天赶路的时候你一直昏迷不醒，他伤势虽重，却一直没有放松，直到今天大夫说你的情况已经稳定了，他才放心休息。”沈归曦轻声说道。对萧若宸那股执著的意志力，他也忍不住有几分叹服。

叶薰一阵揪心，眼前的少年单薄地像是一片雪花，随时都有可能随着夕阳的余晖而融化飘逝。

直到这一刻，她才发现，她已经失去了很多，沈归暮，雁秋，卉儿，还有过去的种种，太多值得她珍惜的都已经永远消逝在她的生命里了，只能够用剩余的回忆来追思。甚至她还可能要失去更多，就像眼前的少年，还有沈归曦或者她自己的性命。

如今留在她身边的都是她仅存的所有里最重要，最不可失去的了，她实在无法想象，如果有一天……叶薰不禁握紧了手掌，如果接下来的道路是继续失去，那么她真的希望时光能够永远停留在这一刻，停留在这个宁静的傍晚，不用去承受继续失去的痛苦。

“怎么了？”感受到怀里人的颤抖，沈归曦低声问道。

“我只希望，只希望能够保持现在所有的……”沉默了片刻，叶薰喃喃说道，声音细微如同彷徨的祈祷。

沈归曦闻言一愣，开口道：“他有武功在身，你不必太担心。”顿了顿又低声说道，“而且他的伤势……也没有那么重。大夫也说过那两刀并没有伤到要害，已经包扎妥当了。至于内伤，只要他醒过来就能够自行运功疗伤了。”

见叶薰恍如未闻，沈归曦停了口，体贴地问道：“要进去看看吗？”

略一犹豫，叶薰摇头道，“不必了，好不容易能够休息，若把他惊醒了反而得不偿失。”又向屋内看了片刻，她低声道，“我们回去吧。”

沈归曦依言抱着叶薰回头。

两人都没有注意，在转身的一刹那，床上沉眠的双眸骤然睁开，带着如火中寒冰般极端的光，片刻之后，所有的光芒却又缓缓敛去，如同冰封了所有冲动，他静静凝望着天花板，良久，才缓缓转过头，看向光线投入的方向。

那个身影已经离开很远了，隔着这么远的距离看上去，两个人似乎融为一体般，分不出彼此。夕阳的余晖斜斜照来，迎着光芒而去的两人仿佛是要踏入一片遥远的光之国度。比起屋外的温暖光明，这个屋子竟然这么阴冷黑暗。

萧若宸只觉得心脏正向着不知名的深渊直直落下去，一种他最不愿意体会的痛苦，让他身体不可抑制地颤抖起来。他闭上眼睛，竭力不去看，不去想，失色的嘴唇用任何人都无法听见的声音轻声道，“快了，快了，你已经不必忍耐多久了。”

……

路上叶薰问道：“我们怎么会在这里呢？”

“是他安排的接应人手，在河西不远处，然后我们驾着马车来了这里。”沈归曦平淡地解释道。

小宸安排了接应的人手？叶薰有些意外，也许是时间太紧张了，他没有来得及告诉自己吧。

“笏水河周围的道路有兵马封锁，而且到处都在搜捕突厥余党，你和他伤势都不轻，赶路太危险，只好暂时在这里休养了。”沈归曦继续说道。天龙寺是皇家禁地，平日里就守卫森严，等闲的搜查自然不敢冒犯这里。四周一片紧张的气氛中，这里反而是最安全的。

“搜捕突厥余党？”叶薰神经一下子紧张起来，“难道又要打仗了？”在这种敏感时期发生议和队伍遭受袭击的事，极有可能让刚刚平息下来的战争再一次爆发。

“不用担心。”沈归曦摇摇头，“北方陆谨已经发布公文，声称是废太子撒兀甘在上次兵变篡权事败之后，引着残兵潜入中原，袭击突厥使节和二皇子的车队，意图挑拨两国关系，从中谋利。他还上书说对二皇子之死甚感哀恸，因此愿意交还凉川，以示歉意。虽然朝廷还没有回复，但议和的事情应该会继续下去。”

撒兀甘制造的袭击？叶薰感觉自己大脑转不过弯来了。回想起来，那天晚上攻击车队的兵马虽然来历不明，但从万总管的现身来看，必然是沈涯所派无疑，绝不可能是撒兀甘的残兵所为。胆敢这么堂而皇之地派人攻击突厥使节的车队，是沈涯吃准了陆谨不敢同他翻脸，还是这本就是两人的另一次精诚合作？

夕阳斜照，淡金色的光辉从窗口投射入房内，叶薰抬头看向沈归曦。他正若有所思地凝视着什么，浮动在空气里的光点将五官轮廓勾勒地异样深刻，带着迷离的金色余晖。叶薰心里一动，张了张口，却又不知如何发问。

其实她最想问的是沈归曦为什么能够赶来这里救他们，按照沈涯的安排，如今的他应该是在军队里吧。

可是一种直觉却阻止她将这个问题问出口，尤其是想到他和万总管之间那场诡异的对战决裂，更让叶薰不知应该从何说起。仿佛有一个深远的秘密，明明就摆在面前，却难以触及，也不堪提起。

思虑再三，她忍不住问道：“你是怎么知道我们有危险的？”

“就算身在军中，哪一刻能不关注京城的动静。”沈归曦笑道。

对这个避重就轻的答案叶薰不以为然，以沈涯的细心，想要隐瞒消息，怎么可能被他知道。而且他这次救了自己，沈涯知道了会怎么想。叶薰心头一沉，轻声问道：“如果沈将军……”

“不必再提这些了。你伤势这么重，先安心养伤就好。”似乎不想面对这个问题，沈归曦打断她的话，然后细心地替她拉上被子，说道：“等伤好了，我们就离开这里。”

离开？是啊，他们不可能长期躲藏在天龙寺里。可是离开之后要去哪里？叶薰一瞬间有些茫然了。前些日子一直处于朝夕不保的境况中，能够保全小命就是最高目标了，根本没有时间去想别的，而如今这个目标已经暂时达成，那么接下来呢？

沈涯如今权倾朝野，篡位是迟早的事情了，沈归曦就这么跟着他们一走了之？

就算他甘心放弃一切，那么萧若宸呢？叶薰有些迷茫，从军队到朝堂，他努力了那么久，总算有了今天的成就，可眨眼间一切都灰飞烟灭。这样两手空空地离开，他可会甘心？

一旦离开，沈涯的权势更胜往昔，而他们则落魄江湖，流离失所，到时候真的再也没有复仇的机会了。

没有错过叶薰眼中那一瞬间的彷徨，沈归曦轻叹一声，坐到床边，沉声道："我会找机会见父亲一面的。"

"你要去见他？！"叶薰闻言一惊，她抬头看着沈归曦。不知道是不是错觉，视线接触的那一瞬间，从他眼中捕捉到的竟然是一丝莫名的伤痛，如同冰火双重，爱憎交织。

"有些事情，总要说清楚。"沈归曦低垂下眼帘，掩去了复杂之极的视线，神情却带着格外的沉默决然，又有些痛楚的觉悟。

"你要和他说什么？又怎么去见他？如今京城我们根本进不去吧。"叶薰着急地问道。

"放心吧，不用我去见他，他会来这里的。"沈归曦沉声道，"不久之后就是皇后娘娘的殡葬大礼了。"

叶薰一愣，这才想起沈皇后的葬仪还没有结束。按照宫中规矩，皇后的停灵招魂等一系列法事都是在宫里举行，而这些结束后，棺木遗体才会送至天龙寺后山的皇陵地宫安葬，算算日子也就是十几天之后了。

十几天之后……

"如果他不放你走怎么办？"叶薰轻咬着下唇，缓缓问道。就算你能够放弃权势，沈涯绝对不可能放弃，而且他不仅不会放弃权势，只怕也不肯放弃如今这唯一一个儿子。

"他会放我走的，我对皇位根本没兴趣。"沈归曦摇摇头，看到叶薰依然满脸担忧，他安慰地笑道，“不用担心，我会好好回来的，不是还有大哥在吗？他原本就才华横溢，聪慧敏捷，远胜过我这个只知道舞刀弄枪的弟弟，若是……”沈归曦略一迟疑，才继续说道，“若是父亲他真要……篡位，大哥才是合适的守成之君，比起我……”

那个名字传入耳中的刹那，叶薰脸色惨白，她不自然地躲避开沈归曦的视线，默默听着，每一个字对她的心脏都是刀剜般剧痛的折磨。

沈归曦一番话说完才发现叶薰嘴唇发青，脸色惨淡，以为她是支撑不住伤痛，连忙扶她躺下，问道：“怎么了，伤处疼痛？”

叶薰勉强笑道：“没有，就是感觉很冷，很累了。”

“你很久没吃东西了，我去端米粥，喝完了好好睡一觉。”沈归曦轻声道，一边细心地替她掖好被角，“你安心养病就好，等你身体痊愈了，我们再也不管这些是是非非。”

叶薰闭上眼睛，无声地点点头。

第三章

风露中宵

睡梦中自己似乎走在一条阴暗的小道上，四周都是迷蒙的白雾，阻挡了朦胧的月色，阴暗的光线中升腾着重重湿气，接触到肌肤上让她全身发冷。

叶薰漫无目的地沿着小路奔波向前，却感觉脚下越来越泥泞，身体也越来越疲倦。自己这是在哪里？又是在向哪里奔走？想到这个问题，叶薰只觉得一阵头疼涌上来，似乎大脑也被这重重的迷雾遮蔽了，无法思考，只知道本能地向前。

不知走了多久，前方终于出现一片黑影，静静地伫立在月光下，是一座院子。

叶薰惊喜起来，像是疲倦的旅人终于见到了希望的灯光，她快步奔去。走近了才发现这座房子出奇地眼熟，厚重的深青色漆门，两边灰墙延伸开去，上方悬着的匾额在漆黑的夜色之下看不清楚字迹。门虚掩着，从门缝里看进去，只觉得有一层淡淡的雾气隔着似的，院中的一切都迷茫如雾。

仿佛冥冥中有某种力量主宰着，叶薰鬼使神差地走入院子，正面的那间房子正亮着灯火，她走近窗前，向房间里面望去。

明明是很雅致的房间，里面堆积的竟然是木柴之类的杂物，中间有一张床，床上躺着一个依稀很熟悉身影，面容却掩在重重的帷幕之后，随风变幻不停。

是谁？叶薰凝神仔细看去。

惨白的影子终于映入眼中的那一刻，叶薰忍不住尖叫出声，猛地从床上坐起来。

剧烈的动作带动伤口的疼痛，她身形一颤，险些跌回床上。

急促地喘息了几口气，叶薰才逐渐清醒过来。忍着伤痛，她抬头看向四周，简朴淡雅的房间陈设逐一映入眼中。

对了，自己是在天龙寺。叶薰冷静下来，刚才只是在做噩梦而已，一切都只是梦，只是梦而已……

可是那个梦……

回想起最后看到的床上的影子，叶薰心脏禁不住一阵抽搐，那是她做梦都不敢去想象的场景。

叶薰按住胸口，竭力让自己不要再去想。喉咙干涩地像是要冒出火来，她挣扎着下了床，走到桌旁，拿起茶壶倒了一杯。

冰凉的茶水沿着喉咙滑下，她紧绷的神经略微缓和。稳住了呼吸，叶薰目光扫过房内，自己睡了多久？沈归曦出去了吗？否则听到自己的声音一定会过来看看的。

她的目光投向窗外，明晃晃的月光照着院子，白天生机勃勃的绿意也陷入了沉睡，满院墨绿沉淀下来，天地间一片静谧。

叶薰推开房门走入院子，清冷的月光如流水般洒落全身，淡淡凉意将初秋特有的萧瑟弥散在空气里。走到隔壁的屋子前，门果然是虚掩着的，沈归曦出去干什么了？

而另一间屋子，叶薰的目光投向对面，那是萧若宸的房间。她走近窗前，透过半掩着的窗户向里望去，床上被褥折叠整齐，空无一人。

偏僻的院落不过就这么几间房子，两人竟然都不在，他们去了哪里？叶薰惶惑地看向四周，尤其萧若宸的伤势又这么重，竟然还不好好休息，是发生了什么紧急的事情吗?

叶薰索性推开院门走了出去。院外是一片寂静的林子，一条小径延伸而入。天龙寺本是佛教圣地，依山而建，占地广阔，寺庙成群，抬头向山上遥看，整个寺庙巍峨恢弘的气势扑面而来，他们落脚的不过是极其偏远的一处小院子。

叶薰沿着小径走入树林，穿行片刻，一座空旷高远的大殿映入眼帘。深夜时分，僧人都早已休息了，整个殿堂寂静地恍如无人的旷野，只余下供在佛前的油灯跃动闪烁，给这清冷的夜晚添上一丝活力。

黯淡的火光照亮了殿内，叶薰隐约看见其中立着两个身影。背对着她的那个格外熟悉，一眼便认出是萧若宸。

他怎么会在这里?！叶薰脚步停了下来。天龙寺内尚不知是什么情况，自己贸然上前，说不定会打扰他。只是他的伤势不轻，才刚刚休息怎么立刻起来了，叶薰担心地遥看着那个熟悉的背影。

纵然风姿挺拔依旧，夜风之下却显出些微消瘦伶仃，叶薰有些心酸，她略一犹豫，走到了殿外一棵大树下。

大殿里绰约的光芒透过格子窗照着斑驳的枝丫，一个声音传入叶薰耳中："这么晚了，施主是前来求佛法的吗?"声音虽低，在寂静的夜幕中却传得格外遥远。

低沉沙哑的声音苍老而陌生，是寺庙里的和尚，不是沈归曦。意识到这一点，叶薰不易察觉地松了一口气。

"晚辈俗人一个，此生只怕都与佛法无缘了，何必白费力气，亵渎了神佛，也蹉跎了自己。"萧若宸淡笑一声，轻声道，"来此不过是为求静心，想不到打扰了大师的清修，是晚辈失礼了。"

"佛渡有缘人，有缘自来，无缘自去，何处失礼?"僧人缓缓道，幽深的夜色中，低沉的声音带着让人安宁的韵律，"只是既欲静心，必先乱心，看来施主心中有苦。"

"浊世滔滔，天下谁人心中无苦?"萧若宸轻笑一声，带着些微不以为然，“晚辈也不过凡人一个，岂能超脱凡俗？”

“人生七苦，不过生、老、病、死、怨憎会、爱别离、求不得，”老僧漠然沉声道，“世人耽于苦难，皆因执著二字。只要放得下，看得开，又有何苦？”

“大师所说未免太虚幻了。所谓知易行难，若能轻易放开的，又岂会称得上执著？”萧若宸摇头道。

“不知施主所求为何？”僧人略一沉默，开口问道，语气略有波动。

萧若宸仰头看着案上的如来佛像，静默了片刻，方缓缓道：“这世间有一人，纵然倾尽天下也无可替代。明明心之所系，情之所钟，我却偏偏做了无数伤害她的事情，并且还要继续做更多伤害她的事情……”他的声音带着冷淡却苦涩的韵调，恍如萧瑟的秋风夜露，“所谓执著，便是早已放不开，搁不下，却又偏偏求不得……”

“施主，苦海无边，回头是岸……”

“苦海既无边，何处又有岸？”萧若宸微微偏头，打断他的话。

“相由心生，所谓苦海是由施主心魔所起，那岸自然也是在施主心里。”僧人平声答道，“只要施主回头，何处不是岸，何处没有岸？”

“回头寻岸？哈，大师果然是出家人。”萧若宸嘴角浮起一丝略带讥讽的笑意，他神色一变，冷然道，“可是比起大师所说的岸由心生，在下倒觉得另一条路更容易寻得那解脱之岸。”

僧人眉头一挑，略带好奇地道：“请施主赐教。”

“这世间确实是苦海无边，但只凭凡人一双肉眼，如何看得到苦海之滨，又如何寻得到回头之岸？而我又何必去寻那回头岸，”萧若宸轻笑着缓缓说道，“不如索性逆流而上，乱中取胜，待到身处万丈惊涛之上，到时候挥洒自如，任我遨游，岂不也是一种上岸？”他的语气里含着决然的自信，自信中却又透着森然寒意：“若有一日倾国皇权，尽掌我手，自然顺昌逆亡，随心所欲，万丈苦海，我自渡之。”

“施主……”僧人眉头一皱，这番话未免戾气太重了，他略一思索沉声道，“人力有时穷。若所求太多，往往难以尽如人意，世间之事，莫不如此。施主可见天上明月，古往今来水中捞月者众矣，可成者几何？与其九天揽月，行不能之事，不如望月静思，知足常乐。其实望月之时，自身已在月华之中矣。”

“大师方外之人，自然看得开这红尘纷扰。”萧若宸不置可否地耸耸肩，似乎不想将这个话题继续下去，略一欠身道，“此次承蒙大师收留我们几个落魄之人，感激不尽。夜色已晚，今日打扰大师参禅许久，晚辈深为歉意，这就告退了。”

僧人看了萧若宸一眼，单观面相，他便知此子生性刚毅，外物难动，方才一番话只怕对他毫无作用，也只能暗叹一声道：“昔年贫僧得过萧国丈大恩，此番不过举手之劳，施主不必挂怀。只是施主……贫僧观你面色惨淡，似乎伤势颇重……”

“多谢大师关心，在下自有分寸。”萧若宸谦和有礼地答道，身形却并不停留，转身向外走去。

僧人略一顿，忍不住对他离去的背影道：“安心静养的这些时日，施主若有心，随时可来贫僧这里闲坐。”

萧若宸摆摆手示意知道，脚下却不停，很快消失在门外。

僧人遥看他远去的背影，无奈地轻声吟叹道：“缘生缘灭，谁知谁痴，情始情终，浮生如斯，至极至痛，人间所苦……”

这个僻静寂寥的夜晚，谁也没有注意到殿外树后那个隐藏的身影，叶薰站在树下，似乎已化为一尊塑像，亘古以来便默默伫立在那里。殿内僧人低低的吟诵声传入耳中，若有若无如天音缭绕，叶薰一时间痴了，心绪澄清成一片空白，只余耳边悠远绵长的咒唱。

一阵风过，凝结在枝头的露珠承受不住重力，顺着幽绿的脉络缓缓滑落。冰冷的温度滴落到肌肤上，叶薰猛地一颤，恢复了知觉。

像是终于从梦中惊醒，她抑制不住地全身颤抖起来，似乎冬日的寒冷在无声无息间提早降临，笼罩住树下脆弱的空间。

一些她从来未曾想过的东西，在这个意外的时刻不期而至，像是一扇她从未注意过的门忽然打开，封存已久的秘密乍然袒露出来，如这个初秋的寒露，以一种清冷绵长的姿态滴落，沁透入她的心里。

生命中从未有过这般的彷徨与无措，叶薰无声地张了张口，却发现嘴唇只是无意识地颤抖着，什么话也说不出来。

也许是天气太冷了，毕竟秋天已经到了，她仰头望向笼罩在头顶的繁茂枝丫，借着明亮的月光，浓翠的枝叶中透出几分枯老的褐色。凝视那片幽深的色泽，叶薰思绪只余一片寂静的空白。

不知道过了多久，她本能地低下视线。发现就在失神的时间里，殿中的灯火已经熄灭，留守的那位僧人已完成晚课，回去休息了。

自己站了多久？应该回去了。叶薰默默抱住被寒气沁透的双臂，想要转身。可不知是因为长久的站立，还是因为天气的冰冷，身体完全不听使唤，刚走了两步就手脚僵硬地绊到一根枯藤上。

就在身体要接触地面的刹那，一双手臂及时挽住了她。叶薰抬头，立刻看见了紧张中带着关切的面容。

"你在这里站了多久？明明受了伤还这么不小心……"沈归曦气急败坏地问道。夜幕降临之后他便下山去打探周围的动静，回来却发现叶薰不见了，惊慌失措的他几乎把整个寺庙都搜遍了，才在这里找到人。触手处肌肤冷地几乎没有温度，天知道她为什么要跑到这么偏僻的角落里，又要在寒风中站到手脚僵硬。

"难道你不知道自己是个病人吗？"沈归曦心疼又心焦地低声责问道，一边脱下外衣搭在叶薰身上。却在视线落到叶薰脸上时动作一顿，"你……你怎么……"他伸手摸向叶薰脸颊，神色逐渐凝重。

温热的手指触到自己脸上，叶薰才惊觉一种异样的湿滑。她视线落到沈归曦离开的指尖上，几点水珠流转着清冷的光泽。

那是……叶薰愣愣地看着，原来自己刚才……

"到底怎么了？"沈归曦沉声问道，语气不自觉地紧张起来，他将衣服披到叶薰肩头，将她打横抱起，一边问道，“怎么会忽然来到这里？刚才……是遇见了什么人吗？”

“没有。”叶薰低下头，缓缓道，“没什么，就是觉得有点冷，又有点难受……我们回去吧。”说着她闭上眼睛，将头埋进温暖的怀里，仿佛不堪承受这沉重的疲惫，昏沉欲睡。

沈归曦凝视着怀里的容颜，叶薰表情带着的不仅仅是疲惫，更有一种难以形容的复杂，让他忍不住担忧。

可疑惑的话语在喉咙里徘徊了数遍，却始终没有问出，只是将怀里的身躯抱紧了些，他快步向落脚的院子走去。

飞掠的步伐迅速而沉稳，叶薰条件反射地缩了缩身子，让自己在沈归曦怀里更舒服一点。表情深埋进他温暖的胸口，脸颊上的水泽慢慢渗透进干燥的衣服，很快就只残留下浅淡的干涩痕迹了。如果就这么一路走下去，永远不用放开，也不用烦恼，就只是这样一路单纯走下去该多好，她恍惚地想着……

天龙寺之外是延绵广阔的密林，初秋的树木浓郁茂盛，斑驳的月光剪影透过横斜的枝丫洒落在地上，随着萧瑟的秋风轻移浅动。冷月幽树，寒风迷影，这一切在漆黑的夜幕融成幽然深远的气氛。

萧若宸缓缓走在林间，绕过一丛灌木，一个人影忽然闪现出来，对他恭然行礼道：“主上。”

萧若宸停住步子，面上神态自若，显然是早有预料。

月影渐移，光华照在来人脸上，赫然是他亲信的贺骏万。

“近来朝中可有什么大事？”萧若宸冷静地问道。

“沈皇后宫里的法事已经完结，礼部定在七天之后棺木入陵进庙。此次葬礼，陛下和沈涯都要亲自前来……”贺骏万详细禀报道，语调虽依然沉稳，眉宇间却已掩不住喜色，“……至于皇陵，早已按照计划中的全部布置妥当了，万无一失。”

萧若宸不动声色地点点头，这本是预料之中的事情。他略一沉吟，问道："近来沈涯在朝中有何动作？"

"这些日子沈涯他连续拜访了数家勋贵豪门，多是开国元勋、太宗嫡系的权贵皇亲。详谈的内容我们难以探听，不过却也能够猜到大概。"贺骏万笑道。

"他的行事效率倒是高。"萧若宸轻笑一声。

"得到了朝思暮念的东西，自然要让它尽快发挥作用。"贺骏万笑道，"属下会继续仔细打探的。"

"不必了。"萧若宸摇手打断道，"今后不要再有关于沈涯的任何行动，无论朝堂上还是军中，都停止动作。"

贺骏万略一迟疑，立刻想到，这种关键时刻，过多地关注反而会引起对方的警惕，便释怀了。

萧若宸放下手，无意间牵动胸口的闷痛，话音未落便湮没在一阵急促的咳嗽里。

"主上……"贺骏万紧张地上前一步。

"无妨。"萧若宸摆摆手，却忍不住按住胸口，舒缓伤处的疼痛。

"这是……"视线落到萧若宸的肩上，贺骏万声音有些惊慌。

萧若宸低头一看，是伤口又渗出血来，他苦笑一声："不必担忧，是上次的刀伤，并没有伤到要害。"

"主上的伤势应该尽早治疗才行。"贺骏万皱眉扶住萧若宸道，"这次都是因为小姐自作聪明，害得主上为了借万瑞之手将文昭送出，才不得不退让，竟然伤得如此严重……"

"够了！"萧若宸神色发冷，锐光爆起，厉声打断了他的话。

贺骏万一愣，萧若宸脸上的寒意已经迅速掩去，沉声道："伤势我自有分寸，不必多虑。仅凭他万瑞的功夫，想要我的性命不过是痴人说梦。"一边说着，脑中不禁浮现起叶薰最后抱着他跃下马背的那一幕。

那一瞬间，紧紧拥抱着自己的那双手臂，契合的温暖中没有任何间隔，仿佛天地间只牵挂他一人，只在意他一人……

一瞬间的温暖带来一瞬间的迟疑，原本应该使出的杀招竟然慢了半刻……想到这一跃带来的后果，萧若宸感动之余又忍不住有些好笑，这次如果不是运气好，只怕真的……

贺骏万呆呆地看着萧若宸嘴角浮起一丝笑意，像是想到了什么柔软之极的东西，他禁不住迟疑地问道："主上……"

短暂的失神之后，萧若宸立刻清醒过来，缓声道："寺内也有通晓医术的高僧，我的伤势无碍，你不必多挂心，"随即回到主题，问道，"凉川那边有消息传来吗？"

见萧若宸言辞坚定，贺骏万也只能暂且放下担忧，关注自己的任务。"没有，这些日子金菱姑娘那边无任何消息，像是断了联络一般。"他皱起了眉头，"可……根据线人密报，陆谨虽然软禁了她，日常生活却并未限制。埋伏的线人没有得到任何消息，依属下看来，更像是金菱她自己断了与我们的联络。"

萧若宸神色一动，问道："对于她的处置，陆谨是什么意思？"

"陆谨的心思难测，不过听说他手下的心腹重臣纷纷要求将金菱依循祖制为敦略可汗殉葬。只是陆谨一直没有表态。"贺骏万从容分析道，"以属下所见，纵然陆谨现在有所不忍，时间一长也必定要下手除掉她的。"金菱对陆谨来说已经没有任何利用价值了，又牵扯着敦略可汗死亡的秘密，趁机灭口才是最佳选择，陆谨并不是耽于女色之人，这样的行为才合情理。

明知自己已经变成陆谨的弃子了，却依然不为所动，游移不定。金菱的行为……贺骏万无奈地摇头叹道："女人的心思啊……果然难成大事……"

一句话没有说完，抬头见到萧若宸神色凝重，他略一思索，建议道："主上，不如令金韬大人亲自修书催促她动手……"

"不必了，"萧若宸摆摆手阻止了他的提议，"你命人传话给她，若是处境危险，事情难以成功，可以罢手，按照原计诈死脱身即可。待她潜回京城，我可以为她安排新的身份，助她阖家团圆。"

"主上？"贺骏万忍不住睁大了眼睛，一向讲究赏罚分明的主君何时变得这么宽松仁慈了。

明白他的疑惑，萧若宸沉声道："陆谨为人谨慎细微，防心极重。金菱不过一介孤身女子，对她能有几分信任？此事本就难以成功，何必害她枉送了性命？更何况……"萧若宸略一停顿，方低声道，"我还欠她一个极大的人情，总是应该归还的。"

"人情？"贺骏万有些惊异。但萧若宸一脸平淡无波，显然并不想细说，他也不便多问，只是道："可是若让陆谨回了皇庭，日后突厥势力又是一大祸患，对主公将来……"

"无妨，如今突厥国内乱象渐起，就算陆谨他有通天本事，要彻底平定内乱，恢复国力，至少也需十年工夫。"萧若宸轻笑着，缓缓道，"十年之后，这天下将是谁的天下，这胜负又将是谁与谁的胜负，自然要重新定论。"

平淡的话语中浮动着张扬的自信。这世上若没了对手，岂不也是一种缺憾？贺骏万凝视着眼前卓然挺拔的身影，心绪波动之下，脱口而出低声道："这个天下胜负自然是主上的，世上的一切都会是主上的。"

萧若宸转过身来，明澈的视线缓缓扫过，看得贺骏万心神震动。

"现在还不行，"他微笑着，明朗一如碧蓝的晴空，"不过总有一天，所有我想要的，都是我的。"

纵身翻过围墙，落到地上，萧若宸感觉一阵气血翻涌，晃了晃身子，才勉强站稳。回头看看低矮的院子围墙，他忍不住苦笑了一下，想不到自己也有落魄至此的时候。

正要回屋，脚步却忽然停住。他转过身，凝神看着树下卓然而立的那个身影。片刻的静默之后，他轻笑一声，道："如此星辰如此夜，为谁风露立中宵。究竟有什么事情，能让沈二少爷深夜无眠，留在这里吹西北风呢？"

"又有什么事情，能够让萧公子不顾伤势严重，深夜翻墙做梁上君子呢？”树下人开口反驳道，一边漫步从阴影下走出，正是沈归曦。

清冷的月华洒落在院子里，银光流泻，映照彼此挺拔的身姿。

沈归曦的视线落到萧若宸身上，扫过被夜露打湿的衣襟，平声道：“你出去了很久？”说的是疑问句，用的却是肯定的语气。

萧若宸眉头一挑，今天在寺庙里耽搁了一阵子，回来的确实比预料中的晚，但他实在料不到沈归曦会有闲工夫跑去自己屋里查看他在不在，怎么想他也不会是这么关心自己的人。

“看来我害你在这里等了很久，”萧若宸淡淡一笑，半是揶揄，半是讽刺地笑道，“二少爷一整晚既要下山去打探情况，又要在寒风里等人，如此辛苦，在下实在深感歉意……”

“歉意？”沈归曦耸耸肩，“什么时候你会有心情关心我是否辛苦了？”

当你有兴趣三更半夜关心我是不是睡在床上的时候，萧若宸暗暗回了一句，却并没有说出来。

“怎么说你也是我救命恩人，岂能不关心。”他嘴角轻扬，略笑着回答。

“我不是你的救命恩人，”意料之外，沈归曦开口反驳道，语调平静却带着决然的肯定，“你也根本用不着我来救。”

萧若宸神色依旧平淡，双眸却不易察觉地眯了起来，光华内敛地盯着沈归曦。

“我很奇怪，你为什么不杀他？甚至不惜让自己伤得这么重？”沈归曦迎上他的视线，继续说道，语气平和坦然。

“形势所迫，无可奈何。万总管武功高绝，而我体内毒性尚未完全解除，自然不是对手。”很清楚他说的是谁，萧若宸淡淡地回道。

沈归曦一瞬不瞬地盯着他，忽然摇了摇头：“你在说谎。父亲的为人我很清楚，既然已经有后招杀你，就绝不会在解药上动手脚，反而会引起你的警惕，坏了后续计划。而你的几处伤势看着严重，其实并没有伤到筋骨。至少在她出其不意地带着你摔落马背之前，你尚有反击之力，却拖延着迟迟不肯出手，为什么？”

萧若宸脸色稍变，沈归曦眼光之锐利，出乎他预料之外。

“更何况……”沈归曦意味深长的视线落到萧若宸的手腕上，继续说道，“你那里的东西，也足够让你出其不意地击杀对手了。”

萧若宸隐藏在袖中的手握紧又松开，忽然展颜一笑，道：“不舍得杀他，自然是想将人留给你了。”他冷寂的目光毫不退让地对上他的视线，带着尖锐的味道，将同样的问题还给了他，“我也很奇怪，你竟然没有杀他，难道杀母大仇比不上……”

“够了！”沈归曦猛的一声断喝，打断了他未说完的话语。冷静的神态终于起了变化，伤痛的眼神一闪即逝。看着眼前神色叵测地注目于自己的萧若宸，沈归曦长吸了一口气，恢复平静。

“那不是他的错，如果没有突厥人的阴谋，没有柳拂虹，甚至如果没有你……”沈归曦一字一句地说道，“都不会发生这一切，不会让他做出这样的选择……”

萧若宸凝视着他，轻笑道：“那么，你大可以杀了我，为她报仇。还要前来救我岂不太辛苦。”

“你会刻意将这个消息透漏给我，自然是算准了我的行动。”沈归曦自嘲地一笑，冷然道。得知母亲死亡的秘密只是基于一次偶然，但深思之后，不难想到是谁在暗中动的手脚。

“我一直无法明白你将这个消息透漏给我是为了什么？”他皱眉看着萧若宸缓缓道，随即不等萧若宸开口，他又无所谓地摇摇头，“你究竟要干什么我不知道，也没有兴趣知道，只是……”他缓缓沉声道，“无论你想做什么，我都提醒你一句，不要伤害她。”

萧若宸身形一颤，始终维持的冷静理智终于崩开一角。他紧盯着他，眼中爆起的锐芒像是私人领域被侵犯的猎豹，却在瞬间的激烈之后逐渐凝滞，终于缓和下来。

“你凭什么这么说，你算是她的什么人？”他缓缓问道，声音里浮动着异样的清冷。清浅明利的眸子无喜无怒，仿佛这一秒钟还是轻疏淡远，下一刻就会变得狠厉疯狂。

沈归曦沉默了一会儿，轻声道：“我只是一个关心她，爱护她的人。这就足够了。”他语调平淡自然，像是在陈述一个再也明白不过的事实，却蕴含着无限坚定，让任何人都无法怀疑。

萧若宸猛地闭上眼睛，神色一片木然，似乎呼啸的风声已经将这句话彻底湮没，并没有送进他的耳中。

以一种冷漠的姿态转过身，他似乎已经无意继续这场对话。

沈归曦静静凝视着他远去的背影，忽然道：“不要忘记那天你答应过我的话。”

“你对他倒是仁至义尽。”萧若宸身形一滞，没有转头，只是讽刺道。

“他是我的父亲。”沈归曦低声道，语气渐缓，“活在这世上，人之所重，心之所系，不过至亲挚爱而已……”

至亲挚爱，听着身后传来的话语，萧若宸嘴角浮起一抹笑意，却是说不出的冷厉讥诮，“你放心，”他缓声道，“我既然已经发誓不再对他有任何报复，之后自然不会再有任何动作。只是……”一种冲动忽然涌上心头，萧若宸一反往昔的冷静，转头盯着那个依然立在树下的身影，冷冷说道：“这个承诺也只是对他一人有效，可不代表我不会对别人下手。”

说完，他漫步进了屋里，再也不去理会身后人的反应。

关上房门，隔断了身后清亮深思的目光，萧若宸禁不住死死按住胸口，那里的疼痛正一重重蔓延上来。不仅仅是伤处，更多的是另一种痛楚，像是亘古的魔咒紧紧缠绕着他，让他无法逃避，也无法解脱。

“至亲挚爱……”他脱力地依靠住门框，喃喃重复着这个简单的词语，带着无法言喻的伤痛。

第四章

龙吟惊天

十一月十四日清晨，天边尚且一片空濛，京城上空已经回荡起嘹亮的钟声，庄严肃穆，悠远绵长，宣告着今天是一个不同凡响的日子。

宫中法事祭祀结束后，沈皇后遗体终于装殓入棺，满朝王公大臣俱持斋戒，素服入朝，叩送凤椁。棺椁由神武门出，三千精锐兵马护送，入大周皇家宗庙所在的天龙寺安葬。

同行的不仅有负责主持葬仪的大将军沈涯，连久病未愈的皇帝也出现了，亲自去送这位宠爱了十几年的皇后最后一程。

从清晨起，天空便灰蒙蒙一片，飘荡的云层积聚起沉闷黯淡的气氛，一重重压迫下来，萧瑟的秋风吹起送葬的号角，如低哑的嘶鸣，银白的纸钱飘散在天空上，让人恍惚只觉冬日已经提早降临。

队伍离开京城向西北而行，半日后便抵达苍山脚下，放眼望去，辽阔的山地延绵起伏，苍茫开阔，云雾缭绕间，天龙寺仿佛是建筑在天上的庄严庙宇。

风越来越凄冷，阴云一重重压下来，压抑了整整一天的雨滴终于开始飘落。

冷冷的水滴落在脸上，沈涯抬手擦过，竟然下雨了，他仰望天空，片刻的停顿后视线逐渐向下，落到远方高峻的山峰上。映衬着背后凝聚不散的阴云，往日里宏伟庄严的庙宇此时竟透出一种神秘莫测的韵味，仿佛有一扇未知的大门正在缓缓开启，等待着整个队伍的到来。

心中隐约浮起不祥的预感，沈涯收回视线，压下这莫名的沉重，转而看向身旁。

巨大的棺椁肃穆庄重，名贵的木料散发着清雅的气息，精美的九龙九凤图案缠绕住整个棺身，龙眼与凤嘴均是明珠宝石镶嵌雕琢，流光溢彩，炫目璀璨……

眼前的凤椁极尽奢华，可再精美再奢华的装饰也只能是单调死板的物件，不会动也不会变化，只剩下永恒的时间流淌，任沧海桑田，海枯石烂。

没有一刻比现在更清楚地认识到，他已经永远见不到里面躺着的那个人了，永远见不到她妩媚绝尘的容颜，见不到她风姿如玉的身影，见不到她嫣然俏丽的笑容了……

笑容……对了，自己已经有多久没有见过她的笑容了？

这个问题猛地映入脑海，沈涯忽然感觉一阵恐慌，一种他从未感受过的恐慌，他发现自己竟然想不起来了，无论怎样费力地搜索记忆，他也无法想起，上一次见到她的笑容究竟是在何时何地了……

似乎已经太过遥远，遥远地相隔了十几年。

是的，十几年了。仔细回想起她入宫的这十几年来，他竟然从来没有见过一次她真正的笑容。其实，她笑的时候很多，面对皇帝时，面对宫妃时，面对文武大臣时，甚至面对办事得力的奴才时，她都在笑，笑得倾国倾城，天下无双，笑得百媚横生，粉黛失色，可是却再也没有一次，没有一次笑容是如同那时候的……

记忆不受控制地奔涌流淌，记得那是一个阳光明媚的清晨，他遵照义父的教导在院子里练剑。一个招数总也练不好，他厌烦起来，趁着侍从不注意的空当，偷偷离开练武场。对童年的他来说，文信侯府的后院是如此的辽阔深远，在春天清爽的阳光下，又是那么生动诱人，比所有枯燥的文修武略课程都要美好地多。

探险一样穿过树丛，越走越远，然后他就看到了那座院子，也看到了她。

那个粉雕玉琢的小女孩正趴在大门口，扳住门框好奇地向外张望着，看到走过来的少年，她展颜一笑。

少年有一瞬间的晕眩，只觉那笑容比阳光更加晶莹剔透，纯净无瑕。

之后发生了什么？似乎是他上前拉住她的手，两人在草地里捉蟋蟀，他还捉住了一只跳得又高又远的大蟋蟀送给她。她身上有清淡的香气，闻起来就好像站在了开满鲜花的田野上。阳光照着遍地青翠，连那个陈旧森寒的院子也明媚起来……

可惜不久，听闻了消息的义父就匆匆赶来，将他带了回去，之后他很长时间没有再见到她。

可那天的快乐是如此的鲜明生动，在每天被武学政事、兵法六艺占得慢慢的枯燥童年里格外与众不同，而她的笑容，就是那份快乐中最明媚的一道阳光。

……

这么久远之前的往事竟然还记得如此清晰，原本以为早已忘记了的，沈涯闭上眼睛，清冷的雨滴落到他脸颊上，顺着刚毅的弧度慢慢滑落。

一个念头倏然钻入脑海，如果他没有选择这条路，如果他永远也不知道自己的身世，如果……那么他现在会怎么样？她现在又会怎么样？那个阳光下开满了花的季节是不是永远不会凋零，不会褪色……

原来他已经错过了这么多……

一种奇异的感情翻涌着，沈涯按住胸口。视线尽头，清亮的水滴沿着棺椁上繁复的雕刻流淌下来，他感觉有什么东西也要跟着流淌下来，他闭上眼睛，也许，已经流淌下来了，在他心里……

“将军，将军，您怎么了？”旁边的侍从敏锐地察觉到主君的异样，连忙问道。

"没有。"片刻的沉默之后，沈涯回答道，声音已经恢复了冷静自制。

想不到自己也有沉溺于幻想的时候，他自嘲地一笑，意识的失控不过刹那，他向来是冷静理智的。

那些所谓的"如果"实在太虚幻，太遥远，虚幻到根本没有去假设的价值，遥远到根本没有去缅怀的余地。只有眼前朱红色的棺椁，虽然狰狞，却是无比的真实。

既然已经错过了那么多，所以，他不能再错过更多了。

他想得到的……他仰望着眼前盘延而上的宏伟寺庙，轻声说道："一定要得到……"

寺内早有官员迎接等待，庄严肃穆的祭祀礼仪在正殿完成后，巨大的凤椁被九匹骏马拉着，缓缓步入后山皇陵。

身体孱弱的皇帝早已不堪伤痛，入后殿休息了。大将军沈涯却依然伴着凤椁，走过这最后一程。

地宫建筑地富丽堂皇，门第陈设都是按照凤仪宫的模式建造。沈涯伴着棺木步入地宫深处，将凤椁安放在陵墓的最中心。

"我把他的骸骨与你一同埋葬，你这一生最牵挂的人就是他，我却连让你见他一面都做不到。如今我让他代我陪你，你是欣慰，还是怨恨？怨恨我的无情和无能……"沈涯的手按在凤椁上，感受着那冰冷的温度传递入心田。没有人知道，里面所埋葬的，是他一生中最重要的两个人。他轻声问道，"也许几十年后，也许是不久的将来，我就会来陪你，来陪伴你们……到时候你可会原谅我？"

低沉沙哑的声音缥缈如梦，在寂静深远的地宫里绵绵传递……

秋天的雨缠绵悠长，日暮时分，原本就阴云密布的天空更加萧瑟。天边灰蒙蒙一片，如暗夜般阴沉黯淡。

天龙寺正殿禅房早已收拾地纤尘不染，几十根儿臂粗的明烛灼灼燃烧，将雅致精美的房间照地灯火通明。葬礼结束已经是夜晚了，大周的皇帝陛下和大将军沈涯都将留宿寺中。

此时宽阔深远的大殿里，一个明黄色的身影正徘徊不定。苍老憔悴的面容上带着不易察觉的绷紧，因为久病而苍白的脸色透出一种不正常的红晕。

来回走了片刻，皇帝越发焦躁难安，转头向旁边的侍从问道："什么时辰了？"

"启禀陛下，已经酉时三刻整了。"旁边的侍从恭谨地回答道，心下却忍不住疑惑，这已经是陛下第三次询问时间了。

"前殿葬仪进行地如何了？"皇帝继续问道。

"皇后娘娘的棺椁已经起驾送往地宫了，想必再有两个时辰就结束了吧。"

还有两个时辰？皇帝脚步一顿，向窗外晦暗不明的天空看了一眼。沉默片刻，他转头对殿中侍从道："朕想一个人缅怀皇后，不想有人打扰，你们都退下吧，殿外也不必留人伺候了。等沈将军回来，再过来禀报朕。"

殿中诸人自然不敢非议，不多时便退了个干净。

屏退了左右，皇帝走向窗边，神色忧虑地遥看着天空。随着夜幕降临，雨越发大了起来，天边更隐隐响起闷雷，水珠沿着房檐滴落，逐渐连成细密的水柱，打在青琉璃的地砖上，珠花玉屑般四散飞溅。天地间被这张灰蒙蒙的雨之幔帐彻底笼罩，辨不清方向，也摸不透深浅。

皇帝的视线投向东边，那就是皇陵的所在。可眼前除了一片虚空什么也看不清楚，心中越发忐忑难安。事情一切顺利吗？如果成功了，一切都好说。可万一失败了……一阵寒风吹过，闪电破开虚空的夜幕，皇帝激灵灵打了个哆嗦。

这时门外响起了规律的敲门声，伴着一声低呼："陛下。"

听到熟悉的声音，皇帝身形一颤，终于到结果分晓的时刻了。他长吸一口气冷静下来，缓声道："进来吧。"

大门一开，一阵寒风呼啸而入，殿中摇曳的烛火霎时被吹熄了泰半。一个高挑的身影随着寒风进了房间，给温暖的大殿带来一丝清冷的色调。

“叶爱卿不必多礼，事情办得怎么样了？”对躬身下拜的臣子抬了抬手，虚扶一礼，皇帝迫不及待地询问起最关心的问题。

“启禀陛下，一切大功告成，沈涯在地宫里已经待了超过半个时辰。”萧若宸平静地说道，嘴角却带着冷冷的笑意，“皇上亲自下在沈皇后身上的药物想必已经生效，就等地宫里的机关被引动了。此次沈涯就算武功绝世，也难以逃出生天。”

“好好好！”皇帝紧绷的面皮终于松动，眼中浮起狂喜的神色，“不枉费朕耗了这么多心力。这个逆贼，若能一举拔除，实乃天下之大幸。”

“微臣恭喜皇上。”萧若宸躬身应和道。

皇帝的眼神落到萧若宸身上，笑道：“此次爱卿也居功至伟，朕一定要好好赏赐，哈哈。”

“是皇上算无遗策，筹备周密，微臣不过听令行事而已，岂敢居功。”萧若宸连忙推辞道。

“爱卿不必谦虚，若不是爱卿早已将那封文昭交给朕，朕也要被他瞒过，以为他是个忠良贤臣了。”皇帝一手拈着长须缓缓道，语气渐渐阴狠起来，“竟然居心叵测潜伏朕身边那么久，更图谋篡位，亏得朕对他们兄妹恩宠有加，这个忘恩负义的逆臣贼子……”

听到皇帝历数着沈涯种种狼心狗肺的举动，萧若宸嘴角一动，低头掩去了嘲讽的神色。若真以皇朝正统血脉来算，眼前的皇帝才是忘恩负义、谋朝篡位的逆贼之后吧。

其实什么是正统？什么是叛逆？谁又能说得清楚？什么恩义道德，血脉传承，根本都是虚话，唯一的评判标准不过成败二字而已。如果这一局赢的人是沈涯，那么正统的人自然是他，而这一局他败了，那么他就只能是逆臣贼子了。

成王败寇，就是这么简单。萧若宸凝望着眼前明黄色的衣角，锐利的光芒一闪而逝。

皇帝说得口角发干，终于停下，眼神落到萧若宸身上，得意地问道："此次爱卿可有什么想要的赏赐，但说无妨。"

萧若宸眼帘低垂，随即拜倒在地，压低了声音道："微臣蒙皇上信赖，感激不尽，理当万死不辞，报效天恩。只是，此生唯有一个心愿……就是我萧家忠君守礼，却遭沈涯贼子陷害，蒙受不白之冤，满门灭绝，至今已有六年。只希望皇上开恩，还萧家上下一个清白，九泉之下父亲想必也会感怀陛下的隆恩。"

随着萧若宸的话语，皇帝眼中戾芒一闪，随即掩去，笑道："既然是爱卿的心意，朕就答应吧。当年睿国公为朕的登基保驾也立过汗马功劳，前些年朕被沈涯贼子蒙蔽，反而疏远了忠良，使得萧家蒙冤，实在是朕之过啊。"

"多谢皇上隆恩。"萧若宸连忙感激不尽地谢恩道。

皇帝转身来到书案前，上面早有铺陈好的御用黄绫。他提笔书写，不过片刻，一道圣旨就完成了，萧若宸侍奉在旁边略扫过一眼，是说萧家当年受沈涯陷害，蒙受不白之冤，今沈贼谋逆，真相水落石出，特以昭雪复名云云。

皇帝将毛笔放下，看着跪在阶下的人平声道："叶爱卿，不，应该叫萧爱卿了，今次你劳苦功高，今后更需勉力尽忠，为朝廷办事。"他一边说着，眼中却闪烁起不易察觉的寒意。

其实早在突厥南下，沈涯死讯传回的时候，萧若宸就对他表露身份了。当时他震惊失色，难以名状，自己宠信的爱将竟然是罪臣之子，差一点就要当场呼唤左右，将萧若宸推出去斩首了。但紧接着萧若宸却又将另一个更加震撼的秘密献上。

看了那封文昭，英明神武的皇帝陛下这辈子头一次手都发抖了。他忽然发觉，除了眼前这个人，他竟然找不出一个可以完全信赖的人了。沈涯入朝的这二十年里，无论内宫还是朝堂，都渗透地太彻底了。

萧若宸则趁机诉说萧家的冤情，恳请皇帝做主，一副对皇帝忠心耿耿，仇恨全在沈涯一人身上的姿态。

外有突厥大军围城，内有沈涯掌控朝野，如此形势下，皇帝只有选择相信他了。

只是如今沈涯这个心腹大患已除，而眼前的人……皇帝心思叵测地打量着萧若宸，心中忽然浮现起当年萧家的滔天权势和萧仁对他的指手画脚来。

等剪除沈家余党，安定了朝政……不能留下后患。他无声地道。

萧若宸嘴角浮起一抹笑意，礼仪规整地躬身道："陛下英明，微臣谨尊圣意。"

殿内一时陷入寂静，天空忽然划过一道闪电，雷声滚滚而来。皇帝遥看着远方，忍不住道："怎么还不见动静？"

"皇上不必心急，沈涯已经是入网的鱼，必定逃不出地宫了。"萧若宸轻笑着安慰道。

皇帝点点头，却压抑不住心中的忐忑。

"皇上……"萧若宸上前一步，神色格外郑重地问道："微臣斗胆，想请问皇上一个问题。"

"什么？"皇帝条件反射地回道。

"一旦大功告成，皇上准备如何向天下人交代呢？"

交代？皇帝一时愣住了，这些日子他日夜焦虑着如何除掉沈涯这个心腹大患，还从没想过成功之后的行动呢。

"君要臣死，臣不得不死。"皇帝冷哼了一声，不屑地说道，"更何况沈涯此贼谋朝篡位，罪大恶极。朕还需要交代什么？又需要向谁交代？"

"皇上，沈涯镇守北方边关，护卫中原多年，此次又击退突厥，解救天下苍生，早已是民心所向。要株连杀伐，总要给满朝文武和天下百姓一个合理的罪名吧？"萧若宸轻笑着问道。

皇帝皱起了眉头，仔细思忖，萧若宸所说的确实有道理，但是……"民心所向"这句话听起来却格外刺耳。他不悦地扫了萧若宸一眼，视线落到大殿正中那座新添置的牌位上，冷然道："这个逆贼胆敢私通皇后，秽乱宫闱，自然罪无可赦……”

“皇上，沈含嫣不过是个女人。更何况还与沈涯有兄妹名分，这个罪名说出去，只怕天下人未必信服。更何况……”萧若宸略一顿，低声说道，“这些宫闱私密传扬出去，恐怕对三殿下的名誉……”

皇帝一滞，他膝下子嗣单薄，早在萧皇后主理后宫的时候，后宫就难得有平安孕育皇子的妃嫔，即便是生下来了，也逃不过三灾六病。唯有出身卑微的二皇子和沈含嫣所出的三皇子元澄长大成人。而一朝翻天，凤座易主之后，沈皇后的“贤惠”手段比起上一任却有过之而无不及，主理后宫之后，竟然再无一位皇子诞生。

对三皇子元澄，皇帝心结极大，不仅因为当初的继位事件，在知道了沈皇后与沈涯之间的私情后，更是反复查阅当年的侍寝记档。虽然能够肯定元澄确实是他的亲生儿子，却总是无法释怀。

前些日子二皇子又不幸遭遇噩耗，如今膝下唯一的皇子竟然只余元澄一个了。

皇帝嘴唇动了动，终于说道：“那么，他利用假文昭欺瞒拉拢诸位亲贵，假冒太祖血脉谋朝篡位，这样的罪名可足够？”说到这里，皇帝忍不住一笑，“这倒多亏了爱卿的功劳，将那封伪造的文昭送给沈涯，既降低了他的戒心，没有察觉我们的行动，更可借他之手，试探满朝勋贵的忠心。待朕起驾回朝，定要从严彻查，心怀旧主的，一个也不能放过。”

萧若宸忍不住嘴角一扬，笑道：“皇上英明。只是……”他顿了顿，方说道，“此法也不可行。文昭之事攸关社稷，当年威帝费尽心思才将昭珉太子的事情彻底压下。天下百姓并不知道沈涯与文昭之间的联系，此时主动提起，反而落了下乘。纵然声称文昭为假，只怕也要引动不必要的流言猜疑了。”

最后，他悠悠然说道：“人总是喜欢为自己爱戴的人寻借口，更何况沈涯他原本就是名正言顺的帝王血脉。”

皇帝嘴角抽搐了一下，萧若宸这句话让他极其不舒服，其中竟隐约有承认沈涯才是正统的意思。还有这种悠然自得的姿态……

他扫了萧若宸一眼，冷冷问道："那你说应该怎么办？"

"以微臣之见，最合适的罪名是……"萧若宸又上前一步，几乎贴近皇帝的耳边了。

皇帝不由自主地微微后退，却觉腰后一硬，这才想起他是紧挨着书案站立的。

他抬头看向自己得力的臣子，窗外正有一道闪电划过，璀璨的白光像是要将天际炸碎，整个漆黑苍茫的天幕被硬生生劈成两半。虚化的白光中，少年贴近的脸孔诡异地苍白。

伴着惊天炸雷，传进大周九五至尊耳中的是一个比雷声更加振聋发聩的字眼：

"弑君！！！"

他瞬间睁大了眼睛，瞪着上一刻还忠心耿耿的臣子。

眼神中有震惊，有恐惧，有痛苦，更多的却是极端的难以置信。难以置信那随着一道银光插入自己腹部的剑刃是真的。

似乎有什么东西戛然而止，他机械地低下头，看着鲜红的血沿着银白的剑刃缓缓流淌，一直流淌到那只握剑的手上，顺着纤长有力的手指蜿蜒开来。

鲜血一滴滴落到地上，如窗外淋漓的雨声。从未体会过的冰冷疼痛沿着腹部蹿升，皇帝终于如梦初醒般惨叫出声。

可惜他的声音却连窗口都达不到，就瞬间湮没在了惊天动地的巨响里。

震撼的雷声像是要将整个天龙寺，整个苍山，甚至整个脚下所站的地面都掀翻炸裂。皇帝软软倒在地上的躯体也跟着颤抖起来。

不，那不是雷声！那是整个皇陵地宫坍塌的声音！是他心腹大患的沈涯和他的野心一起葬送的声音！

计划成功了！可是在成功的同一瞬间，他却……

他挣扎着仰起头，随着生命力的流逝，视线已经模糊不清，只见到眼前少年笑得如阳光般灿烂。他弯腰行礼道："微臣恭送陛下。"礼仪恭谨，姿态完美。

"你……"颤抖的嘴唇吐出这个字眼，明黄色的躯体不甘心地抽搐了一下，终于再也不能动了。

白光划过天幕，惊雷炸裂开来，应和着地面升腾的巨响，天地间仿佛末日降临。

外面一片喧嚣震撼，大殿里却是死一般的寂静。

旁边仅存的那根火烛猛地爆起一点火星，跃动不止。殿中沉默静立的身影终于动了，萧若宸抬起手，上面鲜红的血迹蜿蜒开散，像是初春最娇艳的花朵。他情不自禁地将那片殷红接近唇边，铁锈般的腥气在舌尖上蔓延开来。

"原来皇帝的血和平常人的血也没有什么不同。"他轻笑一声，喃喃道。

萧家的仇恨，终于结束了。

第五章

长恨如歌

雨势越来越大，天地间空濛一片，黯淡的阴影下，远处起伏的山岭宛如择人而噬的巨兽。

沈归曦飞速掠过密林，漆黑的夜色遮掩下，迅捷的身影如一只巨鸟，几个起落间就接近了天龙寺主殿。

正踏足一座殿堂的房顶，忽然感觉脚下一颤，紧接着地动山摇般的巨响传入耳中。

是雷声？

他抬头遥望着天际，花白的闪电瞬间将天空映地恍如白昼，炸裂的雷声如千军万马奔腾，却掩不住远方遥遥传来的轰鸣。

雷电不可能有这种效果吧，脚下颤抖的感觉简直像是地震一样了。可真的是地震吗？沈归曦疑惑地看向四周，漆黑的夜幕之下，以他的眼力最远也只能勉强看清主殿那边的灯光。

心中忽然升起一种不祥的感觉，就像是有什么长久存在、密不可分的东西，被不经意的一刀生生割裂，痛得刻骨钻心，却又模糊难辨。他禁不住按住胸口，这份莫名的慌乱究竟从何而来？

因为这不同寻常的震动，脚下有些庙堂已经有了骚动，纷纷点亮了烛火。沈归曦强打起精神，压下心头的慌乱不安，向前掠去。

沈涯主持葬仪，按照时间估算，马上就要结束了，他必须提早潜入他落脚的主殿，否则沈涯身边亲随高手众多，到时候再潜入必定要惊动不必要的人了。

今晚一定要和父亲好好谈一谈，沈归曦遥望着主殿璀璨的灯火，暗暗想着。

御驾落脚的地方戒备森严，大批的精锐禁军将主殿严密掌控，但在这样阴暗不利的天气里，要挡住沈归曦这种高手还是略有不足。

飞速翻过围墙，沈归曦进了主殿院子，奇怪的是禅房周围竟然连一个人也没有。是皇帝不喜侍从打扰吗？他心中疑惑，脚下却没有丝毫停顿，身轻如燕地掠过回廊，来到了禅房门前。

脚下刚刚站稳，一个意外的声音传入耳中："你终于来了，我已经等待很久了。"

沈归曦转过身，立刻看到了大殿门前站立的那个人。

他正环臂而立，意态悠然，那闲适的姿态让沈归曦一瞬间以为他是正站在清风夕阳之下，等待着约定的好友。而不是站在倾盆大雨之中，等待着敌友难辨的他。

他就这么站在雨里，全身上下早已被大雨淋得透湿，雨水顺着他衣角发丝，也顺着他精致的下颌滴落。天空中电光划过，交错的光影如流水般淌过那张风景秀丽的脸庞。

沈归曦静静看着他，等待他开口。

"你好像并不意外我会出现在这里？"萧若宸轻笑着问道，对自己全身湿透的现状似乎毫无感觉。

"实际上，我很意外。"沈归曦缓缓说道，语调平淡地坦诚着现实。他的视线情不自禁地投向萧若宸身后，那应该是皇帝的房间吧。

面圣？！

以萧若宸如今在逃钦犯的身份？沈归曦心中忽然升起一阵不安，比刚才的更强烈，更明晰。

“你干了什么？为什么会出现在这里？”他一字一句地问道，逐渐转冷的目光凝固在萧若宸身上。

“当然是做了我应该做的。”萧若宸以同样冰冷的目光回视着他，缓缓说道，却又忽然展颜一笑，“至于留在这里，是为了告诉你一句话，你不必去那个房间等待了，因为你要等的人已经永远不会出现了。”

一刹那天地间一片静谧，四周坠落的雨珠似乎凝固了。沈归曦感到一种冰冷沁骨的寒意直冲心头，他低声问道：“你说什么？”声音里带着难以遏制的颤抖。

“我说……沈涯已经死了，所以，你不必浪费时间等他了。”萧若宸淡淡地说道，语气好像在说今天的晚饭已经吃完了。

“你在撒谎，父亲他武功绝世，缜密谨慎，身边护卫高手众多，怎么可能……”沈归曦咬着下唇缓缓说道。

“他确实武功绝世，但是武功再高的人也是人，也是血肉之躯，重逾千斤的泥沙巨石打落下来，我不信他能够逃生。至于护卫高手，如果不在身边，再尽职的护卫也同样毫无用处。至于警惕谨慎，”萧若宸冷笑一声，缓缓说道，“如果事关自己的至亲挚爱，他还能够如往昔一般警惕谨慎吗？”

脑海中瞬间闪过刚才的轰鸣地震，难道是……沈归曦不敢置信的目光投向远方，那里是皇陵地宫的所在地，千斤泥沙巨石……皇陵坍塌？怎么可能，除非是……

他亮地惊人的目光投向萧若宸，缓缓问道：“你说过，不会再对他有任何的报复行为。”震颤的语气带着森然的寒意，仿佛冻结了千万年的冰霜。

“我确实没有过任何举动，自从答应你之后。”萧若宸轻声笑了，那笑声传入沈归曦耳中却是无比尖锐冷厉的讽刺，“因为所有的事情，在那之前都已经完成了。”

沈归曦身形晃了晃，像是承受不住这个讯息。

他低着头，萧若宸无法看清楚他的脸色，却能够看到他颤抖的双肩。

萧若宸迈开步子，缓缓走近他，一直近到两人几乎相贴才停下脚步，带着轻薄的姿态，他贴近沈归曦的耳边，调笑着道："我还要告诉你一个消息，"呼出的热气就吐在他耳朵上，如这个森寒夜晚仅存的一线温暖，但从其中吐出的，却是能够把他生生拖入地狱的话语："是我杀了沈归暮，你还不知道吧？他已经死了很久很久了。"

"对了，我差点忘记了，你好像也根本不知道他们的关系。"萧若宸好笑地说道，"不过这些无所谓了，反正沈家如今只剩下你一个人而已。"

伴着萧若宸淡漠的语调，沈归曦雕塑般一动不动，仿佛这些锥心刺骨的话语都只是充斥在天地间的风雨声，只有按在胸口的那只手不停地颤抖着。指尖深深扣入胸膛，细微的血线沿着指甲蜿蜒流下，鲜红的颜色昭示着这个躯体的脆弱与刚强。

"恨我吗？那就杀了我报仇吧。"萧若宸盯着他冷冷说道，"我给你这个机会，或者说你连报仇都……"

刹那间天地一片苍白，如极光映照，之后又是末日般的无尽黑暗。

光影交错的一瞬间，未说完的话语戛然而止，萧若宸猛地按住胸口，握住从那里直透而过的利刃。

鲜血从胸口喷涌而出，顺着他纤长的手指滴落到地上，在漫天满地的风雨声中竟然诡异地刺耳，像是在继续他未完的话语。

寒冷的雨打在两人身上，两个年轻的身躯细微地颤抖着，像是两片飘零在这个深秋的落叶。长剑如一道诡异的光，将他们连接在一起。

萧若宸握紧了穿胸而过的剑刃，缓缓抬起头，他轻声道："你救过我一次，这一剑算是我还你的。"

惊雷在天际炸裂开来，震得人耳朵轰鸣。

叶薰惊慌失措地抬头看向天际，这是怎么了？心脏忽然没来由地一阵抽痛，像是发生了什么预料之外的变故，心里沉甸甸的。

她走近门边，看着外面淋漓倾泻的大雨，漆黑的夜幕占据了视线的全部，身处的这一处小院子像是一片与世隔绝的孤舟，漂泊在苍茫无尽的夜雨雷霆中。

那里究竟发生了什么？想到刚才那阵诡异的地动山摇，简直地震一般，还有现在不断涌上来的心慌意乱的感觉……

叶薰按着胸口，视线无措地转过，落到院子两侧的房间里。

此时两个房间都空无一人。

沈归曦潜入天龙寺主殿见他的父亲了，而萧若宸则前去附近庙宇请那位僧人助他治疗内伤了。

沈归曦潜入主殿顺利吗？不会被护卫发现吧？尤其此次留居主殿的不仅有沈涯，还有那位皇帝陛下。

而萧若宸呢？想到他，叶薰更加担心了。萧若宸离开的身影虽然是朝着那位僧人的禅房，但叶薰总有一种特殊的感觉，似乎他是在去往别的方向。

也许因为今天本身就是一个太过于特殊的日子吧。与深恨的仇人同处于一个屋檐下，他真的会乖乖地疗伤内伤吗？想到那天无意间偷听到的谈话，叶薰心中越发不安。

要不去偏殿那里看一看吧，反正自己已经去过一次，也不是很远。可会不会打扰到小宸疗伤呢？

正在忐忑着，一阵寒风吹过，站在门口的叶薰忍不住打了个哆嗦。却听到耳边传来一阵细微的声响，竟像是铃铛的声音。

随着声音渐渐清晰，一团黑影进入视线，把叶薰吓了一跳。

待对方走近了才终于看清楚，原来是一辆马车。车子制备地精美奢华，四壁精雕细琢，锦绣车帘下缀满了一串串小银铃，听到的铃声就是从这里发出的。

马车似乎刚刚从山上下来，因为路上湿滑，走得很慢。却不知道为何，整辆车子一团漆黑，连车前的灯笼竟然也没有点亮。自苍茫的夜幕中缓缓走近，宛如黑暗间行出的幽灵马车。

叶薰看着心里忍不住有点发毛，尤其如今院子里只有她一个人。旁边的树木瑟瑟所响，叶薰一眼扫过，似乎看到有什么影子潜藏其中，她吓得又一个哆嗦。

正在疑神疑鬼的时候，马车却像是发现了叶薰所在的院落，竟然离开道路，向着这边驶过来。

叶薰吓了一跳，他们要干什么？当即后退一步就要进屋关门。

马车窗却立刻打开，探出一张俏丽的面容来，高声道："这位小姐，请留步，请留步啊！"

看清楚车里探出的是一个年轻女孩的面容，并不是什么鬼怪，叶薰心下稍安。听到对方呼唤地颇为急切，她停住步子。

那女孩急道："这位小姐，可否帮帮我们。我们是今日参加祭礼的礼部王安大人的家眷，非是歹人啊。"

叶薰镇定下心神，这才想到，今日是沈皇后的葬仪。一国之母的葬礼盛大繁复，自然有不少文武官员、贵族亲眷陪同祭奠。按照时间，正式的大礼应该已经完成了。想必是不愿在山中留宿的贵人赶着下山回府。只是为何不点灯呢？弄得整个马车鬼气森森的。

没等她发问，女孩接下来的话语已经解释了她的疑惑："敢问小姐有蜡烛吗？可否相助一根？我们灯笼里的蜡烛刚刚跌坏了，路上看不清楚啊。"

原来如此，叶薰暗笑自己太胆小。但听到对方索要蜡烛，却又忍不住迟疑了。她现在不便见客，万一被人认出身份来……

见叶薰犹豫，身后那丫环继续求道："我们夫人因为白天淋了雨，发起烧来了，赶着下山医治。偏巧刚才因为车子颠簸，灯笼掉在地上，蜡烛跌坏了。请小姐帮帮忙吧，若需要银两购买，我们也带着。"

礼部王安大人的家眷，印象中似乎没有见过。而且天色这么阴沉，只是递一根蜡烛而已。

"不必银两了，你们稍等片刻。"思索再三，叶薰暂时放下戒心，进屋拿了两根蜡烛。

出门撑开伞，叶薰快步走近马车。丫环大喜过望地连忙打开车门。

透过敞开的车门，叶薰隐约看到一个女子正卧在车内，身上盖着一床薄被，看来就是那位病着的夫人了。

叶薰将蜡烛递给丫环，笑道："赶紧关上门吧，别冻着病人。"视线扫过车内。似乎因为寒风侵袭，那夫人的背影一颤。

叶薰心神震动，这个背影，纵然有锦被掩盖，也掩不住那熟悉的感觉，是……

"你……"就在心神触动的刹那，异变突起。那丫环去接蜡烛的手猛地翻转，疾如闪电般扣住叶薰的手腕。同时另一只手向叶薰胸口数处要穴点过。

叶薰未说出口的话语顿时滞住了，只剩下睁大的双眸里满是震惊不解，投向面前笑得一脸甜美的丫环和车里那个无比熟悉的身影。

丫环手上一用力，叶薰就感觉一股巨力传来，自己如一片轻飘飘的纸片般被她拉进了车子。

淡墨晕染的油纸伞向地面跌去，还没有接触到地面，就被一只有力的手握住了。整个过程不过瞬息之间，车内厚厚的软垫让所有行动都悄无声息。

"多谢这位小姐了。"车内响起丫环充满感激的声音，"若没有这蜡烛，我们还真不知怎么才能下山去呢。"

"不必客气，小事而已。""叶薰"低低回答道。

叶薰倒在车里，震惊地看着眼前自说自话的丫环，模仿自己的声音竟有六七分相似。

丫环一边说着，手上却没有停住，一手撑着伞掩住车门，一手径直拉开叶薰身上的披风，披到自己身上。然后冲她一笑，低声道："叶小姐，奴婢就先下去了。"

说罢撑开伞下了马车，向着叶薰落脚的小院子慢慢走去。同时马车一颤，也开始前行了。

丫环将伞打得极低，掩住了大半身形。又隔着滂沱大雨和漆黑夜色，即便是近在咫尺的人，也只能看到那熟悉的裙摆，绝不会生疑。马车两旁的树上动了动，很快恢复平静。

叶薰呆呆看着那远去的身影，直到彻底看不见为止。这是什么情形？自己被她们欺骗擒拿上来了？可是……叶薰只觉得脑中一团乱麻，刚才发生的一切都太快，太措手不及。

这时背后一阵细碎的轻响传来，随即淡淡的光晕散发，笼罩住整个车厢。

叶薰视线转过，落到点亮烛火的那个熟悉的身影上。她已经掀开被子，坐到灯台旁了。

昏黄的光线充斥着狭小的空间，温暖的光泽带来的却是森然的寒意，叶薰只觉得心头一点点凉下去，像是车外淅沥冰冷的大雨生生浇在了心里头。

蜡烛爆了个火星，打破车内短暂的沉寂。

“不解释一下吗？”沉默了片刻，叶薰缓缓问道。开口后才惊觉自己竟然能够发出声音了。手脚略动，也逐渐恢复了些力气，看来刚才那丫环点穴时所用的内力不深。

她勉力支撑起身子，倚在车壁上，紧盯着眼前素服玉钗，青丝散乱的丽人，等待着她的回答。

记得上次逃离营地时，她在自己眼前跌下了马车，可惜当时情势危机，来不及相救。藏身天龙寺的这些天，叶薰也时时伤心，以为她多半已经蒙难。却不料，生死不明的她竟然会在这个意料之外的日子，以这种意想不到的方式出现在自己面前。

她是怎么逃生的？这些日子又发生了什么？

在叶薰充满疑惑的目光下，湘绣微侧过脸颊，像是逃避那灼灼逼视的目光般，轻声道：“小姐请放宽心，奴婢请小姐入车并无恶意。”

“并无恶意？”叶薰耸耸肩，略带嘲讽地重复道，“若真是没有恶意，那就先调转车头将我送回去吧。”被人用这种方法弄上车，任谁都要心里窝火了。

“这个奴婢做不了主。”湘绣摇摇头。

“那就请一位能做得了主的人来。”叶薰冷冷道。

“小姐马上就能够见到人了，何必心急。”湘绣低声说道。叶薰语气不善，她却全然不为所动，语气神态依然恭谨有礼。

叶薰一时气结，却连发泄的余地也没有。自己上车的时间已经不短，想必距离落脚的院子已经很远了。就算她恢复了力气，就算眼前的湘绣同自己一样是个手无缚鸡之力的女子，恐怕也没有逃跑的希望。那个丫环虽然已经离开，但驾车的车夫仍在。情势不明，也只能等待了。

冷静下来，立刻想起那个丫环假扮自己撑伞步入院子的情形，叶薰心头一颤，冷汗顿出，她不会是想要……

“那个丫环假扮我留在那里想要干什么？”叶薰连忙问道。

“小姐放心，她不过是去留下一封信而已，并无他意。”湘绣说道。

叶薰这才心绪稍安，立刻想到那丫环身形与自己并不相似。夜色大雨之中，瞒过其他人不难，但想要瞒过萧若宸、沈归曦却绝对不可能，行刺是根本不现实的。

想到这里，叶薰忽然意识到，自己刚才只是独身一人，想要擒拿的话，凭那个丫环的武功轻而易举，直接动手就可以了，何必如此费心设局呢？

难道……周围有人！

叶薰立刻意识到这一点，他们用这种掩人耳目的手段将自己骗上车，是在防备被人看见。联想到刚才发现的周围树丛上不同寻常的动静……

是有人潜藏在树上！而且已经潜藏很久了，毕竟自己站在门口很长时间，他们不可能在自己眼皮子底下爬到树上去。

这些人似乎并无恶意，难道是……叶薰依靠着车壁，掩在袖中的手不自觉地握紧了。她忽然意识到，也许这个雨夜里异常的并不只是外面电闪雷鸣的天气，还有更多，更现实的变故，发生在她无法掌握的地方。

现在沈归曦究竟在哪里，而萧若宸呢？叶薰闭上眼睛，心急如焚地想着。

正在出神，马车一颤，停了下来。

到秘密揭晓的一刻了。叶薰长吸一口气，抛开杂念，镇定下心神。

车门还没有打开，就听见窗外传来一阵清朗的笑声，满是得意的韵味：“佳人远至，我意逍遥，萧小姐一路辛苦了。”

叶薰视线透过车窗，落到院门前那个悠然伫立的身影上，顿了顿，方冷然道：“果然是你。”

对方闻言眉间微微一挑，饶有趣味地看着叶薰：“看来对本王的出现，小姐并不十分意外。”

“殿下见笑了，叶薰不是不意外，只是想不到我一介草民，竟然劳动三皇子亲自出迎，实在是感激涕零，无可名状。”叶薰冷淡地说道。

元澄笑了笑，对叶薰话语中的嘲讽置若罔闻，径自转头向驾车的人问道：“一路可安全。”

“殿下放心，一路无人注意，路上的痕迹属下也已消抹干净。”车夫一边回答道，一边将斗篷掀下来。

借着门前明亮的灯火，叶薰立刻认出，是上次跟着元澄一起去普光寺的大内侍卫副统领许翎。

元澄点点头，对属下的办事效率颇为嘉许。视线转回到叶薰身上，笑道：“萧小姐身体娇弱，淋不得雨水，请进吧。”一边说着，向身后的房屋做了一个请进的姿势。

叶薰视线扫过四周，这是一处极普通的小院子，看格局和自己落脚的地方差不多。滂沱的大雨和漆黑的夜色阻隔了视线，这里究竟是哪里？距离天龙寺主殿究竟有多远？完全没有头绪。只是依照自己一路走来的感觉，应该是位于山的另一侧了。

别无选择，叶薰不动声色地低头提起裙角，踏进了这个前途叵测的院落。

深秋少见的惊雷闪电在天空炸响，主殿门前负责守卫的护卫，以及刚刚从内殿禅房退出的侍从纷纷抬头眺望远方。

“这怎么了？刚才简直地动山摇的。”一个年轻的侍从忧心忡忡地问道。

“可不是吗，简直和六年前秋猎时候……”有年纪大的侍从情不自禁地喃喃道，说了一半却猛地想起了什么，连忙掩住嘴。

猎场一事并非秘密，却是宫中缄口的禁忌。众人想起了旧事，心思各自阴沉下来，再也无一人敢讲话，气氛逐渐沉寂。

不知过了多久，前方忽然传来一阵骚乱，远远望去，竟然是数个身影正惊慌失措地向着这边冲过来。

“什么人！”护卫的禁军立刻上前喝止，却远远就听到惊惧慌乱的高呼：“不好了，大事不好了！陛下，我们要去见陛下……”这衣冠不整，满身泥水的几人竟然都是葬仪大典的护卫武将和随侍礼官。

众人还没有回过神来，一个震撼的消息猛地冲入耳中，比天上劈下的惊雷更加震撼：“不好了！地宫坍塌了！”

“呯！”的一声巨响，主殿大门被打开，内监总管连滚带爬地冲进内院，一边高喊着：“不好了，陛下！皇陵那边……”当他看清楚院子里的情形时，惊慌的声音却戛然而止，像是被一把锋锐的刀硬生生切断了。

内监总管不敢置信紧盯着院中那两个相对而立的身影，全部的视线都落到那把明晃晃的长剑上了。血珠沿着冰雪般的剑刃滑落，不断刺激着他脆弱的神经。

诡异地静默了瞬间，终于，一个尖叫声响彻整个天龙寺主殿：“有刺客啊，救命啊！有刺客！！！”内监总管一边惨叫着，一边瑟缩后退。

门外护卫的禁军顿时变了脸色，一拥而入。

萧若宸冰冷的手沿着剑刃划过，拉住沈归曦的袖子，鲜红的血印留在他衣服上，被雨水洇散开来。

沈归曦觉得他从来没有一刻，像现在这样恨意灼烧，也从来没有一刻，像现在这样冷彻心扉。他听到他满是嘲讽的轻笑在自己耳边响起：“你知不知道，这个世界上没有人比我更恨你，也没有人比你更让我恨。”清淡的语调说出的是刻骨铭心的仇怨。

沈归曦也在剧烈颤抖着，几乎握不住手中的剑，这天地一片的混沌中，他已经分不清哪是天，哪里是地，心里像是填满了东西，多到要生生炸裂开来，却又像是陷入彻底的虚无，一无所有。空落落的感觉漫上来，要把他彻底湮没了，只余下这漫天倾盆大雨，带着冰冷的温度。

直到那只手穿过空蒙的水之幔帐，印在他胸口上，愣了瞬间，沈归曦终于感觉到疼痛在胸口炸裂开来。

是萧若宸勉强提聚内力，一掌打在他的胸前。

重伤之下的一击根本没有多少杀伤力，全无防备的沈归曦依然被他打得踉跄后退。他这一动，插在萧若宸体内的利剑一颤，带起一蓬血珠，抽离了那个震颤的身体。

剧痛之下，萧若宸忍不住呻吟一声，跌倒在地上。

沈归曦紧盯着眼前缓缓倒下的身影，泥水溅满了暗银色的衣装，混合着刚刚流出的血迹，近乎死亡的气息笼罩住他。

他握紧了手中的剑，只是近乎死亡……他还没有死！他还没有死！而父亲，哥哥，还有大家……都已经死了……

仇人就在自己三步之遥，颤抖的剑尖缓缓举起，却不知为何凝滞难下。

诡异的僵硬不过持续了瞬间，就被身后锐利的暗器破空声打断了。

“大胆狂徒，竟敢行刺御驾！”伴着此起彼伏的怒叱惊叫，是武器尖锐的呼啸声响起。

沈归曦猛地转过身，手中利剑带着汹涌而上的怒意挥舞着，刹那间所有人只看到一团亮地惊人的光在冰晶般的剑刃顶端爆起。瞬间的璀璨消逝后，森红血珠绽放成遍地花朵，惊呼声、惨叫声此起彼伏。

像是有什么东西在脑海中炸裂开来，激烈的感情在胸口叫嚣着，挣扎着，奔涌着，却寻不到一个宣泄的出口。只有拼命挥舞手中的剑，才能让他在这天地一片的冰雨中感受到一丝活着的迹象。

那一刹那，无惊雷，无闪电，无仇恨，无牵挂，无我，也无他，连四周不断响起的尖叫怒喝也都只是一片空白。沈归曦机械地挥舞着宝剑，剑光开合间章法混乱，却凌厉如霜，无人敢当。

萧若宸视线落到场中，纵然禁军已经将人团团围住，依然困不住那凌厉迅猛的剑气，剑光升腾间如闪电惊鸿，所到之处惊呼声此起彼伏，不时有人后退跌倒，重伤难支。面对这样蓬勃冰冷的杀意，纪律严明的精锐禁军也禁不住心生怯意，裹足不前。

包括贺骏万在内的几名高级将领已经冲进了院子，一边指挥着场中的围剿，一边冲到树下，扶起跌倒在地上的萧若宸。

“叶将军。”几个将领围住他。

萧若宸脸上已经苍白地无一丝血色了，重伤濒危，却依然一把拉住一个将领的衣袖，颤声道：“陛下，快去看陛下怎么样了。我刚刚前来找陛下密报军机，咳咳……就看到他从屋里杀了出来……”

几个将领顿时变了脸色，连门都来不及敲，径直冲进了主殿禅房里。随即数声惊叫响起：“不好了！陛下，陛下被这个逆贼给杀了！不要让人跑了！”

一句话激起千层浪，皇帝遇刺了！所有听到这个消息的人都直觉性地一阵晕眩，整个场面似乎一瞬间被定格了。

伴着这一声惊呼，立于场中的沈归曦身躯一颤，像是有一盆冰水当头浇下，他猛地清醒过来。

一剑横扫，寒光耀过，沈归曦冰一般的目光直直向站在树下的萧若宸投过去，那眼神带着决然的醒悟明澈，比他手中染血的长剑更冷、更锐。

萧若宸闭上眼睛，重伤的身躯正支撑不住地倒在扶持他的贺骏万身上。他明白自己中计了，可惜已经晚了，赢到最后的人是他！还有什么比这个更重要，更现实吗？

被沈归曦森寒的目光扫过，贺骏万禁不住打了个哆嗦。注意到身边萧若宸的身躯正因为失血过多而颤抖，他低声进言道：“主上，如今大局已定，不如属下先扶主上进屋疗伤吧。”

疗伤……萧若宸扫了场中一眼，他抬手轻轻按住胸口的伤处。那一瞬间，他曾经真的以为自己要死了，要死在眼前这人的剑下了。

想不到自己竟然会有这样任性的时候，萧若宸轻笑一声，原本以为从那个秋猎雨夜之后，自己就再也不会有这种幼稚的行为了呢。

不过也只是这一次、这一剑的任性而已，不会再有第二次、第二剑了。

战圈之中沈归曦剑势越发狠辣，却始终冲不破包围。眼前是弑君大罪的犯人，若是被他走脱了，所有天龙寺的随行护卫都脱不了护驾不力的罪责，因此人人奋勇上前，不敢犹豫。

沈归曦武功再高，也支撑不住众人合力，慢慢地剑势开始变缓变弱，身上也开始出现伤口，而周围的士兵却越来越多，越来越密……

真的大局已定了，没有必要看下去，萧若宸点点头，轻声道："我们走吧。"贺骏万连忙扶他向侧屋走去。

身后沈归曦看见他离开的身影，心神一错，肩膀立刻又被人一刀划过，血花飞溅。

眼见敌人伤重，众人精神更加振奋，刀剑相交，连绵不绝。

沈归曦眼中锐光一闪，剑光划过，稍稍逼退众人攻势，然后猛地拔高身躯，轻功几乎发挥到极限，跃上半空。

众士卒连忙四散开来，以暗器迎空击去。眼前之人武功虽高，但在空中也无处借力，只等着他气尽落地的一瞬间就可蜂拥而上，就地格杀。

却不料沈归曦人未落地，却在半空中猛地发出一声长啸，同时剑光如电，将追索而上的暗器一一击落。

萧若宸刚走了没几步，就闻耳中传入一道尖锐高扬的长啸，如惊涛骇浪般直扑胸口，重伤的丹田内息一滞，迈出的脚步就再也抬不动了。

他惊怒地转头看着半空中的沈归曦，想不到他的武功竟然到了如此境地。

一声长啸却也几乎耗尽了他剩余的全部内力，借着挥剑的余劲后退，沈归曦堪堪落到主殿房顶上。

像是要将平生最恨的那个人的容颜刻骨铭心地描画在心中，相隔茫茫夜雨，两人视线灼然相对。

沈归曦无声地动了动嘴唇。

纵然听不见，萧若宸也很清楚他说的是什么，他轻笑着，仰头缓缓道：

“我等着你……”

房顶上沈归曦最后看了他一眼，强提最后一口真气，向着茫茫的夜色跃空而去。禁军护卫们惊叫着，追逐着，却在黑暗中很快失去了敌人的踪迹。

“此人武功简直……”贺骏万也禁不住叹了一声。话还没有说完，察觉到萧若宸身体颤抖，他连忙道：“主上赶紧进屋休息吧。”一边说着，扶着萧若宸进了一间禅房。

坐在床榻上，萧若宸长吸了一口气，立刻有亲信的御医上前，替他脱下衣装，包扎伤口。

眼见并无外人，贺骏万神色间难以掩饰地现出喜色，躬身道：“属下恭喜主上了。隐忍多时，如今终于大功告成，心腹大患尽皆拔除。”

萧若宸神色依然平静自如，对贺骏万的狂喜也只是点头示意，低声问道：“京城的局势如何了？”

“一切都如主上安排，各家因为文昭而倾向沈涯的权贵国戚，得知了文昭有假，以及皇上将追究罪责的事情之后，已经纷纷投向我们。再加上以前我们在朝中安排的人手，足够拥立函芮殿下继位了。至于沈涯那一系的势力，沈涯一死，他们群龙无首，根本无法与我们对抗，更何况，按照主上的吩咐，谣言也已经传开……”

话还没有说完，忽然外面传来一阵急促的脚步声，是一人奔到了门外：“主上，属下有急事禀报。”

萧若宸眉头一挑，立刻道：“快进来。”他已经听出是自己安排在偏院保护叶薰的属下。

来人推门而入，抬头看了一眼坐在床上的萧若宸，神色闪过一丝畏怯。

“怎么了？”见他神色有异，萧若宸心神动摇，不顾伤势起身问道。

“主上，是属下等办事不力，小姐……”来人一咬牙，说道，“小姐她不见了。”

“什么？！”萧若宸觉得丹田一阵剧痛，一口鲜血猛地吐出。

第六章

图穷匕现

殷勤地替叶薰倒上一杯茶水，元澄笑道：“山间寺庙条件简陋，招待不周之处让小姐见笑了。”

“有殿下金枝玉叶之身为叶薰倒茶，便是山野荒郊也如堂皇殿宇，何来不周之说。”叶薰不动声色地道，一边端起眼前的热茶。却不急着饮用，只是握在手里汲取着温暖，“何况天色已晚，凄寒雨夜，因为叶薰一介微薄之身，竟然害得殿下留宿如此贫陋的院落，应该是我的罪过才对。”

听出叶薰话中隐含的嘲讽，元澄只是轻笑一声，道：“小姐是明白人，在下也不拐弯抹角了。此次请小姐前来，实在也是迫不得已啊。”

“哦，不知天下谁人如此厉害，竟然能够强迫殿下不顾身份，行此鸡鸣狗盗之事。”叶薰清淡地一笑。元澄费了这么大心思将她弄来这里，必然别有所图，她也不怕惹恼了他。

元澄闻言大笑起来，竖起一根手指在眼前晃了晃，笑道：“夜会佳人，暗度陈仓，如此风雅之事岂能称之为鸡鸣狗盗，至少应该是偷香窃玉才对。”他看起来心情甚好，对叶薰接二连三的言语挑衅都毫不介意，反而调笑起来。

叶薰皱了皱眉头，这种情势下她哪里还有心情听他花花口口，冷冷道：“叶薰不过一介草民，更是罪臣之后，岂敢称为香玉。殿下红颜知己遍布京城，莫要折杀民女了。”

元澄含笑看了她一眼，道：“萧小姐不相信吗？纵天下弱水三千，我只取一瓢饮。在下可是真心实意爱慕小姐，故而想向小姐提亲的。”

叶薰不置可否地移开视线。局势复杂难辨，自己又身陷图圄，她忧心沈归曦与萧若宸的行踪已经心急如焚了，眼前人却偏偏东拉西扯，不落正题。

见叶薰神情冷淡如冰，元澄嘴角无声地勾起。忽然径自离开座位，走到叶薰座前，躬身一礼，正色道：“元澄不才，爱慕小姐久矣，欲求娶小姐为王妃，望小姐答允。”仪态完美，情真意切。

叶薰看得目瞪口呆，这小子在搞什么鬼？简直没完没了了。她实在没有心情与他虚与委蛇，索性直接冷笑道：“殿下盛意，叶薰真是感激莫名。只是……不知殿下此举是为了萧若宸，还是为了沈归曦，不妨直说，也免得叶薰愚鲁，耽误了殿下的时间。”一边说着，她直视他的双眸。元澄费心设局将她骗来，不外乎是为了这两人。

“小姐此话真是大煞风景，”元澄苦笑着摇摇头，“虽然知道你不可能相信，不过本王对小姐之心，可确实是真心实意啊。”

我会相信才有鬼呢。叶薰暗道，却并未直言，索性缓声道：“殿下实在是说笑了，以叶薰罪臣之女的身份，岂能入府为妃？只怕刚走入殿堂就要被论罪下狱，永世难以翻身了。”

“你的身份？”元澄笑了笑，略带同情的视线落到叶薰身上，沉声道：“看来你对他的行动还真是一无所知啊。”

叶薰心里一紧，脸上却不动声色，只平声道：“殿下似乎意有所指。”

“你可知道我为何能够知晓你们的落脚点？”元澄意态悠然地问道。

叶薰默不作声，等着他接下来的解释。

“自然是从你的好弟弟那里知道的，”元澄状似随意地说道，一边盯着叶薰的神情，见叶薰不为所动，笑了笑道：“作为盟友，这些事情自然不可能瞒得住，不过他也算谨慎，为了防备我暗中下手，还专门在周围布设高手保护你。可惜还是我技高一筹，哈哈。”

盟友……叶薰身体不易察觉地一颤，她闭上眼睛，细细品味着这个让她五味杂陈的词汇。半晌，她终于低声问道：“从什么时候开始的？”

元澄一愣，立刻明白她问的是什么。注目于她依然平静的神情，他的神色也逐渐肃整，缓声道：“从我和你在宫中见面之后不久，我们就有了接触。”

叶薰握紧了掩在长袖中的手掌，直到指甲深深扣入掌心。她咬着下唇，一字一句地问道：“这个所谓的盟友，也包括……皇上？”

元澄眼中闪过一丝惊异，想不到她这么快就掌握了关键。他看着她坦言道：“不错，也包括父皇。只是他对父皇坦白身世的时间晚一些，是在沈涯战死的消息传来不久。”

听到这个肯定的回答，叶薰身躯一晃，她嘴唇颤抖着，想要询问什么，却迟迟不敢问出口。

元澄看着她，眼中闪过一丝怜惜，却又闪过更多的得意。犹豫瞬间，他慢慢开口道：“我知道你想问什么。”

一边说着，他一瞬不瞬地盯着叶薰的脸色，一字一句地说道：“沈涯已经死了，而沈归曦……算算时间，现在应该也已经死了。”

他口中每吐出一个字，叶薰的脸色就要苍白一分，等到他终于说完，她的神情已经凄冷如冬日的冰雪。身躯晃了晃，她终于支撑不住，按住桌子，细微地颤抖着，如零落在这个残酷雨夜里的一树白花，所有的生机活力都被生生抽走，只余下满地破碎的苍白。

元澄静静看着眼前倒伏在桌上的人，一种复杂的感情忽然纠结着涌上来，此时此刻的他无疑是一个胜利者，是那个笑到最后的人。可是不知为何，看到眼前颤抖的身影，他竟然有一种诡异的感觉，仿佛有什么陌生的感情正通过这个苍白的身影传递入心间，让他的心脏感受到从未有过的细微抽痛。

仅仅是一个背影，就将“绝望”这个词藻表述地如此清晰具体。他的视线落到她扳住桌子一角的那只手上，因为用力过度，苍白的肌肤上爆起细腻的血管，珍珠色的指甲生生扣入硬木桌面，殷红的色泽沿着指甲缝隙流出来。

不知过了多久，他终于伸出手，按住她露在外面的那只手，感受着掌下颤抖的肌肤和冰凉的温度，元澄感觉自己握住的是一只刚出生的雏鸟，正带着震颤渴望他的帮助。鬼使神差地，他听见自己用一生中最温暖的声音轻轻说道："别伤心了，那些都已经过去，跟我走吧。"

躯体颤抖了一下，静谧的气氛持续了没多久，她却忽然抬起头来，"你在说谎。他不会死的，我相信他。"叶薰的视线带着灼然明亮的温度，她抿着唇，神情已经是不可动摇的坚定。

像是忽然想通了，她轻笑起来，"其实你所说的，也不过是推测而已。"

只是简单的否定，元澄却感觉一阵莫名的恼火涌上来，他冷冷问道："刚才地动山摇的声音你也听到了吧？那就是皇陵地宫坍塌的声音，哼，中毒在先，泥石在后，这种死法，倒是和当年的萧家一模一样。至于沈归曦嘛，他胆敢在今晚去找沈涯，路上早已经埋伏了重重高手，绝对让他有去无回。"

叶薰依然摇着头，不肯相信："他的武功很高，任你有多少高手，也挡不住他，而我和他约好过，以后不再沾染这些是是非非，只平静地归隐……"

"你要和一个死人去退隐？"元澄不耐烦地提高了声音打断她。

"我相信他不会死，相信他会留在我身边。"叶薰平静地说道，"反正我不会嫁给你。"

她并不是沉浸在不接受现实的臆想中，而是完全镇静下来。她冷静地道："你们的布局固然精密，但谋事在人，成事在天，未完成的事情总是充满了变数。你以为在这个遥远的屋子里等着，就可以掌握到主殿那边所发生的一切了吗？"

这样冷静理智的态度让元澄恼火不已，好像自己刚刚的那一番心情都变成了笑话。而且，叶薰话语中更带给他一丝隐约的不安，留在这个遥远的屋子里，就能够掌握到主殿那边的一切了吗？

难以控制的情绪涌上来，他轻笑着，语气里带着不易察觉的恶毒："你不嫁给我，嫁给谁？嫁给沈归曦？可惜他已经死了，还是你想嫁给萧若宸，嫁给你的好弟弟。我倒差点儿忘了，这正是他朝思暮念的……”

“住口！”叶薰猛地喝道，那句刺耳的话语终于让她彻底失去控制，一巴掌挥向元澄，“够了，不许你污蔑他，不许你这么……”

“我怎么污蔑他了，难道他不是朝思暮念，日日夜夜想着这样对你的一天。”元澄一边说着，猛地欺身上前，一把抓住叶薰挥来的手掌。

他顺势一拽，巨大的力道就把叶薰从坐上拉起，然后向后一推。叶薰感觉自己撞到桌沿上的腰快要折断了。

她抬手想要推开那个压迫下来的躯体，却挡不住他压倒性的力量。

她震惊地看着他不断接近的脸。不同于上一次在御花园凉亭的嬉笑打闹，元澄的眼神里带着近乎疯狂的灼热，那是赤裸裸的欲望。当他撕开她衣襟的时候，叶薰终于忍耐不住，尖叫起来。

“滚开！”她喊叫着，想推开他，手腕却被死死压制住，动弹不得。

感受到他的手探入自己衣服里，叶薰只感觉有一条冰冷的蛇爬了进去，全身发冷。她抬脚狠狠地踹向他的腿，却被他闪身避过。

趁着他松手的空当，叶薰趁机后退，跑了没两步却又被他一把拉住。元澄的力气极大，叶薰摔倒在桌子旁，跌得浑身都要散架般疼痛，元澄紧接着扑上来，扭曲的面容上已经没有丝毫理智的存在。

他是疯了不成？挣扎撕扯间，叶薰力气逐渐耗尽，元澄却丝毫不见疲态。就在近乎绝望的时候，她猛地看到了桌脚摆设的花瓶。

勉力伸出手，拿住花瓶脚。她趁着元澄低头伏在自己胸口的机会，狠狠一击。

这一下子几乎用尽她仅存的全部力气，元澄痛叫一声，抬起头来，一条刺眼的血线沿着额角蜿蜒流下，视线也迷蒙模糊起来。

叶薰一不做二不休，又是一击上去。元澄想要躲闪，双腿却不听使唤，终于没能闪开，又结结实实挨了一记。闷哼一声，跌倒在地上。

看着躺在眼前的身影，叶薰上前轻轻踢了踢，元澄一动不动。叶薰这才松了一口气，只觉得手脚酸软无力，景泰蓝花瓶滚落到地上，发出砰的一声响动。

叶薰扶住桌角喘息着，一边拢住被他扯开的衣襟，正想着怎么才能逃出去，这时门外传来一声呼唤："殿下？小姐？"

是湘绣！

刚才两人闹出的声响甚大，纵然门外暴雨雷霆亦遮掩不去。

被发觉了，怎么办？

叶薰拿起花瓶，想站到门边故技重施，可没等她上前，门"吱呀"一声被打开了。

屋里的情形映入眼帘，湘绣瞬间瞪大了眼睛。她视线落到躺在地上的元澄身上，深红色的血迹触目惊心，她惊叫一声，飞扑入房内："殿下，殿下！您怎么了？"

"放心吧，他没死。"叶薰冷冷地低声道，一边走近房门。

湘绣打了个哆嗦，抬头看向身边的叶薰。眼神落到她凌乱的衣着上，湘绣猛地醒悟到刚才房内发生了什么，身体不由自主地晃了晃，险些跌倒。

"小姐……"半晌，她才颤抖着说道。

叶薰向门外看去，其余的侍从都在院外守护，只有湘绣一个人听见了动静。只要自己打晕她，然后穿上她的衣服……夜幕大雨之下，应该能够隐瞒过门口的侍从吧。这么想着，叶薰上前一步。

湘绣却警惕地后退了一步，视线落到她手里的花瓶上，低声问道："小姐，您想干什么？"

叶薰心下一阵懊恼，应该趁着刚才偷袭才对。眼见打晕她是办不到了，叶薰只好打消了念头，随手扔下花瓶，冷然道："当然是离开这里。"

"离开这里，您又想去哪里？又能去哪里？"湘绣低声问道，视线低垂，长长的睫毛掩映下，叶薰看不清她的表情。

"无论去哪里，总比留在这里强得多，"叶薰嘲讽地道，"难道我要和隐藏在身边的奸细，还有要对我图谋不轨的人在一起？"

当初元澄无缘无故认出了她的身份，叶薰设想过各种理由，甚至也曾经怀疑过湘绣，但是湘绣是柳芸贴身侍婢的女儿，从小和萧若岚一起长大，绝不可能是外人的暗桩，而离别那几年的经历萧若宸也专门调查过，并未发现破绽，她便逐渐打消了怀疑，却不料她竟然真的是元澄的人。

听到“奸细”两个字，湘绣身体一颤，像是被什么东西刺到了。沉默了片刻，她却忽然抬起头来，直视叶薰，低声问道：“小姐，您真的把一切都忘记了？”

“什么？”叶薰微一愣，

“夫人的仇……夫人死得那么冤，小姐您明明说过要为她报仇的！为什么？为什么完全不记得了？！”

柳芸的仇？叶薰这才想起，沈涯那一晚也曾经暗示过，萧若岚母亲死得不寻常，似乎是萧夫人暗中下的毒手。萧家这种侯门世家，深宅大院里的私房争宠自然有些见不得人的黑幕。萧国丈几十个妾室，却只有柳芸一个能够生下孩子，还是别人的孩子，足见萧夫人的手段。

只是……“萧夫人早已经死了，人死灯灭，何必再纠结这些。”叶薰皱眉说道。

“母债子偿，天经地义。”湘绣理所当然地道，语气带着陈旧的恨意，“那个狠毒的女人，当初暗下毒手……”

叶薰心中一阵不耐，打断道：“萧夫人当年的行事，与小宸有什么关系？那只是她一人的罪过。人都早已经死了，自然一了百了。”她记挂主殿那边的形势，心急如焚，哪里有心情纠缠这些前尘往事。

“小姐，您果然变了。”听到叶薰果决直接的语气，湘绣失望地跌坐在地上，“以前您不是这样的，您还曾经说过一定要杀了萧若宸。在那次他偷偷藏在小姐您车驾底下，跟着去了普光寺之后，小姐回来就说总有一天一定要杀了他……”

叶薰一愣，萧若宸曾经偷偷跟踪过萧若岚？回想萧若宸以前的年龄个性，应该只是小孩子的探险好奇吧，只是他发现了什么秘密吗？让萧若岚如此仇视他。隐秘的身世，还是她和沈涯之间的私情？无论哪一个，都足够让萧若岚万劫不复了，也难怪她……

见叶薰神色犹疑，湘绣误以为她心有所动，连忙跪爬到她身边，一把抱住她的腿："小姐，小姐，奴婢选择三殿下，也是为了小姐您啊。殿下他对您是真心的……"

叶薰听得一阵心寒，想想元澄刚才的举动，只觉得无比反胃，她猛地推开湘绣，冷冷道："不要再说了！"

"小姐，殿下是真的，真的在意您的……"见叶薰神色厌恶，湘绣挣扎着说道，"当年，萧家被抄家灭族，众人都被牵连发卖，独独奴婢一人却被带走审问……"

叶薰闻言顿时愣住了："你不是……"

湘绣苦笑了一声，慢慢讲述道："抄家那一天，奴婢被人蒙着眼塞进马车，走了很久才被送到一处偏僻的院落关起来。之后又被灌了药，然后问了不少事。那些日子迷迷糊糊的，只记得不少问题都与小姐有关。"

"也不知过了多少日子，后来审问的人渐渐少了，奴婢就那么被扔在了那里，既没有杀，也没有放。那个时候，奴婢真以为自己这辈子都无法走出去了，直到后来遇见三殿下……"湘绣神情浮起一丝恍惚，像是想起了极美好的回忆，"我看到他从阳光中走出来，那么俊美，那么耀眼，简直和神仙一样。我呆呆地看着他，直到他走过来，询问我是谁？又怎么会在那个院子里。后来我才知道，那里是冷宫的一处院落……"

冷宫！叶薰心神一颤，带走湘绣的人的身份昭然若揭。

究竟是为了文昭，还是为了那段私情？或者两者兼而有之？

"那时候我虽然不知道他的身份，却明白这是上天赐给我的救星。我告诉了他我的来历，然后拉住他的衣角苦苦哀求，求他带我走，求他带我离开这个阴冷的院子。他竟然答应了，像我这么卑微的人……"湘绣眼眸中露出璀璨的光彩，声音也哽咽起来，"我跟着他走了，到了他所居住的宫室里。他问起我小姐您的事情，问起您……"湘绣的眼神落在叶薰身上，带着几分羡慕，几分怀念，“他提起小姐时候那种又恼怒，又在意的神情，我一辈子也忘不了。”

“我留在他的宫里服侍，日子就这么慢慢过去了，直到一年多之后的那个夜晚。那天晚上，他喝醉了，然后……”说到这里，湘绣身体一颤，她的声音听起来恍如在梦中，脸颊也浮起不自然的嫣红，“我一生中从来没有过这样幸福的夜晚，哪怕第二天……第二天就有人进来，在他还没有睡醒的时候，将我拖了出去……”

湘绣声音越来越低哑，“那些板子落在身上的时候，我以为我会被活活打死……可是想到清晨他躺在我身边的睡颜，打在身上的棍棒似乎也不是那么痛了。直到后来我晕死过去……”

湘绣她……看着她脸颊上明艳的红晕，叶薰疲惫地闭上眼睛，她竟然爱上了元澄！在过去的那些年里，她竟然有过这种波折复杂的经历。以沈皇后的手段，得知儿子和这么一个来历不轨的婢女上了床，会使出雷霆手段来永绝后患倒也在意料之中。湘绣能够活下来，实在是她命大。

“在垃圾场里被宋嬷嬷捡了回去，我知道我是幸运捡回了一条命，我也知道，我再也不可能进入那个宫殿，再也见不到他了。却想不到，我又遇见了小姐，然后，又遇见了他。”抬头看着叶薰，湘绣唇角溢出一抹苦涩的笑容，“小姐，三殿下对小姐是真心的，当年在他身边服侍的时候，还有再见面之后，他向我提到最多的就是小姐您了。从来没有一个女子，能够让殿下如此上心……”

“够了。”叶薰实在忍无可忍，她和元澄之间根本一点关系都没有，元澄会记挂他，不过是因为两人的几次相遇都是激烈冲突，自己又不会像别的女子般对他青睐有加，所以才印象格外深刻。

“而且没有三殿下保护，宸少爷一定不会放过小姐您的。”湘绣咬着下唇，缓缓说道，“那天下午，小姐第一天回府的那次，我看到了，看到他在床边偷偷亲吻小姐您……”

叶薰恍如被雷霆击中，嘴唇哆嗦了瞬间，想要阻止湘绣源源不断的话语，却怎么也开不了口。

“小姐，您是不准备报仇了，可难道您想嫁给宸少爷？！”湘绣的语气越来越尖锐，“他不仅是您的仇人之子，当年在偷偷跟着小姐从普光寺回来之后，还屡次戏辱欺负小姐，记得有一次他故意将小姐珍若性命的蝴蝶簪丢到水里，害得小姐只能在大冬天趁夜下水捞取……”

叶薰的脸色越来越白，湘绣讲述的过去种种对她来说根本毫无意义，那时的萧若宸只是个年少顽劣的小孩子。但是从她的话里，却让叶薰彻底肯定了一件事，萧若宸是知道的，知道她不是萧若岚，知道她只是叶薰，他从一开始就知道。

他知道她不是他的亲生姐姐，无论灵魂上还是血缘上，所以才会……叶薰按住胸口，那里疼痛地像是要生生裂开了，一种她无法承受，也不敢面对的东西让她战栗无措，混乱不堪。

“奴婢被他带回府邸服侍小姐时，他严令奴婢不得向小姐提起过去的任何事情，无论是萧家旧事，还是……还是与沈将军之间的那段过往。”说到这里，湘绣语音压抑不住地颤抖惊惧，至今她都无法理解萧若宸是如何知道了这段私密旧事的。

“但他却命我引着小姐去了普光寺。而每次小姐从普光寺回来，他都会传我过去，仔细询问小姐的一举一动，巨细无遗。而每次，每次奴婢说到小姐和沈二少爷在一起的时候，他那种狠毒的眼神……”湘绣打了个哆嗦，拉住叶薰的衣角，哀求一般低声道，“小姐，奴婢所言句句属实，您只有嫁给三殿下，才能够离开他的控制啊。”

叶薰神色恍惚地后退了一步，却正绊倒在那只花瓶上，身体失重地向后摔倒。

预料中的疼痛并没有出现，她跌入了一个坚实的怀抱里。叶薰仰头一看，竟然是元澄不知道什么时候已经清醒过来，正站在她身后。

现在的叶薰连挣扎的力气也没有了，只是冷冷地扫了他一眼，神色漠然地别过头去。

元澄的视线已经恢复清明，又是那个风流中带着狡黠的三殿下。看着叶薰依然散乱的衣襟，神情有些恍惚，随即镇静下来，低笑道：“萧小姐累了，先让湘绣服侍你休息吧，至于本王的提议，你不妨慢慢考虑，反正我们……还有的是时间。”

说着将叶薰扶到座上，举止温文体贴又恭敬有礼，若不是头上依然残留的血迹明显昭示着刚刚发生的一切，他与那个疯狂纵欲的形象几乎完全是两个人。

待叶薰坐定，他略整衣装，便要离开，一直平静沉默的叶薰却忽然出声了，她低声问道：“你刚才说的是真的？”

“今晚元澄绝无虚言，”他平淡地答道，“其实以小姐的聪慧也不难想到，现在我根本没有欺骗你的必要。”

“我答应你。”叶薰静默了瞬间，忽然说道，音调波澜不起。

“啊？”元澄一愣，随即反应过来叶薰说的是什么，神色间浮起一丝喜悦，更多的却是得意，属于胜利者的得意。

他朗笑一声，温声道：“小姐果然明智，等本王继承了皇位，你就是母仪天下的皇后。”

叶薰没有抬头，只是冷笑了一声，皇后？元澄娶她的目的她很清楚，沈涯一旦死亡，朝中势力势必重新划分，以他沈皇后之子的身份，收服沈家的势力名正言顺，而小宸所代表的朝中新兴势力，则需要用另一种手段来安抚了。娶了自己，一可以钳制萧若宸，甚至……甚至当他除掉萧若宸的时候，正可以借机接手他的势力，为自己未来的皇位做保障。

“终身大事，岂能无父母之命，媒妁之言？”叶薰轻笑道，“皇子选妃，只怕不是你我相约便能够达成的吧？总要面见圣上，有圣旨赐婚才对。”

“小姐所言极是。”元澄欠身道，“明日一早我就入殿禀报父皇这个好消息，让他老人家也……”

“何必明早？”叶薰打断他的话笑道，“既然殿下也无异议，不如就今晚好了。今夜事务如此繁杂，想必主殿那边陛下也并未入睡吧。”

元澄神色叵测地扫了叶薰一眼，原来她在打这个主意。亲眼去主殿看过就能够挽回什么了吗？只不过让自己更伤心而已。有时候女人还真是可悲，尤其痴情的女人。

不过看时间，主殿那边诸事早已完结。此时父皇应该正召集亲信商议下一步的行动吧，自己这个未来太子前去拜见也算适时。

而且让她亲眼见见沈归曦的尸首，也好彻底死了心然后嫁给自己，还可以彻底断绝她对萧若宸的妄想。

“怎么了？殿下是不放心我？”见元澄神色犹疑，叶薰淡淡地问了一句。

“有小姐一句承诺，我还有什么不放心的？”元澄笑道，“小姐如此迫不及待，本王简直欣喜若狂。我们这就入殿面见父皇，将这个好消息禀报上去。”

说着他上前拉住叶薰的手，叶薰条件反射地一挣，却没有挣开，正想说什么，忽然砰的一声巨响。

是房门被人撞开了。来人抢进屋子，惊声呼道：“殿下！”

元澄后退了两步，这才看清楚来人竟是许翎。

“怎么了？主殿那边发生什么事情了？”元澄连忙问道，刚才他派许翎前去主殿打探情况，是什么能够让一向冷静自制的他震惊慌乱至此。

“是……”许翎急促地喘息了瞬间，方颤声说出那个惊天动地的消息，“是陛下……遇刺身亡了。”

元澄如遭雷击，脸色刹那惨白，他一步抢上去，抓住许翎的衣襟，尖声喊道：“这怎么可能？父皇他……有那么多高手侍卫在，还有禁军，还有……”

“据说当时皇上屏退了所有侍卫，独自一人留在殿内，这才让刺客有机可乘。而夜黑风高，雨势又大，外围禁军一时失察，没有注意到有人潜入。”许翎竭力冷静解释道。

“刺客是谁？”元澄颤抖着问道。

“沈归曦。”许翎低声回道。

“他……”元澄身体晃了晃，险些跌倒，失力地连接后退了数步，他按住桌子一角，像是不堪重负。

叶薰震惊失色，急声问道：“沈归曦他现在怎么样了？”

许翎抬头看了自家主君一眼，终于咬咬牙，说道：“沈归曦杀出重围，逃走了。”

“什么？！逃走了？”元澄几乎跳起来，“弑君大罪，犯人竟然……那些废物，统统该杀，沈归曦在哪儿？我要杀了他，我一定要杀了他。”说到后来，他的语气充满了怨毒和疯狂，视线四处扫视着。

“殿下，”许翎低喝了一声，冷然道，“殿下请冷静，此事内幕只怕并非如表面所见。”

“内幕……”元澄喃喃道，慢慢醒悟过来，抬头急问道，“你说沈归曦杀了父皇？可是他……当时埋伏在沈涯房里的那些人难道杀不了他一个，竟然被他逃出来？”

“据属下暗中探查，沈涯居所无任何打斗痕迹，只怕……”许翎话语一顿，说出他推测的结论，“只怕沈归曦根本没有进房内，甚至，房内根本没有埋伏人。”

元澄坐倒在椅子上，神志逐渐恢复清明，低声喃喃自语：“是沈归曦杀了父皇？”

叶薰依靠着墙壁，从听到沈归曦杀出重围的那一瞬间开始，她就感觉心脏失去了控制，他真的没事，至少性命无碍，他依然活着，听到这个消息就足够让她感激上苍的慈悲了。

等她冷静下来，看着失措的元澄，才有机会慢慢思考许翎刚才的话语。

沈归曦杀了皇帝？这怎么可能？以他的个性绝不会无故弑君，除非知道了沈涯死亡的内幕。可沈涯死在皇陵地宫里，两地相隔遥远，他怎么可能在第一时间知道消息？而且沈涯的房间与御驾所在不远，如果按照原定计划，房内埋伏高手的话，沈归曦性命都要不保，更勿论行刺成功了。

“当时的情形是怎样的？”元澄死死按住桌面，冷冷地问道。

“据属下所探……”许翎立刻将探听到的情报详细说明。

元澄静静听着，脸上的寒意却越来越重：“你说当时萧若宸也在场？”

“当时院内只有他们两人而已。”许翎神色凝重地补充道。

叶薰身体一颤，沈归曦纵然胆大包天，也不可能无故弑君，除非有人将沈涯死亡的消息告诉他，而这个人……是借刀杀人，还是，甚至就是他亲自动手。当年萧家抄家灭族，可不只是沈涯一人的功劳。

“呵呵，好狠的手段啊。”元澄忽然笑了起来，神色带着说不出的冷戾森寒。他的视线转到叶薰身上，忽然露出一个诡异的笑容，上前一把抓住叶薰的手腕，他笑道：“爱妃，你刚才说的可真是一点不错。哈哈，果然是谋事在人，成事在天，不过，只怕他同样料不到，你竟然会在我手里吧。”

他手上的力气大地出奇，叶薰感觉自己的手腕要被生生折断了。依靠着后墙，她轻笑着道：“殿下想做渔夫，别人可未必一定要做鹬蚌。”语调带着淡淡的嘲讽。

元澄眼中瞬间射出浓重的杀意，如噬人的猛兽，然而升腾的杀意却在下一个瞬间彻底冻结了。

一个清朗的声音在门外响起，带着悠然自得的韵味：“三殿下可在？萧若宸特来求见。”

第七章

不如归去

屋内的气氛有一瞬间的冷滞，元澄保持着握紧叶薰手臂的姿势，神色数度变化，终于松开她，转头向许翎微一示意。

许翎立刻会意，在门边略一探查，低声道："只有他一个人。"语气里有掩不住的惊异。

叶薰心脏一紧，元澄神情却放松下来，看了叶薰一眼，他冲着门口低声笑道："萧将军大驾光临，本王岂能不欢迎？"

许翎上前打开门，漆黑的底幕中，一个卓然而立的身影出现在门口。

萧若宸一身普通至极的布衣，手里撑着一柄油纸伞，气度谦和儒雅，温文俊秀。除了脸色出奇地苍白之外，乍一看上去，真像是一个前来拜会知心好友的读书人。

眼见大门打开，萧若宸抬脚踏入，一边收起纸伞，坦然自若地颔首招呼道："殿下，久违了。"

"确实久违了。"元澄一瞬不瞬地紧盯着他，冷冷说道，"本王身在如此荒僻之地，将军都能够寻得到，可真是有心了？"

"萧若宸不过一介草民，殿下尚且垂怜关注，不肯稍有放松，而殿下皇室贵裔，身系大局，在下又岂能不多加注意？”像是完全没有看到元澄眼眸中毫不掩饰的森然寒意，萧若宸轻笑着解释道。元澄的反应让他刹那间明白有些事情已经瞒不过了，原本想借皇帝之名骗他入局的想法只好放弃了。

一边说着，萧若宸视线随意地扫了扫四周，脸上微带讶异：“殿下，如此贫陋的居住，怎能停留金枝玉叶之身？主殿那边早为殿下备好房间，为何……”

“如此贫陋的居住，还要劳动萧将军百忙之中前来，本王真是感激莫名啊。”元澄一边说着，脸色越发危险。想到眼前之人便是自己的杀父仇人，他忍不住向前踏出一步，

“殿下！”旁边许翎低呼一声，跟着上前挡在元澄面前。

元澄这才想起，自己武功平平，远非萧若宸对手。只好后退一步，视线却牢牢盯在他身上不肯移动。

两人充满威胁意味的举动尽收眼底，萧若宸却毫无惧色，神态依然悠闲，笑道：“如此委屈殿下，实在是臣属失职，幸好亡羊补牢，犹未晚矣。外面已经备好了车驾随从，就请殿下移驾吧。”

准备好了车驾随从？元澄心里一沉，精明如他岂会听不出萧若宸话里的意思，冷笑道：“不知萧将军在外面埋伏了多少高手来招待本王呢？”

“殿下何出此言？”萧若宸笑着问道，“我与殿下精诚合作，公平交易，岂会是那种釜底抽薪的人？”

元澄冷哼一声，面上不动声色，心里却暗暗着急。萧若宸这么大胆地独自一人走进屋子，本是一个难得的机会，许翎的武功不在萧若宸之下，再加上自己，有足够的把握让他无法活着走出去。但萧若宸在外围已经安排了人手，以他的精明，必定都是心腹高手。杀了他到时候自己怎么离开？甚至现在，单凭着许翎能够在惊动他手下之前制住他吗？左思右想，他心下深悔不该为了隐藏行迹而少带人手。

萧若宸静看元澄脸色数度变化，睫毛低垂，低声道：“陛下刚刚被沈家余党所害，圣驾垂危。我等身为臣属，护驾不力，责无旁贷，罪该万死……”

“罪该万死？”元澄冷笑一声打断他的话，颤声道：“你确实罪该万死。”

对元澄的嘲讽恍若未闻，萧若宸神色不变，继续语重心长地道：“沈贼刚平，陛下就亡于逆党之手，如今主殿那边局势正乱，人心惶惶，殿下身份尊贵，正需您来主持大局，安定人心。岂可留在这个偏僻的小院子里不问外事？”

元澄心里一颤，刚才他惊闻父皇遇刺身亡的消息，一时间被悲愤蒙蔽了心神。此时冷静下来，猛地想到，如今大周名正言顺的皇子只余下他一人而已。

只要无意外，他就是大周明天的皇帝了。意识到这一点，一种从未有过的激动涌上心头，甚至掩去了惊闻噩耗时的悲恸。他身体不自觉地颤抖着，皇位……继承皇位，那个至高无上的地位，那个璀璨无伦的宝座，马上就是他的了，一切都是他的了。

元澄掩在袖中的手不停地颤抖着，几乎难以自制。他强自冷静下来，思考当前的局势，立刻意识到，得到这一切的前提是自己能够平安地离开这里。

他的视线落到萧若宸身上，他会乖乖放自己离开，然后眼睁睁看着自己登上皇位吗?

没有关系，只要离开这里，只要能够回到京城，萧若宸在朝中的势力虽然不小，但还不到倾覆朝野的地步，自己身为嫡出皇子，血脉正统，到时候百官拥戴，万民臣服，自己登上了皇位，还会怕他吗?

慢慢剪除他的羽翼，然后……随着思绪转动，元澄神色缓和下来。他本也是精明之极的人物，眨眼间就已经想清楚前后利害关系。心下不禁有些后悔，刚才对萧若宸的敌意表现地太过明显，让他明白自己已经得知父皇驾崩的消息了。否则，假作不知，岂不更容易脱身。

不过现在也无妨，自己手里还有一张王牌呢，他神色叵测地转头扫了叶薰一眼，以她当人质，萧若宸会让路放自己下山吗？一边想着，他伸手拉住叶薰的胳膊。

自从进了屋子，萧若宸就未曾直视过叶薰，无数次他低垂的视线扫过那片素色的裙摆，但每次都只是浮光一瞬，不敢停留，更不敢抬高。

此时他的眼神落到元澄的手上，慢慢开口道："乱局之中殿下还不忘照顾家姐，在下真是感激不尽。"

"不必多礼。"元澄盯着萧若宸，忽然恶意地一笑，缓声道："照顾本王未来的王妃，自然是理所应当。"

"未来的王妃？"萧若宸身形不易察觉地一颤，轻声重复道，声音清冷地听不出丝毫波动。

"不错，令姐已经亲口答应了本王的白首之约。"元澄轻笑着说道，"窈窕淑女，君子好逑，今晚与令姐一番畅谈之后，她已经知道本王为帮助萧家报仇，与将军竭诚合作，终于使得萧家冤屈重现天日的事情经过了。她对本王感激不尽，自然要以身相许了。"

萧若宸身体一颤，忍不住咳嗽出声，他低头掩住唇，飞快地擦去溢出的血沫，冷然道："殿下可真是有心啊，正好在陛下驾崩的时候，呵呵……"后面的话没有说出口，但其中嘲讽的意味却再也明白不过。

元澄神色一僵，再也忍耐不住，脸上猛地现出恨意，死死盯住萧若宸，他竟然还胆敢提起父皇！如果不是他，父皇怎么会……想要上前动手，但理智却阻住了脚步，终于满腔的怒火只化为最恶毒不过的一句话："哈，嫁给本王，她便是将来的大周皇后，总比姐弟乱伦强多了吧。"

那个词语一入耳，萧若宸脸色瞬间一白，再也没有支撑住，一口鲜血猛地吐出来，将洁白的前襟染地血红。

叶薰身形一颤，惊叫一声，甩开元澄就要上前。自从萧若宸进屋开始，她整个人都处于混沌状态，视线颤抖着落在他身上，却怎么也不敢看他的脸。直到此时看到地面上星星点点的血红，她猛地抬起头，才发现他脸色苍白如纸，带着惊人的脆弱。

然而刚踏出一步，却有人比她动作更快。许翎一个箭步上前，闪电般扣住萧若宸的手腕，同时另一边元澄死死拉住叶薰。

接触之下，许翎立刻发现萧若宸内伤严重之极，刚才的悠然自信，侃侃而谈不过是硬撑出来的。

元澄视线落在叶薰身上，又落在摇摇欲倒的萧若宸身上，脸上难以抑制地爆起喜色。

叶薰挣扎着想摆脱元澄的钳制，力气之大元澄一时竟也险些拉扯不住，许翎见状立刻回手一指，一缕内劲隔空点在叶薰膝盖上，她顿时腿脚酸软，跌回元澄怀里。

元澄略一示意，缩在角落的湘绣连忙上前，接过叶薰扶到椅子上。

“想不到以将军之精明，也有百密一疏的时候。”元澄扫了身后的叶薰一眼，又转到被许翎所制的萧若宸身上，终于志满意得地笑出声来。

“是殿下手段高明，在下不得不佩服。”萧若宸轻笑一声回道，他嘴角的血渍已经擦去，脸色却越发苍白如雪。

“若要说手段，其实在下不及将军多矣。只是想不到将军如此姐弟情深，得知同胞姐姐有难，竟甘愿以身涉险……”一边说着，元澄不怀好意地笑起来，阴阳怪气地讽刺道：“如此深情，简直天地可鉴，日月同辉，连本王都要被感动了。”

身后的叶薰身体一颤。萧若宸视线扫过，若无其事地错开，避过话题缓缓道：“殿下过谦了，任在下手段如何高明，如今还不是殿下的手下败将？”

“哈，这倒也是。”元澄冷笑一声，逼视着萧若宸杀意渐生，眼前之人是他的杀父仇人，更是他皇位路上的心腹大患，眼下正是最好的下手时机……

“殿下。”眼看元澄盯着萧若宸的视线越发狠戾，旁边许翎轻声提醒道：“时间已经不早了。”

元澄立刻醒悟过来，抬头看了看天色，时间已经是后半夜了。如今主殿那边父皇驾崩，沈涯又意外身亡，已经不知道乱成何等地步了。萧若宸有胆量弑君，必定早就安排好了充足的人手，此时自己去主殿无异于送羊入虎口。唯一的选择就是尽快下山，只要回到京城，以他三皇子的身份，绝对没有人比他更适合继承皇位。

只要能够登上皇位……元澄的瞳孔紧促收缩，盯着萧若宸笑道："将军适才所言甚是，如今局面混乱，正需本王出面整顿，身为皇室正统，岂可轻卸责任。大局为重，事不宜迟，本王这就与将军一同启程吧。"

"殿下英明，殿内诸臣必定都在等候着殿下的驾临。"萧若宸不置可否地说道，神色虽然憔悴，气度却依然沉静自如。

此时元澄也已经从胜利的狂喜中冷静下来，扫了他一眼，笑道："可惜本王日常出行从来不喜欢乘坐生疏的马车，将军为本王准备的车驾只好暂且推却了。"说着转头向湘绣略一示意，湘绣会意出去准备马车了。

"至于将军为本王准备的车驾随从嘛……"元澄耸耸肩，沉声说道："还是劳烦将军命他们退到天龙寺范围之外吧，本王这才能够安心启程啊。"

"殿下有令，在下自然不敢不从。"萧若宸平静地说道，说罢跟着许翎出了院门。

不一会儿两人返回，许翎向元澄点了点头，示意外面的伏兵都已退走。元澄安下心来。

许翎将备好的马车赶到门口，元澄彬彬有礼地笑道："请将军上车吧。"

似乎是明白此时的身不由己，萧若宸毫无异议地抬脚步入马车。

元澄也回身扶起叶薰。纵然叶薰心急如焚，此时却完全无法可想，只能乖乖被他扶上了车。

依然是来时的那辆车子，许翎坐在前方驾车，而叶薰、萧若宸、元澄、湘绣四人在车内相对而坐。

许翎一扬鞭，车身颤动，开始前行。

叶薰反复思量着，仅凭她和萧若宸现在的实力根本不是元澄的对手，更何况车外还有一个武功高强的许翎。可是什么都不做，等元澄掌控了大局，哪里还有他们姐弟的活路？！一定要脱离他们的挟制才行！

她的视线落到萧若宸身上，从那一口血之后，他就再也没有显露过任何破绽，但苍白的脸色还是昭示了身体的虚弱。甚至许翎都没有封他的穴道！必定是算准了他已经没有任何反抗能力才会如此放心。他的伤势已经严重到何等地步？又怎么会受这么重的伤？叶薰心脏一阵抽紧。

长长的睫毛掩住了双眸，少年似乎已经睡着了一般，静默温顺一如当年。似乎是感受到叶薰的视线，他身形不易察觉地一颤，却始终没有睁开眼睛，只是交叠的双手却开始显露不安。

叶薰的视线落到他手上，沿着纤长紧握的双手，经过刚刚被血染红的衣襟，终于落到他沉默的容颜上。

他嘴唇轻动，宛如无声的颤音。叶薰心下一震，随即视线又落回他手上。

分辨着那富有规律的轻动，他这是在……

马车走得很快，路上越来越颠簸。萧若宸忽然睁开眼睛，问道：“车子不是在往主殿？”说的虽然是疑问句，用的却是肯定的语气。

“当然不是。”元澄一声冷笑，“主殿那里有将军的人手把持，本王放心得很。眼下还是京城更重要，本王自然应该尽早赶回京城，以安定民心。”

“哦，可是如果微臣记得不错，陛下刚刚在主殿那边驾崩了啊。如今尸骨未寒，殿下就如此匆忙回京，难道不怕九泉之下的陛下寒心吗？”萧若宸嘴角一勾，缓缓说道，言辞中带着毫不掩饰的轻蔑挑衅。

这句话是在赤裸裸地讽刺元澄对皇位的迫不及待了，元澄脸上的怒色一闪即逝。长吸了一口气压下怒火，他看着萧若宸，忽然展颜一笑：“这个无需将军费心，等本王安定京城局面，继承了大统，自然会好好‘祭奠’父皇，让他九泉之下安息瞑目。”

一边说着，他恶毒的视线紧盯着萧若宸，所谓“祭奠”的意味不言而喻。

“继承大统？”萧若宸却好像对他的恶意全无察觉，脸上闪过一丝惊异，转头看着元澄问道：“难道殿下认为自己能够继承大统？”他清亮的眼神带着淡淡的嘲讽，像是听到了什么很好笑的事情。

元澄心里头猛地“咯噔”一下子，明明已经十拿九稳的事了，竟然会莫名升起一丝不安。

他抛开杂念，定下心神，冷笑道：“不是本王继承大统，难道将军要自己来不成？萧家血脉虽然尊贵，也只是后族而已，想要谋逆，只怕将军心有余而力不足吧。哈，说到这里，等本王继位，大周的皇后血脉又恢复成萧氏一族了，倒也算是遵循祖……”

“殿下过誉了。”冷冷打断了元澄的话语，萧若宸淡漠地道：“在下不过贫陋之身，怎么敢妄言皇位。不过依在下之见，适合继承大统者确实非是殿下，而是另有他人。”

“谁？”元澄瞳孔瞬间收缩，沉声问道。

萧若宸却没有回答他的问题，只是不紧不慢地向车外看了一眼，平声道：“殿下不吩咐外面一声吗？这一段山路崎岖狭窄，车子又走得这么快，很容易颠簸下去啊。”

“哼，许翎的武功足够护我周全了，倒是将军的身体恐怕……”元澄轻笑一声，警告意味十足的视线扫过萧若宸，“奉劝将军还是少打什么歪主意为好，不然你和令姐的安全只怕都难以保证啊。”

萧若宸谦和地笑了笑，道：“多谢殿下关心。”说完便不再说话。

元澄皱眉看了他一眼，转过脸去，静默了片刻，终于按乃不住，又开口道：“将军高见尚没有说完呢，在下洗耳恭听。”

“殿下是在问皇位继承人的事吗？”萧若宸悠闲地将手臂放到车窗上，舒缓姿势，缓缓说道，“依在下陋见，继承大统的应该是函芮殿下才对。”

函芮殿下？乍一听这个名字，元澄愣了一会儿才想起，这是自己二皇兄独生子的名字。只是……

“你竟然说那个还不到两岁的婴儿比我这个嫡出皇子更适合继承皇位？哈哈，我看你是糊涂了吧，那个贱民的儿子。”元澄冷然道。

二皇子出身卑微，只是一个宫人所生之子。而巧合的是他成家立府之后，正妃竟然也一直未曾生育，反而是一个出身更加卑微的女奴在一次被他临幸之后生下了一个儿子。纵然那个女奴因为这项大功，已经脱离奴籍，是名正言顺的妾室了，这个皇孙的出身依然被皇室鄙薄不已。只是当今圣上这么多年只得了一个孙子，倒也颇为珍爱，周岁时候还亲自赐名函芮，以示恩宠。

对上元澄冷厉的视线，萧若宸却不慌不忙，轻笑道：“嫡出皇子？看来殿下还不知道，最近京城里面有了一个谣言……”

“什么谣言？”元澄冷冷地问道。

背对着他的叶薰抚摸着自己双腿，刚刚被许翎劲风点中的穴道已经慢慢解开了。可是此时动手，她惶惑地看了外面一眼，单是许翎一个人就足够收拾他们姐弟俩了……

没等她有所表示，萧若宸已经平静地开了口：“自然是关于殿下的谣言，或者说是关于皇后娘娘和沈将军的谣言。”他直言不讳地坦白道，“函芮殿下母族虽然卑微，但也是正统的皇室血脉，毋庸置疑。比起殿下的血脉来说……”说到这里，他微带嘲讽的眼神投向元澄，不再继续说下去了。

元澄心神巨震，只觉得浑身如坠冰雪，脑中竟然情不自禁地映入一个画面，那个他痛恨了无数个日日夜夜，恨不得彻底埋葬，彻底遗忘的画面。

那正是数年前皇帝在前线战死的消息传来不久，沈涯要拥戴他登基继位的时候。马上就要成为大周的新帝了，心情激荡难抑。那天夜晚，睡不着的他去了凤仪宫，本想寻母后问一件事，却想不到在偏僻的后殿，那棵盛开的金蕊白梅树下，他看到了这辈子都难以接受，也无法原谅的一幕。

风雪飘摇，梅香四溢，相拥而立的两个人深情缱绻，宛如一对天成的璧人，举止间满含的情意将这漫天满地的冰雪都融化了。却让躲在角落的元澄一颗心直直向万丈寒冰坠落而去。

一个是他最敬重崇拜的舅父，一个是素来爱护他的母后……

在树下不久，那两个缠绵的身影就相拥着消失在了寝殿深处。遥看着殿中暧昧的烛火，那是只有父皇一个人才有资格进入的宫殿，那是只有父皇在的时候才被允许燃起的龙凤红烛。

元澄不知道自己在那里停留了多久，整个人几乎彻底化为风雪中毫无生命力的一尊塑像。

就是从那一个夜晚，沈涯变成了他最恨的人，他恨他的欺骗，恨他的利用，更恨自己不过是一颗无力的棋子，甚至连母后的死亡，也是他所安排的雁秋下毒所致……

费尽心机，终于让那个人连同那段不堪的记忆彻底埋葬在了沙石之下，他以为再也不会有人提起，再也不会有人知道。

可没想到本应该彻底埋葬的秘密此时又突兀地出现在面前。

“皇后娘娘病逝的时候，沈将军直入宫禁，留居缘月宫毫无避讳，如此举动，京中各家豪门贵侯尽皆有所察觉……”萧若宸继续在一旁凉凉地说道。也许是面临心爱之人的最后一刻，情难自抑；也许是已经权倾朝野，不必在乎众人的看法了，沈涯在那段短暂时间里的行事确实称得上毫无顾忌。

元澄只觉得寒意瞬间灌满心田，沈涯停留缘月宫的事情，他曾经特意下令严格保密。甚至相关的宫女仆役尽皆以服侍不力而全部处死了。如果这个谣言真的在京城传开……它又怎么可能传开……

身体一颤，他转头看向萧若宸，脸色越来越阴沉：“是你……”他轻声问道，恶毒的视线紧盯着萧若宸。

萧若宸平静地回答道：“是的。”语调轻松自在，好像元澄只是在问他名字是不是叫萧若宸一样。

元澄终于按乃不住，咆哮一声，扑上去一把卡住他的脖颈。他最大的凭依就是皇室嫡子的身份血脉，一旦这样的谣言传开，对他的名誉地位几乎是致命伤，他岂能不恨？

狭窄的车厢里根本无处躲藏，萧若宸一声闷哼，元澄牢牢卡住他的脖子。

元澄还没有来得及用力收紧，却猛地听到身后一阵疾风，他本能地向旁边闪过，却已经迟了，只觉得肩头一阵剧痛，

转头一看，叶薰持着烛台站在身后，就在他转头瞬间，第二击又到眼前。

旁边湘绣惊叫一声，扑上来就要拉住叶薰。

叶薰却早有防备，对着隔在两人中间的小几用力一踢，湘绣被阻隔瞬间。那边萧若宸已经一把牢牢扣住元澄的双手，让他无法躲避。

叶薰又是一击重重打在他的后背上，这一击几乎用尽她全部力气，元澄一声闷哼，踉跄着前冲一步，歪倒一边。

车外许翎听到不对，连忙勒住马车，回身一把掀开车帘。

以他的武功，一旦加入战局那将是决定性的。摔到一旁的元澄满是怒意地喝道："许翎，快制住这两人……"

可一句话还没有说完，一道锐利的寒光从他眼前经过，让他后半截话语瞬间停滞了。

许翎刚掀开车帘，就听到一声短促的锐器破空声。他大惊失色，想要躲闪，可相隔太近，根本避无可避。情急之下急中生智，他一把扯下车帘翻卷上去，帘上注满内力。

一声沉闷的响动传来，是帘子将逼近眼前的暗器堪堪截下。同时劲风扫过，手持烛台扑向元澄的叶薰被一击带倒。连旁边的萧若宸亦受波及，刚爬起来又跌倒在地上，闷哼一声。

眼见许翎要进来了，萧若宸挣扎着抬起手。

没等许翎松一口气，又是一声紧促的响动传来。竟然还有！许翎心下大惊，连忙故技重施，以帘子挡下暗器，却听到车内元澄一声尖叫，"小心！"

许翎心下一骇，这时才分辨出暗器竟然不止一支，车帘只挡下其中之一，另一道锐光已经逼近眼前，危急时刻，他闪身后退，虽然避开要害，却还是挨了一记，随即腿上一阵剧痛。

许翎禁不住后退一步，这才看清楚那是一支极细小的短箭，深深插在自己小腿上。

他顾不上伤势，反手点住数处穴道，却还是身体一晃，头晕眼花。

元澄一步抢上去，立刻看到许翎伤口上流下的血液已经变成黑的。

"你下毒！"他又惊又怒，回头向萧若宸怒吼道。许翎的身体已经支撑不住，栽倒在座位上，元澄连忙扶住他。

"没用的。"萧若宸摔在车内一侧，胸口上血迹宛然，看得人触目惊心，他轻笑道："离魂的剧毒，见血封喉。咳……咳咳……天下根本无药可解。"

被刚才许翎的那一击劲风扫过，纵然没有打中，原本强自封住的伤口也震裂了。萧若宸咳出一口血，苦笑了一声，手里玲珑精致的袖箭机关跌落在地上，里面已经空空如也。

本以为解决许翎只需要两支箭，但许翎的武功之高，变应之快却在他预料之上，不得已只能将仅存的两支箭都放了出去。

眼下他重伤复发，而叶薰也被打伤，纵然成功击杀了许翎，但元澄和湘绣依然完好，两人还是输定了。

说话间，许翎一口鲜血喷出，低呼一声“殿下……”终于支撑不住，毒发身亡了。

元澄双眸血红，低吼一声，猛地扑向萧若宸。

杀了他！杀了他！此时他脑中只剩下这一个念头，杀了这个阻拦自己前路的人，杀了这个害得自己落到如此地步的人！

然而身影还没有扑到萧若宸面前，叶薰猛地冲上来，她手里寒光一闪，擦过元澄脸颊。

元澄险些被她伤到，退后一步，定神一看，她手里持着的竟然是一支小银箭，是刚刚被许翎用车帘卷落的，此时被她捡在了手里。

叶薰一击不中，因为用力太大，整个身体向车外扑去。

想到箭上淬着的剧毒，想到背部骨折般的疼痛，元澄心中怒火更胜，再也没有了分毫怜惜，狠狠一击打在她后背上。

萧若宸惊叫一声，想起身却又无力地摔倒在一边。

叶薰只觉背上一痛，身体穿过失去挂帘的前车门，一下子砸在车夫所坐的前席上。前腰和后背都剧痛欲折，可没等她回过神来，高举的双手因为惯性向前，手中利箭猛地插入前方驾车的马匹后腿上。

叶薰顿时愣住了。马匹吃痛，猛地跃高，不辨前路地狂奔起来。

在车内逼近萧若宸的元澄不防备之下，被狂乱的力道甩到一旁，萧若宸和湘绣也滚倒在车厢里。

前席上许翎的尸身跌到地上，在黑暗泥泞的道路中溅起几滴泥水，很快消失不见了。

剧毒瞬间发作，马匹的疯狂持续了片刻，随即毒液攻心，倒毙身亡了。山路崎岖陡峭，路边就是悬崖，马匹这一翻到，带动整个车厢向路边倾倒。

叶薰尖叫一声，马车正悬在悬崖边上，她大半个身子探出车外，下面就是黑不见底的深渊，夜色之下，云蒸雾绕，肉眼几乎无法分辨。

她想要往回爬，可元澄那一击力道甚大，后腰剧痛难耐，连带地双腿几乎不听使唤。稍微一动，竟险些跌下去。正在魂飞魄散的时候，身后传来另一声更尖锐的惊叫。

是湘绣！她正倒在马车后半部分，此时车身一歪，她整个人从车窗里滚出去，堪堪悬在窗户上。

“救命啊！”双手扳住车窗木框，身下就是虚无一片的万丈深渊，湘绣惊声尖叫起来。她悬空的身体不断扭动着，仿佛下方有一只吞噬人性命的恶魔在不断逼近。

她挣扎着想向上爬，可凭她柔弱的体力连支撑住身体都很困难，更别说仅靠着臂力爬上来了。

“殿下！殿下救我啊！”她惊叫着向元澄呼喊。

元澄想上前救她。可走了一步，车身一个摇晃，险些整个儿翻下去。

如今挂在悬崖边上的车身摇摇欲坠，这边是元澄和萧若宸，那边是悬空的湘绣，而中间还挂着一个叶薰。只能勉强保持平衡，一旦稍有动作，整个车厢就要立刻滚落下去。

元澄的脚步顿时停住了，视线游移回避，不敢去看湘绣的面容。

湘绣挣扎着，看向元澄的眼神却越来越绝望。她扣住车窗的手指甲慢慢洇红，在车木板上刻下深深的印痕。

不过片刻工夫，终于惨叫一声，支撑不住跌落了下去。

车厢内一片沉寂。叶薰颤抖着低头看向下方，漆黑的深渊宛如猛兽巨口，湘绣的惨叫声依然回荡在山壁上，带着凄厉的余韵，传得很远很远……

那个体贴温顺的女孩，那个她来到这个世界第一眼见到的人，竟然就这么……

持续整夜的大雨早已经停止，只剩下带着浓重湿气的狂风呼啸，凉意沁骨。叶薰打了个寒战，从未有一个深夜，似这般绝望黑暗，生机尽失。

因为那边失去湘绣的重量，车身终于不再摇摇欲坠，向平地这边倾斜了稍许。

长长的惨叫声回荡在空远的山谷里，元澄看着车窗上留下的深刻划痕，颤抖的视线游移了片刻，逐渐转向旁边的萧若宸，“是你！都是你！都是你害得……”他视线里是溢地满满的怨毒，俊美的五官扭曲变形。

对身后湘绣的小插曲恍如未觉，萧若宸刚才被翻倒的桌子压住一只脚。他奋力挣扎出来，想爬过去拉住叶薰的手。

他这一攀爬，刚刚向这边倾斜的车身立刻又失去平衡，向着另一边倒去。

不能让他过去！元澄一把拉住萧若宸的脚，却被他蹬开。

元澄盯着他，又看看正在车门口挣扎的叶薰，忽然嘴角勾起，他狞笑着逼近萧若宸，喃喃道：“对了，你们也跌下去，车子就不会掉下去了。你们都掉下去好了……”

一边说着，他猛地一脚向萧若宸踢过去，想将他与叶薰一起踢出马车。

却料不到萧若宸忽然转身，手里银光扬起，竟然是跌落在车厢里的另一支银箭，刚才车内翻滚的时候，被他趁机拾在了手里。

元澄脸色瞬间变了，来不及变应，毒箭已经逼近眼前。他连忙后退，慌不择路之下，踉跄着跌到车厢一角。

那是悬在半空中的一角。

挂在悬崖边上的马车晃了晃，再也支撑不住，指甲发出崩裂的声音，叶薰尖叫着跌出车外，向悬崖落下，萧若宸猛地从马车前门飞扑出来。一把拉住了她，堪堪阻住下坠的势头。

而身后的马车却如一枚熟透腐烂的果子，连同里面的人一起，向着万丈深渊直直坠落下去。

无尽的黑暗很快掩去了马车的身形，呼啸的寒风中依然传来元澄尖锐的惨叫声。良久，一声破碎的重物坠地声才隐约传来，是马车终于跌到了悬崖底下。

叶薰颤抖着抬起头，萧若宸正伏在悬崖边上，紧紧拉住她的手腕。

鲜红的血泅透了他胸前的衣服，如一朵凄艳的花怒放在那里，触目惊心的鲜血沿着他胸口向下，蜿蜒流过两人交叠紧握的手掌，一滴滴落到她的脸颊上。

“开放开我。不然我们会一起掉下去的。”叶薰颤抖地张开唇，说道。

“我不放。”少年倔强地摇摇头。痴痴的目光落到她脸上。他看得如此专注执著，仿佛身边的一切痛苦危机都不存在了，仿佛这一眼，就是人生的最后一眼；他握地如此坚定有力，仿佛只要一松开，那段脆弱的线就要从此折断，再也无法延续，仿佛这一握，就是人生的最后一握。

“我不要放开，绝不放开。”萧若宸喃喃说道，那些再也看不到她的日子，那个风雪飘摇的夜晚……他回想起那一幕，他走在雪里，然后离她越来越遥远，越来越遥远。他就再也无法忍受，无法忍受再一次放开她的手。他要紧紧抓住她，永远不放开，不松手。

“傻瓜，你撑不了多久的！”叶薰哽咽着冲他喊道，有什么温热的东西从眼里涌出。

记忆朦胧回到了过去，她想起第一次见到他的那一幕。

他就站在墙下，而自己爬在墙上。他紧紧握住她长长的披风，洁白的牙齿咬着花瓣一样粉嫩的嘴唇，神情倔强地看着她，说道：“我不放，一旦放开，姐姐就要走了。”

从什么时候开始，那狡黠顽皮的眼神开始变得内敛深沉，可其中单纯的执著却一如既往；曾经稚嫩单薄的双肩变得坚强厚实，可紧拉住自己的固执倔强却从未动摇。

眼前的一切和过去慢慢重合，叶薰已辨不清这是现实，还是回忆。

晨曦从地平线的那一头升起，天边绽放微光，深沉的暮色渐渐淡化，高大深远的山峰轮廓慢慢显现，又是一天的清晨到了。

澄清的晨光照在他单薄苍白的脸色，眼前的少年宛如透明的精灵，在下一个瞬间就要淡化消失了。

“傻瓜，赶紧放开啊。你想和我一起死吗？这样根本没有意义”叶薰轻声说道，眼泪沿着脸颊滑落，模糊了视线，也模糊了他的容颜。

她仰起头，仔细将少年的容颜描摹在心田。

少年身体忽然一颤，鲜血沿着他嘴角溢出。

明白他已经到了油尽灯枯的地步，叶薰终于不再犹豫，她抬起另一只尚存自由的手，抚上两人交叠的地方，然后慢慢的，一根一根的，将他紧扣的手指掰开。

刻意忽视少年眼中骤然浮现的绝望，叶薰用尽全部的力量和勇气，用尽全部的决心和毅力，一根根掰开那交叠的手指。

“姐……你不能……”萧若宸绝望地看着叶薰，看着自己僵硬的手指与她生生分离，有什么温热的东西从眼眶涌出。从那个天崩地裂的夜晚之后，他就再也没有哭过，他以为自己一辈子都不会再哭泣了，可此时久违的泪水却顺着脸颊失控地滑落。

晶莹的水珠跌到她脸上，与刚刚滴落在那里的血混在一处，鲜红与透明融合，仿佛是血泪一般，沿着她脸颊慢慢滑落：“小宸，好好活下去。”她冲他笑了笑，一狠心，掰开最后两根手指。

身体失重地向未知的深渊落下去，仿佛是一缕轻烟，一片飞羽，那淡青色的身影很快消失在了无尽迷茫的深渊里。

同一瞬间，朝阳从地平线的那一头冉冉升起，万丈光芒喷薄而出，照亮这世间的每一个角落。可悬崖之下却依然是一片迷蒙混沌，仿佛再温暖璀璨的光线也无法照耀其中。

萧若宸痴痴地看着下面，有什么东西也跟着同时坠落下去，让他再也无法承受。整个世界如同虚化的影像，瞬间崩塌溃散了，只余身下这一片冰冷的断崖，隔开两个世界。世间一切都失了色彩，没了意义，只余下那个不断下落、不断远去的身影……

萧若宸怔怔凝视着那里，不知过了多久，猛地扑出，向着那未知的万丈深渊跃下。

尾声

灿若晨曦

身体好像在一片虚幻中沉浮，他不停地想要抓住什么，却什么也抓不住。慢慢地，四周景物逐渐凝聚，他终于发现，原来自己正走在一条路上。

那是一条阴森漫长的街道，漫天都是飘飞的雪花，身边却一片黑暗。

心里空落落的，仿佛失落了什么重要的东西，他却不知道应该如何寻回。

左顾右盼，仓皇寻找了不知多久，他鬼使神差地向自己怀里摸去。

一点银光闪烁。

那是一滴精巧别致的银耳坠，带着极端灼热又极端冷酷的光芒，让他整个人颤抖难以抑制。

对了，他要寻找的人是她！他要回去救她！要带她离开！

他想停下来，想调转马头，可身体却完全不听使唤；他想要呼唤，想要喊叫，可嗓子干涩地无法发出任何声音。仿佛冥冥中有一种不可抗拒的力量主宰着他，让他只能不断向前，无法回头。

于是他只能眼睁睁看着自己离那个身影越来越远，越来越远。

风雪弥漫，逐渐遮住了他的视线，那身影很快再也看不见了。

胸口剧痛难耐，像是被人生生剜去了什么。在全身近乎崩溃的折磨中，他猛地睁开眼睛。

“大人！大人您醒了！”

“大人醒了？！快传御医。”

……

耳边不断响起充满狂喜的欢呼，萧若宸挣扎着转过头，模糊的视线分辨了片刻，终于认出距离最近的那张脸，是贺骏万。再转过头，是自己亲信的部属们，还有很多文武朝臣。

熟悉的面孔一张张映入眼帘，萧若宸视线木然地扫过，嘈杂欢呼的声音中，他缓缓闭上眼睛。

他还活着？他竟然还活着？！

整个心脏仿佛只余下一片死寂，萧若宸麻木地任凭御医搭上他的手腕，探听脉象。耳中贺骏万的声音犹自不断传来，

“……幸好属下赶到得早，正看到大人您支撑不住向悬崖那边跌下去……”想起那一幕的惊险，贺骏万忍不住擦了擦汗，赶到的时候正看到自家主君往下掉落的身影，身边的一众侍从高手连忙冲上去，千钧一发之际才拉住了一片衣角，当时若是慢了一步……

“太医说您伤势很重，几乎……好在如今总算醒过来了，谢天谢地，谢天谢地……”贺骏万欣喜若狂地继续念叨着。

“另外在悬崖底下，我们发现了……”

这句话冷不丁传入耳中，萧若宸猛地睁开眼睛，他挣扎着要起身。

“主上，请您冷静！”太医及一众属下大惊失色。连忙按住他，“您伤势太重，现在还不能起身啊！”

几人合力竟然按不下那虚弱之极的身形，他挣扎着一把抓住贺骏万的衣袖，嘴唇动了动，却什么话也无法说出，只能用颤抖的视线紧盯着他。像是想要阻止那个让他绝望的消息说出，又像是迫切地想要知道答案。

那脆弱又无助的视线贺骏万几乎不敢逼视，他连忙安慰道：“主上，悬崖底下只发现了三皇子和湘绣姑娘的尸身，并未见到小姐的。”

"什么……"萧若宸所有动作瞬间凝滞了。

"你说的是真的？"他抬起头，满含期待却又深深恐惧的目光投向属下。

这样激烈的目光贺骏万完全无法承受，他赶紧将藏在身上的那样东西取出："属下岂敢欺瞒？我们在谷底的一棵树上发现了这个，它被人系在树枝上。"

萧若宸接过来，是一方洁白的丝帕，系了一个结，角上绣着一片绿芽，正是叶薰时常带在身上的。

萧若宸紧握住丝帕，仿佛那就是生命力的全部来源，片刻之后，他才缓缓打开。

里面是一枚耳坠，那个曾经在他梦中出现过无数次的，那个逼迫他不得不去面对真相的，那个她之后一直带在身上的耳坠。

这么说来……

"据属下探查四周，旁边的山壁上有两个极深的脚印，应该是有高手从那里跃起，然后借力接住了从上空坠落的小姐再落到地上……"贺骏万理智分析着现场看到的痕迹。

她还活着！

萧若宸双手忍不住颤抖，他从来没有想过，一个单纯的消息就能够带给他这样的狂喜和希望，让他瞬间从黑暗的深渊里看到了曙光。

只要她还活着就好！

只要还活着就有希望……

"主上，很多朝臣如今都还在外面等着呢，听说了主上舍身护驾，命悬一线的事迹之后，大家都钦佩万分，正等着求见主上。"看到萧若宸神色逐渐冷静下来，贺骏万低声进言道。

"皇上临终前特意为萧家恢复名爵的旨意也已经颁布天下。"

"还有函芮殿下的继位事宜，还有陛下和三殿下的葬仪，还有沈涯的……"无数后续事宜等待着处理，他一件件、一桩桩列举着。新生的朝政急需一个有分量的主宰，长久潜伏的势力终于显现出来，在群龙无首的时候，自家主君已经是朝中势力最强的人。

而且，相信距离百尺竿头，更进一步的那一天也不远了。

是啊，眼前还有很多事要等着他去处理，这一片散沙需要他慢慢收拾，一点一滴地统合在自己手里。皇帝留下的势力，沈涯留下的势力，元澄留下的势力……总有一天，都会变成属于他萧若宸的。这个天下，还有她……

那一天不远了，一切都会是他的，掌握这些，掌握所有一切的那一天……

晨曦渐生，光华灿烂，这古老的殿堂正迎来崭新的一天。迎着晨光，萧若宸忽然笑起来，只要她还活着，只要她还依然活在这个世上，那么他终究还有再见到她的那一天。他想起沈归曦立在遥远的殿上，遥遥向他说出的那句话，他轻声重复道："我永远也不会放弃，等着吧。"

寻遍千山万水，倾尽五湖四海，总有一天，他一定要找到她。

平静的江面上荡漾起一片细浪，小船划破水面，穿行而过。

风起波澜，小舟震颤一下，叶薰睁开眼睛，发现船舱里又是只剩下她一个人了。

稍微动了动，叶薰支撑着下了床，扶着墙壁走出船舱。

放眼望去，宽阔的江面上弥漫着清晨特有的雾气，四周影影绰绰，一片迷茫。被雾气笼罩住的小船仿佛被隔入另一个世界，孤单地行走在这一片苍茫之中。而孤舟之上，那个迎风独立的背影在初生的晨雾中更显得格外萧索寂寥，只有按在剑柄上的那只手一如既往的坚定。

"怎么醒了？是船太摇晃，伤处疼痛吗？"听闻身后熟悉的响动，他握剑的手松开了，转过身看着她，低声问道。

"没有，我的腿已经能动弹了，不用担心。"叶薰温声安慰道。因为被元澄一击打中腰部，再加上之后坠落悬崖，她的双腿一度失去了知觉，直到昨天才开始慢慢恢复。

迎上他的视线，纵然知道此时他什么都看不见，叶薰依然感觉他的目光柔和起来。从万丈悬崖之上坠落，因为惯性，跌落的身体重逾千斤。经过天龙寺主殿的那一战，沈归曦原本内伤就不轻，勉力接住自己更是伤上加伤。两相交加，内伤终于爆发，之后他的双目再一次失明了。

“天亮了吗？”沈归曦低声问道，回身遥望着远方。纵然看不见，武者的知觉也依然敏锐。

“已经天亮了。”叶薰看着天边那一抹鱼肚白，轻声说道，“等去了前面的镇上，我们去找大夫看看吧。”两人在苍山脚下的小村落里隐藏了数天，伤势略有好转之后才终于启程离开。此时皇帝驾崩的消息已经传遍天下，送葬的队伍也早已返回京城了。

“不必了，反正没有用，而且可能引来不必要的麻烦。”沈归曦摇摇头，转而神色有些自嘲的怅然，“可惜看不见这江面的清晨了，此时的景色一定很美吧。”

叶薰神色微动，她走上前，依靠在沈归曦肩头，轻声道：“江上的清晨啊，很像以前我们驾着马车南下遇到大雨的时候呢……”

她舒缓的声音传入耳中，沈归曦无声地点点头，抬头遥看向远方，迷茫一片的前路中，寻不到方向，也看不见曙光，只余下身边的这份温暖，值得全心全意地信赖依靠，他抱住她的双手禁不住收紧了。

叶薰静静看着他沉默的面容，纵然坚定执著一如既往，但眉宇间却多了抹不去的伤痛，这份伤痛，是因为小宸，也是因为自己……

此时的他和六年前的那个少年何其相似啊，同样的无助，同样的彷徨，同样的也只有自己在他身旁。

可是这一次，她不会再重复同样的错误了。她不会再刻意忽视这段仇恨，不会再刻意逃避那些过往。

遥看着远处的风景，任小船自由飘荡，叶薰忽然低声问道：“那时候你为什么没有下手？”

“我不知道。”沉默良久，沈归曦才缓缓开口，神色缥缈到连自己都迷茫了，也许……他空蒙的视线落到叶薰身上，“也许，只是因为我已经失去了太多，所以不想失去更多了。”

低垂的睫毛掩去了满目疮痍，他想着，如果再有一次机会，如果再一次见到他，他还会有那一瞬间的迟疑吗？他说不清楚，只是不自觉地握紧了腰间的剑。

叶薰凝望着他，忽然伸手抱紧他，像是六年前抱紧另一个人，她在他耳边轻声道：“我们先去弩扬族吧，去看看大草原，正好你也顺便养伤。”沈归曦身上如今还背负着弑君的罪名，中原暂时不能停留了。

她抱住他的背，把下颚抵在他宽阔的肩膀上。远处朝阳渐起，灿烂曦光徐徐绽放，迷茫的晨雾逐渐散去，宽阔的水道反射着粼粼波光，一条崭新的道路通往远方。

“这么离开可以吗？”沈归曦轻声问道。

“嗯，没有关系，我们总要冷静一下，无论是我，还是他。”叶薰轻声道。身后巍峨的山脉渐渐远去，但是叶薰知道总有一天，他们还会回到这个地方，还会重新面对这份缠绵无奈的爱恨纠葛。

那时候的她，还会是现在的她吗？而那时候的他与他，还会是现在的他与他吗？这份左右冲突的感情，能否寻到一个出路？

也许，当时间流逝，他会发现，没有她的日子，生活一样光彩璀璨。

也许，经过冷静的思考和生活之后，他依然无法放弃，无法割舍。

但无论怎样，她想，他们三人的纠葛，只怕这辈子都不能看到终点了。